FIRST TOUCH

FIRST TOUCH 5

초판 1쇄 인쇄일 2015년 6월 24일 ㅣ **초판 1쇄 발행일** 2015년 6월 29일

지은이 필로스 ㅣ **펴낸이** 곽중열 ㅣ **담당편집 팀장** 이범수
편집부 신연제 이윤아 김호성 김은경

펴낸곳 (주)조은세상 ㅣ 출판등록 제 2002-23호
주소 경기도 연천군 미산면 청정로 1355
TEL 편집부 02)587-2966 ㅣ FAX 02)587-2922
e-mail bukdu@comics21c.co.kr

ⓒ필로스 2015
ISBN 979-11-5832-134-5 ㅣ ISBN 979-11-5832-037-9(set) ㅣ 값 8,000원

NEO SPORTS FANTASY STORY

FIRST TOUCH ⑤

필로스 스포츠판타지 장편소설

북두
(주)좋은세상

CONTENTS

Chapter 40. ·········· 007

Chapter 41. ·········· 043

Chapter 42. ·········· 081

Chapter 43. ·········· 105

Chapter 44. ·········· 133

Chapter 45. ·········· 145

Chapter 46. ·········· 181

Chapter 47. ·········· 201

Chapter 48. ·········· 237

Chapter 49. ·········· 253

Chapter 50. ·········· 287

Chapter 51. ·········· 319

Chapter 52. ·········· 331

NEO SPORTS FATASY STORY

FIRST TOUCH

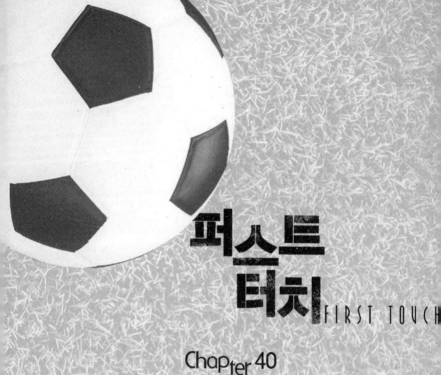

퍼스트 터치

FIRST TOUCH

Chapter 40

코파 델 레이, 혹은 스페인 국왕 컵은 스페인의 모든 아마추어와 프로팀이 참여하는 대규모 컵 대회다.

올 시즌부터 B팀이 대거 참가한다.

대진표에 따라 카스티야의 일정이 매우 바빠지게 생겼다. 이제 별명이 '분석가'가 된 안토니오가 선수들에게 이것을 설명하기 시작했다.

"그나마 작년이 한가했던 거라고. B팀은 리그 경기에만 집중하면 됐잖아. 그런데 스페인 국왕컵에 출전하게 되니 경기 수가 대폭 늘었어. 이제 체력적으로 각오해야 할 거야."

훈련이 끝나고 반디도 그의 이야기를 들었다. 언제나 배울 점이 많은 선배였다. 그래서 이번에 주장에 선임되었는 지도 모른다.

사실은 작년 내내 장기 부상 중이었던 주장은 결국 방출되었다. 다시 한 번 프로의 냉정함을 느낀 선수들. 그래서 그런지 반디와 친구들은 더더욱 실력 향상에 박차를 가해야 했다.

그런데 스페인 국왕컵과 같이 시즌을 치른다는 것은 보통 힘든 일이 아니다. 특히 이번부터 참가하게 된 B팀은 아예 아래에서부터 올라와야 했다.

원래 세군다 리그 팀들은 빠르면 9월, 보통 10월부터 예선전을 가진다.

프리메라리가 팀들은 세군다 리가 팀들보다 더 늦다.

이것은 당연한 일이다.

아무리 모든 팀이 똑같이 참여한다 할지라도, 동일 선상에서 경기를 치르는 것은 바보운영이다. 그렇게 되면 스페인 프로 축구 협회는 대중들에게 큰 욕을 먹게 될 것이다.

만약 바르셀로나와 같은 전 시즌 프리메라리가 우승팀이, 최하위리그 팀과 붙는다고 가정해 보면 어떻게 되겠는가?

바르셀로나 팬도 불만을 터트리겠지만, 상대하는 팀의 팬들은 아우성을 칠 것이다. 아무리 기회균등이라는 측면에서 시작한다 할지라도, 이것은 어른과 아이의 싸움이라서 평등이라는 용어 자체가 성립되지 않는다.

"그래서 저희가 일찍 복귀한 거군요."

이제야 알아듣겠다는 듯이 반디가 고개를 끄덕였다. 여전히 그의 미소는 남자마저도 홀릴 것 같이 매력적이었다. 그래서 그런지 모든 선수가 그에게 현혹당하지 않으려고 그의 뒤에 서서 뒤통수를 바라보았다.

그 눈빛은 후려갈기고 싶다는 의미가 반쯤은 섞여 있었다. 반디의 친구들이야, 그와 비슷한 목표를 가져서 상관없지만, 다른 이들 중 절반쯤은 이해하지 못했다. 승격도 못 하는데, 이렇게 사서 고생할 필요까지는 없다고 생각했으므로.

세바스티안은 그 안에 포함되어 있지 않았다. 그래서 안토니오와 함께 선수단을 격려하기 시작했다. 그는 올 시즌에도 부주장을 맡았다.

"그렇지. 이제 살인 일정을 맛보게 될지도 몰라. 각오들 단단히 하라고."

"에이, 뭐 이런 것 후베닐에서 겪은 터라 걱정하지 마세요. 하하하."

페드로는 여전히 호들갑스러운 성격이었다. 나이가 들면 좀 더 어른스러워진다는데, 그는 아니었다. 반디가 긍정적이라면, 그는 낙천적이라고 해야 하나? 아무튼 그의 이런 낙천성에 늘 제동을 거는 이가 바로 그의 친구 빅토르였다. 이번에도 참지 않고 한마디 했다.

"그때랑 지금이랑 같냐?"

"뭐가 달라? 후베닐에 있을 때, 리그 경기와 컵 대회를 같이 치렀는데. 심지어 유소년 챔피언스 리그로 더 빡빡했어. 너도 경험한 일인데 벌써 잊은 척하지 마!"

둘이 티격태격하는 것을 보며 안토니오가 미소를 지었다. 그러다가 다시 얼굴을 굳히며 이렇게 말했다.

"페드로, 미안하지만, 사실 많이 달라."

"네…?"

"후베닐이랑은 비교하면 안 되지. 너도 알 듯이 세군다 리가의 팀 수는 스물 두 개 팀이야. 경기수도 늘어났을 뿐 아니라, 한 경기가 엄청난 체력을 소모하게 하잖아."

옳은 말이었다. 후베닐이 성장 과정에서 유소년들을 보호하기 위해 치르는 경기라면, 세군다 리그부터는 성인 무대였다. 몸싸움을 견뎌야 했고, 그런 경기 한두 번을 치르면, 후베닐 때보다 몇 배의 체력이 소모되었다.

그런데 코파 델 레이에서는 나중에 프리메라리가에서 뛰는 팀을 만날 수도 있었다. 속된 말로 장난이 아닐 것이다. 그것을 경고하기 위해서 오늘 훈련을 마치고 안토니오가 모이라고 한 것 아니겠는가?

선수들은 마음이 단결되든 그렇지 않든 간에, 안토니오의 말에 많은 공감을 했다. 무엇보다도 마지막에 그가 이런 말을 했다.

"어쨌든 코파 델 레이 경기에서 이기면, 승리 상금을 받게 돼. 그게 우리 호주머니로 들어가는 기분. 어때? 작년보다 더 벌 것 같은데, 기분 좋지 않아?"

결국, 프로는 돈이었다. 명예도 있지만, 당장 눈앞에 보이는 액수가 아른거린다면, 더 뛰게 되어 있었다.

그래서 숨 가쁘게 흘러가는 스케줄 속에, 선수들은 팀 훈련에 열심히 참여했다.

한편, 스테파노는 새로 충원한 외부 영입 없이 이번 대회를 치른다고 운영진에게 보고했다. 여기서 말하는 외부 영입이란 내부 승격을 포함한다는 게 아닌, 순수한 외부 영입을 의미하는 것이었다.

즉, 후베닐에서 올라오는 선수들은 받을 예정이라는 말이었다. 어차피 후베닐 A, B, C팀 중 나이가 차서 어쩔 수 없이 카스티야나 레알 마드리드 C팀으로 가야 하는 선수들이 있었다. 만약 그조차 선발되지 못한다면, 방출을 당해야 했다.

때로는 임대가 답이 될지도 모르는데, 거의 희박한 확률로 임대간 선수가 성공한다. 그럴 때에는 오히려 다시 돌아오지 않는다. 이미 성공했는데, 굳이 와서 힘겨운 주전 경쟁을 할 필요는 없기 때문이다.

아무튼, 내부 승격에 대해서는 스테파노와 실바, 그리고 발다노와 알폰소 등이 모여서 협상을 하며, 선수를 승격시킨다. 물론 최종 결정은 위에서 지시하지만, 그 지시라는 게 이들이 올린 보고를 바탕으로 결정된 것이었다. 그 말은 곧, 대부분 이들의 합의로 이루어진다는 의미였다.

오늘 역시 그 문제를 위해서 이들이 만났다. 그런데 작년과는 사뭇 다른 분위기였다.

작년에는 이 자리에 아구스틴과 발다노, 그리고 레알 마드리드 C팀의 감독이 있었다. 당시에는 실바 혼자 거의 외로운 싸움을 했다. 올리고 싶지 않은 선수들도 있었는데, 다 빼앗아 갔고, 정작 올려야 할 선수들은 방출됐다.

헌데 오늘은 그의 든든한 우군인 스테파노와 알폰소까지 있으니, 훨씬 분위기가 좋았다. 물론 발다노의 입장에서는 전혀 아니어서 그는 지금 열을 내고 있었다.

"이렇게 맘대로 하면 윗선에도 맘에 들어 하지 않을 겁니다."

"맘대로라니요? 그게 무슨 뜻입니까?"

"알레한드로 문제입니다. 그가 왜 자격이 없다는 것인지 저는 이유를 알 수 없습니다."

"자격이 없다니요? 제가 언제 그런 말을…"

알레한드로. 과거 반디의 팀 내 라이벌이었던 그는 지난 시즌 후베닐 A에 속했다.

잘 보면 선수도 라인이 있다. 그것은 선수 성향에 따라

달라지는데, 알레한드로는 매우 현실적이었다.

그는 자신이 비빌 언덕을 잘 알았다. 그게 바로 발다노였으며, 일정 부분 그의 비호 아래 쑥쑥 커왔다는 사실은 그 누구라도 잘 알 것이다.

물론 실력이 없으면 불가능한 일이다. 비록 반디에게 잠시 밀렸지만, 그는 후베닐 C부터 B까지 나름대로 초고속 승급을 경험했다. 그리고 지난 시즌 후베닐 A에 속해서 리그와 유소년 챔피언스 리그의 우승을 도왔다.

그래서 발다노가 주장한 것이다. 빨리 그를 카스티야로 올려야 한다고. 반디보다 한 살 많은 19세. 한국적인 개념으로 이제 후베닐의 졸업반이 다가왔다.

하지만 실바는 미구엘의 조언을 받아들여 그를 1년, 아니 최소한 6개월 정도 더 머물게 하고 싶어 했다. 그가 나가면 후베닐 A에서 제대로 된 스트라이커가 없었다. 더구나 미구엘이 더 가르치기를 바랐다.

- 실력은 출중하나, 멘탈이 안정되지 않았습니다. 좀 더 데리고 있으면서, 그 부분을 교정해보겠습니다.

실바도 느끼고 있는 부분이었다. 너무 개인주의적인 성향을 가지고 있는 알레한드로. 그래서 득점왕을 한 것이겠지만, 선수란 너무 욕심이 과해서도 문제가 생긴다.

일부러 욕심을 줄인다는 이야기가 아니었다. 그럴 때와 아닐 때를 구분하도록 성장시킨다는 게 바로 미구엘의 생각이며, 실바의 의견이다. 물론 발다노 앞에서 그 이야기를 꺼내지는 않았지만, 그는 계속해서 이렇게 주장했다.

"말씀드렸지만, 올해 후베닐 B와 C에서 제대로 된 유망주가 나오지 않았습니다. 최근 들어서 희한하게도 좋은 선수들이 유입되지 않습니다. 따라서 좀 더 가르치고 성장시켜서 성인팀으로 보내는 게 훨씬 낫습니다."

"허어, 정말 미치겠군요. 그럼 후베닐 B, C에서 A로 올라가지 못해 다시 한 시즌을 더 뛰어야 하는 애들은요? 그들의 상실감은 누가 감당할 건데요?"

"올라가면 더 상실감을 느낄 것입니다. 이제 레알 마드리드 유소년 팀들도 변해야 삽니다. 지난 시즌 순위를 보세요. 우승한 팀이 있습니까? 후베닐 A 빼고!"

이 말은 사실이었다. 그래서 이번에는 꿀 먹은 벙어리가 된 발다노. 그렇다고 해서 그가 실바의 말을 다 동감한 것은 아니었다. 선수들과 운영진들에게 이미 약속한 바가 많았다.

발다노는 레알 마드리드 C팀의 감독, 호얀을 바라보았다.

'뭐라고 말 좀 해주세요. 선수가 필요하다고….'

구원을 요청한 것이다. 어차피 스테파노도 자신과 노선

을 달리한 감독. 그에게 도움을 바란다는 것은 씨알도 먹히지 않는 이야기였다.

그런데 호얀은 시선을 외면했다. 그는 기회주의자였다. 때에 따라서는 이쪽에 붙고, 저쪽이 유리하다 싶으면 과감히 차를 갈아타는.

돌아가는 모양새는 당연히 실바가 주도하는 로메오파 쪽의 입김이 더 세 보였다. 작년에는 반대여서 아구스틴과 발다노 쪽에 붙었지만, 이번에 그랬다가는 콩고물이 떨어지지 않을 것 같았다.

실제로 그 콩고물에 대해서 오늘 회합 전에 스테파노가 넌지시 이야기했다.

ㅡ 애들이 자꾸 떠나는 게 보기 좋지 않아요. 감독님도 그렇게 생각하시죠? 그래도 좋은 선수들을 영입하고 싶으면… 어때요? 제가 위에 말씀을 드려 놓겠습니다. 카스티야가 아닌 C팀에 외부 영입 선수를 공급해 달라고.

성적은 항상 감독에게 중요하다. 그리고 성적을 유지하기 위해서는 좋은 선수가 필수적이었고.

예전에 유소년 갈락티코 정책에 따라 유망주들이 카스티야에 집중되었는데, 이번에는 C팀으로 밀겠다는 스테파노의 이야기. 호얀 입장으로서는 솔깃하지 않을 수 없었다.

상황이 이러니 발다노는 결국 뒤로 물러설 수밖에 없었다. 두고 보자는 말만 하고 나갔다. 그 말은 그가 전가의 보도처럼 자주 꺼내던 말이었다. 하지만 허풍은 아니었다. 진짜 그는 '두고 보자'는 말을 종종 실천하곤 했으니까.

이번에도 예외는 아니었다. 대략 올릴 선수와 남겨둘 선수에 대한 합의가 다 끝난 서류를 제출하고 기다린 각 팀의 수장들. 대체로 이들의 의견을 다 들어주었지만, 몇 명은 아니었다.

그게 바로 알레한드로 등 일부의 유망주들이었다.

실바는 공문을 보고 분통을 터트렸다.

"젠장, 결국은 발다노가…."

"아니죠. 발다노가 건의했고, 하비에르와 크레스피가 승낙한 것입니다."

알폰소가 매우 냉정한 목소리로 실바의 분통을 받았다. 그의 음성은 차가웠지만, 사람마다 분노는 다른 종류였다. 실바가 감정을 드러내는 스타일이라면, 그는 묻어두었다가 계획에 따라 실천하는 유형이었으니.

스테파노도 고민스럽기는 마찬가지였다. 지난 시즌 우승 전력이 고스란히 남았다.

그래도 몇 명 정도 보강할 필요가 있다?

아니다. 지난 시즌이 잉여 인력이 남았으니, 올 시즌에는 그 선수들을 돌리면 되는 일이었다. 그런데 알레한드로

등 몇 명이 추가되니, 각 포지션 별로 또 잉여 선수가 나올 수밖에 없었다.

무엇보다도 공격진은 포화상태였다. 원톱을 사용하지만, 사실상 쓰리톱인 레알 마드리드 카스티야. 이 자리를 놓고 무려 여섯 명이 자리다툼을 할 지경이었다.

정확히는 부동의 센터 포워드 반디를 제외했다. 이에 대해서는 아무도 이견을 달지 않을 것이다. 대신 페드로와 빅토르, 그리고 더그와 그렌스의 주전 다툼에 알레한드로가 가세했다.

경쟁은 필수지만 스테파노가 걱정하는 것은 다른 것에 있었다. 바로 팀의 화합. 그는 박힌 돌과 굴러온 돌이 갈등하지 않기를 바랐다.

이게 그의 기우였던가?

첫날 스테파노의 앞에서 알레한드로는 반디와 조우하며 먼저 손을 내밀었다.

"오랜만이다. 많이 배운다는 자세로 팀에 헌신할게."

무슨 의도인지는 모르겠다. 그러나 내민 손을 잡지 않을 반디가 아니었다. 태평양처럼 넓은 가슴을 가졌다기보다는 늘 자신감에 가득 찬 그였기에.

예전에도 그랬다. 도전해주면 받아주고, 경쟁은 늘 즐겼다. 친구가 되길 바란다면 옆에 있었고, 적으로 돌변한다면 과감히 응징하는 게 그의 성격이었다.

아무튼, 반디의 입장에서 또 하나의 경쟁자가 생긴 것. 그는 자신을 성장시킬 촉매제로 보고 있었다. 이게 시작이었는지, 아니면 최근 안토니오가 선수들에게 단합을 요구한 덕분이었는지 반디는 밤늦게까지 개인 훈련하기 시작했다. 다시 연습 벌레의 이미지를 가동한 것이다.

당연히 그의 친구들도 함께 나섰다. 비시즌 기간에 체력을 단단히 잡아 놓아야, 한 시즌을 버틴다. 그것을 이미 한 차례 성인무대에서 경험했기에 절대 소홀히 하지 않았다.

웨이트 훈련도 병행했다. 몸싸움에도 지고 싶지 않았기 때문이다. 점점 탄탄한 몸으로 변모하는 반디. 하나하나 약점으로 지적된 것을 메워나가고 있었다.

미구엘과 또다시 훈련한 것도 이맘때쯤이었다. 늘 든든한 지원군이 되는 그의 평생 스승. 이번에도 그에게 조언을 아끼지 않았다.

"네 약점이 드리블이라고?"

"그것 하나뿐만은 아닌데, 여하튼 공격수로서 그 부분은 더 개선되어야 할 것 같아요."

틀린 말은 아니었다. 그의 드리블에 대한 평가는 딱 세 군다까지만 통한다는 주장이 언론을 장식했다. 그나마 세 군다에서도 강팀들에는 쉽지 않을 거라는 예상이 나왔다.

밥만 먹고 분석하는 전문가들의 주장에 신빙성은 존재했다. 반디도 그것을 느꼈고, 체력과 근력에 이어 드리블까지 더 성장시킬 요량이었다.

미구엘은 그의 이야기를 다 듣고 웃었다. 늘 자신을 실망하게 하지 않았던 제자. 어디까지 성장하는지 궁금하기도 했다. 그런데 약점을 메우려고 하는 반디의 진지한 얼굴을 보며, 그는 다짐했다. 끝까지 도와주기로.

그래서 데리고 왔다. 원래는 후베닐 A 선수들이 이용하는 미디어 실. 늦은 밤이라서 이곳에는 아무도 없었다.

동영상을 재생하자 가장 먼저 리오멜이 보였다.

세월을 이기는 선수는 없었다. 현재의 리오멜도 벌써 서른하나. 전성기 때의 폭발력이 많이 감소한 것처럼 보였다.

이렇게 반디가 집중해서 보고 있을 때, 미구엘은 동영상을 잠시 멈춘 후에 이렇게 말했다.

"리오멜의 공을 놓는 위치를 잘 보아라."

드리블할 때의 스폿을 보라는 이야기였다. 놀랍게도 일정했다. 원래 선수들이 드리블할 때에는 공이 있는 지점이 일정하지 않았다. 일부러 그렇게 하는 게 아니라, 그게 힘들었기 때문이다.

그러나 리오멜은 그것을 해내고 있었다. 공이 발에 붙어 있다는 느낌은 이것 때문에 나온 것이다. 그래서 스피드가 살짝 줄어든 현재에도 그의 드리블은 빼앗아 내기가 쉽지 않아 보였다.

"너는 저것을 마스터해야 한다."

미구엘의 말에 반디의 눈빛은 변했다. '할 수 있을까?'에서 '해야만 한다.'로.

완전히 리오멜처럼 된다는 생각은 절대 없었다. 미구엘도 그것을 원하지 않았다. 반디는 그만의 드리블을 익혀야만 했다. 그래서 다음으로 보여준 것이 바로 씨날두의 드리블이었다.

그의 것은 리오멜의 드리블과는 또 완전히 달랐다. 공을 놓는 지점이 매우 일정하지 않았기에.

사실 일정하지 않다는 점은 특별할 것도 없었다. 많은 선수가 공 놓는 점이 일정하지 않아 특출난 드리블러가 되지 못했으니까.

그럼에도 불구하고 씨날두의 드리블은 특출했다. 흔히 '뱀 드리블'이라고 하는 그의 방향전환에 그를 막는 수비들이 다 나가떨어졌으니 말이다.

"씨날두의 드리블도 잘 봐야 한다. 그는 또 그만의 특징이 있다. 너는 이 드리블도 마스터해야 해. 알겠니?"

다시 한 번 굳은 눈빛으로 고개를 끄덕이는 반디.

그런데 아까는 메시의 드리블을 마스터해야 한다고 말했다.

두 개의 드리블을 동시에 다 마스터해야 한다? 이게 과연 반디에게 좋은 일일까? 단 한 가지만 파기도 쉽지 않은

데 말이다.

그래도 의심 없이 반디는 이렇게 대답했다.

"곧 두 가지를 다 마스터한 저를 보게 되실 거예요."

마무리는 언제나 미소로. 그래서 미구엘은 늘 기분이 좋았다. 이제는 어리다고 할 수 없는 이 제자를 만나고 나면.

○

연습벌레 반디. 그의 작은 행보는 언제나 나비 효과와 같았다. 그의 연습이 친구들에게 영향을 미쳤고, 그다음으로는 라이벌에게 영향을 미쳤다.

카스티야 내에서 반디의 공식적인 라이벌은 다섯 명이다. 그의 오랜 친구인 빅토르와 페드로도 원 톱에 설 수 있으니, 이 두 명에다가 남미 출신인 더그와 그렌스가 있었다. 그리고 한 명 더 추가되었다. 그게 바로 알레한드로였다.

이 중 알레한드로가 사실 반디의 진짜 라이벌이긴 했다. 더그도 중앙 공격을 좋아하지만, 알레한드로는 중앙이 아닌 측면에 기용되어 본 적이 거의 없었다.

오히려 반디가 여러 포지션을 소화해 본 경험이 많았다. 어렸을 때 알레한드로보다 반디가 더 재능이 없다고 평가받았으니까.

오늘은 무슨 바람이 불어서 왔는지 모르겠지만, 크레스피가 카스티야를 찾아와 훈련 모습을 지켜보았다. 선수단 중 대부분이 귀가하지 않고 남는다는 말에 그의 입은 찢어질 것 같았다.

"역시 경쟁이 불러온 긍정적인 효과야. 후베닐에서 저들을 올리기 잘했어. 하하하."

여기서 말하는 '저들'이란 물론 알레한드로였다.

하비에르나 크레스피는 사실 반디보다 알레한드로가 더 잘하기를 바랐다. 그가 더 통제하기가 쉬웠으니까.

그가 반디에게 역전당했을 때에는 물론 외면했다. 그러다가 다시 작년에 후베닐 A에서 맹활약했을 때, 그들은 생각했다. 어렸을 때 더 잘나가는 유망주가 일시적으로 부진을 겪었다고.

이제 제 모습으로 돌아왔으니, 어쩌면 반디를 능가할지도 모른다는 기대. 그것이 크레스피의 발걸음을 여기까지 오도록 한 것이다.

이런 기대가 점점 알레한드로에게 힘이 되어 주고 있었다. 처음에 완전히 저자세였던 그는 슬슬 자신감이 생겼다. 그 자신감이 '거만함'으로 변할까 봐 우려하는 것은 바로 반디의 친구들. 그중 빅토르는 항상 그를 예의주시했다. 그래서 끊임없이 팀의 주장에게 '고자질'을 하기 시작했다.

"저거 또 드리블이 긴데요?"

"아, 저기서는 패스해야 하는 것 아니에요?"

"아니, 유효 슈팅 수가 저렇게 적은데, 어떻게 작년에 후베닐 A에서 득점왕을 했지? 내가 뛸 때보다 후베닐 물이 많이 안 좋아졌네."

그의 말을 들은 주장은 이 말을 듣고 가타부타 아무 말하지 않았다. 중립을 지키려고 애쓰는 모양새였다. 그게 주장으로서의 책무라고 생각했으므로.

올시즌 카스티야의 주장은 안토니오다. 그는 임대와 이적 아무것도 선택하지 않는 레알 마드리드의 골수 팬이자, 훌륭한 수비수였다.

물론 이게 운영진에게 꼭 환영받을만한 일은 아니었다. 얼마 전에 이탈리아의 아틀란타에서 그를 영입하려고 천만 유로를 제시했지만, 그가 거절했으니까.

최근 카스티야에서 선수들을 팔아서 돈을 벌어본 기억이 가물가물했다. 레알 마드리드가 세계 최고의 부유한 구단임은 틀림없었지만, 속을 들여다보면 빚잔치였다. 점점 우려할만한 수준으로 빚이 쌓이고 있었다.

이런 상황을 타개하기 위해서 카스티야의 선수들을 좋은 값으로 팔았었는데, 올 시즌은 그것도 거의 없었다. 그래서 안토니오에 대한 평가가 꼭 좋지만은 않았다. 물론 운영진 입장에서였지만.

사실 안토니오뿐만 아니라 늘 카스티야 선수들의 몸값
은 낮지 않았다. 이들은 스페인에서 가장 뛰어난 인재 중
하나이며, 최소한 후베닐까지도 그 재능을 유지해 왔으니
까.

 거기다 작년에 세군다 우승까지 했다. 전 유럽이 믿고
쓰는 스페인 산, 그것도 레알 마드리드 출신에 눈을 돌린
것은 당연한 일이었다.

 하지만 올 시즌 안토니오를 비롯하여 많은 선수가 임대
와 이적을 다 거절했다. 이상 현상. 이 또한 반디가 불러온
나비효과나 마찬가지였다.

 그래서 올 시즌 세군다 우승도 카스티야가 차지할 것이
라는 예측이 많았다. 전력의 누수가 없고, 오히려 좋은 자
원을 후베닐에서 끌어왔으니, 이렇게 예측하는 것도 무리
는 아니었다.

 선수단 내부에서도 더 나아졌다는 것을 확실히 느꼈다.
앞서 말했지만, 주장이 안토니오로 선임되었기에 매우 안
정적인 팀 내 단합을 예측했다.

 일단 선수들이 그가 주장을 맡는 데에 큰 환영의 뜻을
나타냈다. 때로는 카리스마 있게, 때로는 부드럽게 선수단
을 이끄는 그의 능력을 인정한다는 뜻이었다.

 물론 그가 다 통제할 수 있는 것은 아니다. 늘 그렇듯이,
스페인 젊은이들은 개성이 강하며 열정에 가득 찼다.

이번에 후베닐 A에서 올라온 이들이 특히 더 그런 성격이 심했다.

그중 알레한드로가 최고였다. 아니 안토니오는 그렇게 들었다. 물론 빅토르에게.

계속되는 빅토르의 말에 거의 세뇌가 될 지경이었다. 오늘도 마찬가지였다. 이번에 빅토르는 예전 이야기를 꺼내기 시작했다.

"그 자식, 예전에 반디에게 밀리자 별짓 다 했어요. 뒤에서 사람들 모으고, 반디 왕따시키려고 하고."

"그래? 그래도 지금은 그게 쉽지 않겠지. 오히려 굴러온 돌은 그 녀석이잖아."

"그렇기는 해도 조심하긴 해야죠. 어쨌든 전 그 녀석이 맘에 들지 않아요."

주장에게 고자질하는 친구를 보며 마리오는 살짝 웃음이 나왔다. 이제는 전세가 역전되어 알레한드로가 힘을 쓰지 못할 것은 확실했는데, 빅토르는 반디가 상처 입을까봐 저렇게 나서고 있었다.

하지만 이런 고자질이 항상 좋은 게 아니었다. 빅토르의 말은 알레한드로와 다른 이들의 귀에 들어갈 만큼 충분히 잦았으니.

그런데 이런 이야기를 들으면 기분이 나빠야 하는데, 알레한드로는 진짜 거만함을 버렸나 보다. 어느 날 훈련이 끝나고 함께 올라온 동료들과 함께 그는 이렇게 말했다. 물론 그가 말하는 대상은 반디였다.

"에스테반, 그때는 내가 철이 없었다. 네가 이해해준다면, 같은 목표를 향해 뛰고 싶다."

옆에서 지켜보고 있던 빅토르가 오히려 무안해했다.

빅토르는 순간적으로 자신이 너무 편견이 있었던 게 아닌가 생각했다.

그런데 뒤돌아서는 알레한드로의 눈을 보며 그는 느꼈다. 지금은 살짝 수그린 것이라고. 기회를 잡으면, 다시 제 세상인 양 날뛸 것이라고. 그래서 반디에게 또 조언했다.

"저 녀석은 네가 부상이라도 당했으면 하고, 하느님께 기도하는 놈이야. 절대 믿지 마. 알았지?"

그냥 친구의 치기로 여겼는지, 반디는 웃으며 고개만 끄덕여주었다.

○

AS 파르마의 연습 경기는 프리시즌에 카스티야가 맞는 첫 번째 게임이 되었다.

이 팀은 과거의 영화를 다 잃고 지난 시즌 강등을 경험했다.

사실 돈이 없었다. 2010년대 중반부터 고갈된 자금으로 선수단의 임금까지 체납되었다.

그뿐만이 아니다. 심지어 돈이 없어서 홈경기를 열지 못했다. 믿지 못할 뉴스였지만, AS 파르마가 실제로 그랬다니 사람들은 깜짝 놀랐다.

AS 파르마가 이렇게 낭떠러지로 떨어지게 되리라 예상한 사람이 얼마나 있었겠는가? 전반적인 세리에 A의 몰락의 단상이었다.

이렇게 된 데에는 여러 원인이 있었지만, 특정 팀이 리그를 계속 제패했다는 점이 시작이었다.

예를 들어 AC 밀란과 인테르가 계속 리그를 제패했던 시절. 처음에 사람들은 좋아했다. 그러나 이 두 팀을 상대하는 팀들의 관중동원은 실패했다. 결과를 뻔히 아는데, 가서 응원할 마음이 들지 않았던 것이다.

유벤투스로 시작된 승부조작 사건도 그 원인 중의 하나였다. 그 외에도 인종차별이 심하다는 점, 오래된 경기장의 개보수가 거의 없다는 점이 몰락을 재촉했다.

불신이 퍼지면, 그것을 다시 곧추세우는 데에 더 많은 시간이 들어간다.

지금은 AC 밀란도, 인테르도 슬슬 지난날의 영화를 회복하려 하고, 유벤투스가 그나마 계속 지지대가 되어 주고는 있지만, 아직도 세리에 A가 갈 길은 멀었다.

그런데 요즘 프리메라리가가 세리에 A를 닮아간다는 소리가 나돌았다. 아니 더 심할 수도 있었다.

특정 팀들이 오랫동안 정상을 지켜왔다. 세리에 A보다 프리메라리가의 방송 중계권료 분배가 더 차별적이다. 인종차별도 잊을만하면 심심치 않게 터져 나왔다.

심지어 승부조작의 징후도 여기저기서 튀어나와 법정에 계류 중인 것만 해도 한두 개가 아니다. 예전에 레알 사라고사의 감독이었는 아기레도 그 사건 때문에 일본의 감독직에서 경질되지 않았던가?

이것을 해결해야 할 스페인 프로축구협회는 고민에 고민을 거듭하고 있지만, 별 뾰족한 수는 없었다. 시간이 갈수록 두려움만 커지는 모양새였다.

아무튼, 오늘 AS 파르마는 달랐다. 올 시즌 세리에 B에서 A로 승격하려는 몸부림 때문이었는지, 연습경기에도 최선을 다하는 모습인 인상적이었다.

특히, 젊은 한국인 수비수가 이끄는 수비진이 인상 깊었다. 그는 리베로의 역할도 했기에, 카스티야는 고전 끝에 0-1로 패배했다.

카스티야가 그들을 너무 쉽게 보았을까? 아니면 파르마의 이름값이 여전히 남아서였을까? 그것도 아니면 몸이 풀리지 않아서?

그게 아니었다. 복합적인 원인이 있었다. 지난 시즌 우승이 주는 느슨함이 첫 번째 문제요, 두 번째는 팀 내 파벌 문제가 드디어 돌출했다는 점이었다.

더그와 그렌스가 처음에 주전으로 나와서 신 나게 슛을 난사했다. 중앙에서는 알레한드로가 개인적인 욕심을 너무 부렸다. 그는 직감했다. 페드로와 빅토르가 교체되어 들어오면 패스받기가 쉽지 않다는 것을.

실제로 후반전에 더그와 그렌스 대신 출전한 반디의 이 두 친구는 직접 페널티 지역으로 들어가서 마무리 짓기를 원했다. 즉, 공 운반은 원활했지만, 패스 공급은 없었다.

이 두 가지 문제점을 직시한 스테파노는 후반 10분을 남기고 반디를 알레한드로와 교체 투입했다. 그러나 반디가 그 시간에 할 수 있는 것은, 연습 경기라도 최선을 다해서 수비하는 상대를 보는 것뿐이었다.

원래 스테파노의 계획은 오늘 다른 선수들을 먼저 실험하는 것이었다. 하지만 이 모든 것이 틀어졌다. 그래서 스테파노는 모처럼 크게 화를 냈다.

- 코파 델 레이 우승이라고 했나? 그 말의 무게가 얼마나 무거운지 모르는 철없는 소리였다는 게 오늘 결과로 증명되었다. 매우 실망했다.

때로는 지고, 때로는 이기는 게 축구 경기였다. 거기다가 연습 경기는 전술을 시험하고, 영입된 선수를 테스트하는 목적이 크다. 그럼에도 불구하고 이렇게 화를 내는 이유는 스테파노 역시 중압감에 시달렸기 때문이다.

감독이란 자리는 이런 것이다. 지난 시즌 막판 감독대행으로 있었을 때와는 달랐다. 지거나 우승을 하지 못했더라도 큰 비난을 맞이하지 않을 거라는 생각. 그때는 그랬다.

그런데 지금은 아니었다. 감독의 이름이 주는 무게감에서 차원이 달랐다. 집에서 밤을 새운 적도 몇 번 있었다.

이제는 화합문제가 그를 괴롭혔다. 한 번 패배하니 두려움도 느껴졌다. 작년의 큰 성공이 부담되어 돌아왔다. 그런 그에게 찾아온 반디.

"감독님, 혹시 기억하십니까? 제가 여덟 살 때였나요? 처음 감독님의 클럽에 들어가서 한 첫 경기. 전 절대 잊을 수 없어요. 그때 감독님이 저에게 말씀하셨잖아요. 축구를 즐기라고."

"……."

스테파노는 할 말이 없었다. 아니 부끄러웠다. 실제 그렇게 반디를 격려한 것은 기억나지 않았다. 그렇지만 분명히 그 말을 했었을 것이다. 수많은 제자에게 그는 늘 똑같이 말했으니까.

"결국, 네 말은 내가 축구를 즐기지 못한다는 거구나."

"그렇게 보였습니다. 사실 작년부터 느꼈어요. 게임을 즐기셔야 하는데, 괴로워하시는 게 안타까웠어요. 그래서 목표를 드리면, 더 즐기실 줄 알았는데… 그게 부담으로 다가왔나 봅니다. 제가 잘못했습니다."

목표를 주었다. 코파 델 레이 우승이라는 목표를 말하는 것이었다.

사실 사고는 반디가 쳤다. 스테파노가 하지도 않은 말을 인터뷰에서 했기에, 곤욕스러움을 선물하지 않았던가? 그런데 지금 반디의 그 말에 그는 부끄러움을 느꼈다. 목표를 세우면, 반드시 이루겠다는 의지는 오히려 그가 반디에게 배워야 할 것만 같았다.

이 걱정 저 걱정 많은 스테파노의 성격이 이 대화 한 번으로 바뀌지는 않을 것이다. 그러나 한 가지 확실한 것은 이때부터 목표를 향해 더 능동적이 되었다는 점이다.

스테파노는 로메오를 찾아갔다. 그리고 한 가지를 요구했다.

"전술 코치를 찾아주십시오. 이기기 위한 전술이 카스티야에는 필요합니다."

카스티야에는 현재 전술 코치가 없었다.

리저브 팀에 모든 코치가 다 존재할 수는 없다. 돈도 돈이지만, 감독과 마음이 맞지 않으면 더 큰 문제가 생겼다.

더군다나 카스티야에 새로 코치가 온다는 것. 잘못하면 하비에르의 사람일 수도 있어서, 현재의 다른 코치들과 상의하면 충분하다는 말만 했던 스테파노였다.

그러나 이번 연습경기로 느꼈다. 자신의 전술 능력은 한계가 있다는 것을.

패배했기 때문에 그 생각이 든 것은 아니었다. 앞으로 승리하기 위해서 더 적극적이 될 필요성을 느낀 것뿐이다.

그는 인정했다. 감독이 항상 전술을 잘 짜야 하는 자리는 아니라는 것을.

이기기 위해 전술에 일가견이 있는 사람이 로메오를 통해서 영입된다면 더 좋겠다는 생각은 나쁘지 않았다.

관건은 로메오에게 그런 힘이 있는가였다. 그는 유소년, 즉, 후베닐까지의 인사에 영향력을 발휘할 수 있었다. 사실 카스티야에서 스테파노가 감독에 오른 것은 순전히 운이 좋아서였다.

어쨌든 코치 인선까지 하려면, 다시 발품을 팔아야 했다. 그리고 결국, 전술에 밝은 파본이라는 젊은 코치를 찾아냈다.

최근 하비에르와 로메오는 나름대로 공존을 연구하고 있었다. 정적이기는 하지만, 레알 마드리드 자체가 위기에 놓였다.

지난 시즌 챔피언스 리그 16강전에서 탈락하고, 리그 성적은 3위로 마감했다.

자연히 수입은 줄었다. 이 상황에서 로메오는 너무 자신의 의견을 관철해서는 안 된다고 생각했다.

결국, 레알 마드리드 안에서만 싸워야 한다. 내분까지 겪으면, 클럽은 무너질 수도 있었다.

설마 레알 마드리드가?

그렇게 생각하는 사람이 존재할지도 모르지만, 세상에는 그 어떤 일도 일어날 수 있었다.

약간 다르지만, AS 파르마가 저렇게 무너진 것으로 교훈으로 삼아야 한다. 멀게는 리즈 유나이티드도 있었다.

그러니 힘을 합쳐야 한다는 대전제 아래 일시적으로 손을 잡은 두 사람.

언제 갈라설지는 모르지만, 양측이 서로의 힘이 필요했기에 전략적 제휴를 한 셈이었다. 이 때문에 파본의 인선은 일사천리로 진행되었다.

새롭게 전술 코치로 온 파본의 능력은 단숨에 카스티야에 힘을 불어넣었다.

물론 한 사람으로 팀이 바뀌지는 않는다. 그러니 원래 만들어졌던 요리에 맛을 돋우는 소금 하나라고 해야 할 것이다.

그가 오고 나서 첫 번째로 맞이한 연습 경기. 네덜란드 에레디비지에의 페예노르트는 객관적 전력에서 AS 파르마보다 우위에 있었다.

네덜란드 축구답게 토털 사커를 지향하는 페예노르트.

그 팀을 수비로 묶고, 역습을 강화해서 3-1로 꺾었다.

나쁘지 않은 성과였다. 선수들도 첫 연습 경기에 져서 사기가 떨어진 것을 이번에 만회하게 되었다.

반디는 이 경기에서 두 골을 몰아넣었다.

다른 하나의 득점은 더그였다.

그는 절치부심, 올 시즌에는 자신의 참모습을 보여주려고 했다. 지난 시즌 부진으로 브라질을 이끄는 유망주 공격수에 자신이 들지 못했다는 게 자존심도 상했다. 그래서 기를 쓰고 훈련에 임했다. 처음에는 휴가가 적었던 것이 불만이었지만, 이제는 기회라고 생각하며 최선을 다했다.

불붙은 경쟁심리. 공격진에는 그야말로 유능한 인재가 넘쳤다. 거듭 말하지만, 프리메라리가에 가져다 놓아도 중위권은 차지할 것 같았다.

그런데 부정적인 말로 표현하면 현재 카스티야의 공격진은 '포화' 상태였다.

사람은 많고 자리가 적으면 과잉 경쟁이라는 것이 일어난다.

스테파노도 이 우려 때문에 알레한드로를 끌어올리지 않으려 한 것 아닌가?

그는 내년을 바라보고 있었다. 지금의 카스티야 인원이

내년에 많은 수가 올라가기를. 물론 A팀으로 말이다.

그런데 그 안에 과잉 경쟁으로 누군가가 떨어져 나갈지도 모른다는 불안감이 솟구쳤다.

실제로 초반 훈련 기간에 다져졌던 팀워크가 요즘 과잉 경쟁으로 계속해서 이상기류가 느껴졌다.

연습 경기 탓이다. 실전에 가까운 경기가 치러질수록 이제 주전을 확보하려는 움직임이 심화했기 때문이다.

치열한 모습이 나쁜 것은 아니지만, 스테파노는 알았다. 이것이 하나로 융화되지 못하면 결국 언젠가 폭발한다는 것을.

○

실제로 알레한드로는 반디에게 설욕할 기회를 노리고 있었다. 지금이야 죽어지내지만, 기회가 생긴다면 언제든지 그를 밀어낼 계획이었다.

물론 실력으로. 그리고 그게 안 된다면 다른 무엇으로라도.

지금 그의 주변에 있는 선수는 같이 올라온 이들을 제외하면, 아무도 없었다.

다시 말해서 양으로도, 팀에 영향력을 끼치는 질적인 사람으로도 알레한드로의 편은 턱없이 부족했다.

따라서 그가 먼저 할 일은 자신의 사람을 만드는 작업이었다.

이것은 간단한 일이었다. 반디가 주전이었기에, 그리고 그의 친구들이 카스티야 안에서 세력화하였기에, 그에 불만 있는 이들을 끌어모으면 되는 일이었다.

그게 바로 더그와 그렌스였다.

적의 적은 친구다. 알레한드로는 그렇게 생각하며, 서서히 그들을 자신의 편으로 포섭했다.

그들 뿐만이 아니다. 찾아보면 적지 않았다.

인간은 시기심과 질투심의 동물. 아무리 지난 시즌 우승했지만, 그 공로가 후보에게까지 오지는 않았다.

일단 양적으로라도 비등해지기 위해서 알레한드로는 노력했다.

반면 이 낌새를 눈치챈 빅토르는 자신의 친구들에게 알렸다.

"뭐? 무슨 전쟁놀이 하니? 그게 뭐야? 유치하게. 킥킥킥."

"장난 아니라니까. 잘 생각해봐. 알레한드로가 만약 꼬붕을 만들어서 우리에게 패스하지 말라고 한다면 어쩔 거야?"

"그런 말도 안 되는 소리 좀 하지 마라. 아휴, 넌 가끔 보면 불만이나 걱정이 너무 많다니까."

언제나 그렇지만, 페드로와 빅토르는 이렇게 말싸움을 즐겨 했다. 그렇다고 서로 싫어하는 것은 아니었다. 페드로가 방금 유치하다고 했지만, 정작 그들은 유치하면서 친구 관계를 유지하는 신기한 사이였다.

이들의 싸움에서 승부는 거의 나지 않았다. 마리오와 반디는 항상 미소로 그냥 넘어갈 때가 태반이었기 때문에.

그런데 오늘은 빅토르의 우려에 마리오가 무게를 실었다.

"나도 최근에 그런 분위기가 감지했어. 뭐라고 딱 말할 수는 없지만, 후보 선수들이 우리를 바라보는 눈빛이 과히 좋지는 않았으니까."

반디도 얼굴에서 미소를 지우고 진지해졌다.

그 역시 느꼈다. 알레한드로가 점점 팀에 화(禍)가 된다는 것을.

자신과 사이가 나빠지는 것은 사실 별로 중요하지 않았다. 아니 원래 친했던 적도 없었다. 최근 들어 그가 친한 척했고, 팀 화합을 위해서 받아들였던 게 다였다.

하지만 지금처럼 자신들을 '세력화' 했다고 여기며, 알레한드로가 따로 세력을 만들어내면, 화합은 물 건너간 것이나 마찬가지가 된다.

종양은 그 자체로서 문제이지만, 전이된다는 게 더 큰 문제다. 커지기 전에 제거해야 하는데, 시점을 놓치면, 두고두고 후회할 수밖에 없다.

지금은 일단 시점을 살짝 놓친 것 같았다. 차라리 종양이 더 자라지 않도록 하는 게 제일 나은 방법이었다.

그래서 드디어 그는 안토니오에게 이야기를 꺼냈다.

이런 것을 감독이나 코치에게 말을 해서는 안 된다. 그들은 어느 한쪽을 편애할 수 없었다. 그러다가 더 큰 갈등을 초래하게 된다.

"그것참… 문제군."

"그러게. 나도 대략 눈치는 챘지만… 그때 빅토르가 계속 이야기하는 것을 들을 걸 그랬어."

세바스티안도 같이 있었다. 안토니오의 말에 동의하며, 살짝 후회되었다. 미리 단속하지 않은 것을 말이다.

그런데 이런 종류의 것을 미리 단속할 수 있었을까?

인간관계란 '1+1=2' 처럼 수학공식이 아니다. 알게 되면 노력하고, 그러다 보면 갈등을 최소화할 수 있다.

"애들한테 더 잘해줄 걸 그랬군. 사실 그들이 서운해 할 만하지. 내가 너희와 같은 에이전트이기도 하고, 알게 모르게 특별히 신경 쓰기도 했으니. 중립을 지킨다고는 하지만, 이런 인간관계는 티가 나게 되어 있어."

"일단 어떻게 해야 하나?"

원론적인 말을 듣고 세바스티안이 턱을 괴었다.

"세바스티안이 외국인 선수를 맡아야지, 뭐. 나머지는 천천히 내가 알아서 할게."

그래도 반디가 이렇게 말한 것을 다행으로 여긴 두 사람. 아직 시즌이 시작되기 전이었다. 팀을 하나로 모으려는 노력이 꼭 어렵지만은 않았다. 아니 그렇게 믿었다.

　그런데 이것은 정석적인 방법이다. 반디는 그런 방법이 항상 빠른 효과를 거둘 수 없다는 것을 잘 알았다.

　결국은 누가 이기느냐에 싸움에 돌입했다. 이 경우, 화합하려는 쪽이 이기기 상당히 어렵다. 부정적인 세력은 보이지 않는 장막에 숨을 수 있기 때문이다.

　예전에 알레한드로는 이런 것을 드러내 놓았지만, 지금은 아니었다. 증거도 없었고, 설령 발견한다고 한들, 배 째라는 식으로 나오면 문제의 해결도 안 된다.

　그런 가운데 첼시와의 경기가 다가왔다.

퍼스트 터치
FIRST TOUCH

Chapter 41

FIRST Chapter 41 TOUCH

프리시즌에 첼시가 카스티야와 경기를 치르리라 예상한 사람은 없었다.

모두 인연 때문이리라.

쥬제뉴가 레알 마드리드를 이끌었던 과거의 인연. 사람들은 그것이 작용하면서, 두 팀의 맞대결이 이루어졌다고 생각했다.

반디도 설레었다. 카스티야에 와서 프리메라리가 팀과도 경기해본 적이 없었는데, 프리미어리그의 최강자와 싸우는 이 기분. 그것을 무엇으로 형언할까?

그래서 스테파노가 경기 전에 한 말도 잘 들리지 않았다.

"오늘은 배운다는 자세로 뛰어라. 물론 지라는 이야기가 아니다. 연습경기지만, 많은 관중이 들어왔다. 그들을 위해서 최선을 다해주기를 바란다."

한편, 쥬제뉴는 누군가와 이야기를 나누고 있었다.

그는 아무런 목적 없이 연습경기를 치르는 사람이 아니었다.

이미 상대 카스티야 선수들에 대해 스카우팅 리포트를 훑어 보았다.

신기한 면면이 보였다. 모두 프리메라리가 팀에서 거뜬히 주전을 하고도 남는 유망주들.

"역시, 레알 마드리드에서 유망주 키우기는 쉽지 않은 것인가?"

"아마도요. 이미 저들이 있는데도, 올 시즌 레알 마드리드가 데리고 온 선수들은 정말 화려합니다. 괜히 그들을 지구 방위대라고 부르는 게 아니죠."

레알 마드리드의 갈락티코 2기는 이제 서서히 노쇠화해 갔다.

이제 3기를 준비해야 할 시점. 그 상황에서 회장 선거가 펼쳐진다. 아마도 하비에르는 그것을 위해서 많은 스타를 영입했을 것이다.

이에 따르는 문제는 크게 두 가지였다.

첫째, 눈덩이처럼 늘어나는 빚이었다. 처분해야 할 선수를 처분하지 못한다면, 그 빚은 이자에 이자를 더해서 팀에 큰 화근으로 남을 것이다.

둘째는 바로 유망주의 성장을 저해한다는 점이었다. 현재 카스티야의 주전은 각각 천만 유로를 넘는 선수들로 구성되어 있었다.

대단한 스쿼드였다. 빅리그에 가서도 강등은 쉽게 당하지 않을 것이라는 게 스카우팅 리포트의 분석이었다.

쥬제뉴는 데이터를 철저히 믿는 사람이었다.

지난 U-20 월드컵의 일본 감독이자, 지금은 빌레벨트를 이끌고 있는 사사키가 제일 닮고 싶은 감독이 그라고 말할 정도였다.

속된 말로 자신은 짝퉁이라고 표현했다.

그 이유는 무리뉴의 전반적인 스타일 때문인데, 데이터 축구를 하면서도 그는 매우 거시적이었다.

즉, 전술만이 아닌 팀 전반적으로 클럽 시스템을 관리하고 정비하는 면에서 세계 최고에 가까웠던 것이다.

예전에 퍼거슨도 비슷했지만, 그는 더더욱 진화된 클럽 시스템을 적용했다.

최근에는 30세의 경제학자를 구단주에게 천거했다.

그의 이름은 토마스 스피츠.

그를 소개할 때, 쥬제뉴는 앞으로 첼시의 테오 앱스타인이 될 것이라 말했다.

테오 앱스타인은 보스턴 레드삭스에 불과 28세의 나이로 단장에 오르며, 월드시리즈 우승을 거두게 했던 장본인이다.

86년 동안 이어져 온 밤비노의 저주를 깬 그는 경제학자였으며, 데이터를 철저히 믿었다.

쥬제뉴는 앞으로 축구 클럽도 그래야 한다고 생각했다.

그래서 자주 그와 만났으며, 오늘 연습 경기에도 그를 데리고 왔다.

아무튼, 토마스의 지구 방위대라고 지칭했던 말에 쥬제뉴가 웃으며 이렇게 반응했다.

"그럼 이번 카스티야는 작은 지구 방위대이군. 하하하."

그 말에 토마스도 같이 웃었다. 그리고 쥬제뉴의 웃음이 멈추자 다음과 같은 말을 했다.

"미래의 지구 방위대가 될 수도 있죠. 물론 첼시에서요. 그러니까 잘 보세요. 계산기를 두드리면서 선수들의 가격을 책정해 드릴 테니까. 우선은 저 선수!"

토마스는 왼발로 강슛을 내뿜는 반디를 손가락으로 가리켰다.

"에스테반의 미래가치는 2억 유로. 그리고 현재 투자금은 천만 유로입니다."

2억 유로. 이적료를 말하는 게 아니라 가치를 말하는 것이리라. 물론 지금의 가치가 아니라 미래 가치를 이야기하는 것이고.

과연 그 가치만큼 반디가 성장해줄까? 이것에 대한 대답은 말을 꺼낸 토마스가 첨언했다.

"하지만 레알 마드리드에서 계속 머문다면, 저 가치로 성장하기 힘듭니다."

동의하듯이 고개를 끄덕이는 쥬제뉴.

그는 레알 마드리드를 잘 알고 있는 사람 중 하나였다.

예전에 이곳에서 감독까지 지냈으니, 당연한 일이었다.

사람들은 그를 운이 좋은 감독이라 칭했다.

항상 부자 구단, 강한 클럽에만 있었다고 말하면서.

그러나 속을 들여다보면 능력으로 이룬 쾌거였다.

쥬제뉴는 절대 먹튀를 고르지 않았다. 효율성, 즉, 투자 대비 잘 뛰어주는 선수만을 골랐다.

유소년을 키우는데 소홀하다는 평가도 사실이 아니었다.

그는 조화를 이루려고 했을 뿐이다. 다만 시간이 필요했다.

이제는 첼시에서 안정적인 시간을 확보했다.

2013년 첼시에 복귀했을 때, 쥬제뉴가 원하지 않는 한 아주 오랫동안 첼시에 머무른다는 점. 그때부터 그는 유소년에 신경을 쓰기 시작했다.

이제야 UEFA 유스리그에서 성과를 냈다. 지난 시즌 레알 마드리드의 후베닐에게 패배당했지만, 준우승했으니 말이다.

당시의 경기를 직접 관전한 쥬제뉴. 그 자리에서 후베닐의 인재들에게 감탄했다. 역시 믿고 쓰는 스페인 산이라고 생각했다.

하지만 저 소년들은 레알 마드리드에서 정점을 찍지 못한다. 당연히 드는 욕심. 후베닐이든 카스티야든 유망주를 데리고 올 생각에 이번 연습 경기를 흔쾌히 수락했다.

그는 아무 목적 없이 연습경기를 치르는 남자는 절대 아니다. 벌써 스카우팅 리포트를 다 작성한 토마스와 온 이유가 있었으니.

이렇게 쥬제뉴의 눈에 드디어 반디가 첫선을 보였다.

"후아…."

그는 숨을 가득 들이마셨다가 다시 내뿜었다. 나름대로 긴장을 해소하기 위한 그만의 방편이었다.

오늘은 관중도 많이 들어찼다. 아무리 연습 경기라지만, 첼시와의 경기가 관심을 불러일으켰으니.

사실 그중 반 이상이 여성 팬이었다. 마드리드의 여성에게도 반디의 인기는 꽤 높았다.

항상 밝은 모습, 그리고 동서양에 통하는 외모. 이런 스타성 때문에 하비에르가 그를 붙잡으려고 하는 것 아닌가?

아무튼, 이 관중 때문인지, 아니면 상대 팀 선수 때문인지 선수들은 긴장하고 있었다.

아마도 후자 때문이리라. TV에서, 또는 언론에서 많이 본 선수들과 직접 상대하게 된다. 가슴이 벅차면서도, 몸은 굳는 현상.

카스티야의 거의 모든 선수가 그랬다. 시작하자마자 밀린다는 느낌을 받은 것은 상대 선수가 잘해서라기보다는 카스티야 선수들이 제 플레이를 하지 못했기 때문이다.

마리오의 패스는 늘 정확했지만, 오늘은 아니었다. 정확할 때는 있었지만, 하지 말아야 할 횡패스도 많이 시도했다. 때로는 백패스도 나왔다. 그것이야말로 죽은 패스였는데.

세바스티안은 열심히 뛰었지만, 목적 없는 몸부림 같았다. 중앙에서 그의 투지는 반칙으로 변했고, 처음 상대를 넘어트린 후에는 그것마저도 하지 못했다.

그나마 안토니오가 소리를 지르며 제 몫을 하는 중이었다.

"정신들 똑바로 안 차려! 똑같은 팀이야! 똑같은 팀!"

하지만 선수들의 귀에는 들리지 않는 말이었다.

그들의 눈에는 똑같은 팀, 똑같은 선수가 아니라, 판타지 스타로 이루어진 극강의 첼시였으니.

이 모습을 보고 있던 파본이 실망의 눈빛으로 입을 열었다.

"너무 긴장했습니다. 제가 그렇게 열심히 연습시킨 패스와 동선이 제대로 이루어지지 않고 있습니다."

스데피노도 알고 있다. 그의 말을 듣지 않아도.

하지만 그는 말없이 고개만 끄덕이고 있었다.

이미 경기는 시작했다. 옆줄에서 소리 지르며 지시하는 것은 한계가 있었다. 초반은 그냥 지켜볼 때라고 여겼다.

물론 파본은 절대 그렇게 생각하지 않았다.

긴장이 불러온 역효과. 이래서는 강팀과 싸워서 무언가 배우는 효과가 전혀 없을 것 같았다.

필드에서는 간신히 첼시의 움직임을 저지한 안토니오가 롱패스를 했다.

반디의 움직임은 나쁘지 않았다. 그런데 그에게 따라붙던 첼시 수비수가 더 좋은 움직임을 가졌다.

경합 상황에서 반디는 발을 내밀었고, 동시에 수비수 역시 발을 내밀었다.

먼저 맞은 곳은 반디의 오른쪽 발. 하지만 튕겨 나가며, 터치 아웃이 되었다.

파본은 살짝 실망했다는 듯이 미간을 좁혔다.

"반디도 저럴 때가 있군요."

"아직 초반이야. 거기다가 매번 퍼스트 터치가 성공할 리가 있나?"

그 말에 파본은 뜻밖이라는 표정을 지었다. 그가 생각한 지도자는 이렇게 너그러워서는 안 된다. 선수의 실수를 인정할수록 그들의 실수는 늘어나기 때문에.

"그래도 앞으로 강한 팀들을 수두룩하게 만날 텐데…."

"그래서 이 경기도 경험이 되겠지. 사실 배우는 부분은… 기술적인 것보다는 정신적인 게 더 커. 특히 우리 같은 팀이 첼시와 같은 팀을 상대할 때에는."

파본은 마음에 들지 않는다는 표정을 지었다. 그는 승부욕이 강하다. 질 경기에 대한 전술을 애초에 세우지 않는다는 마음가짐.

스테파노의 무조건 배운다는 자세가 마음에 들지 않는다는 눈빛으로 다시 필드를 바라보았다.

같은 눈빛을 한 사람이 반디였다.

그 역시 패배하려고 경기에 나서지 않는다. 늘 웃고 다녔지만, 승리를 위한 욕망은 속된 말로 장난이 아니었다.

그렇다고 파본처럼 실망하는 성격도 아니다. 안토니오처럼 선수들을 채근하는 유형도 아니었다.

다른 이가 못 한다면, 자신이 해결하려는 스타일.

그래서 방금 한 실책에 대해 다시 한 번 생각해 보았다.

같이 발을 뻗을 경우, 자신도 모르게 근육에 힘이 들어간다는 것을 느꼈다.

처음 겪는 경험은 아니었다. 하지만 똑같은 실수를 반복해서는 안 된다.

그는 그렇게 생각했다.

자신이 뛰고 있는 카스티야의 선수들에 대한 생각도 명쾌하게 정의 내렸다.

강팀을 처음 만나서 긴장한 플레이를 한다?

절대 아니다. 특히 지금 경기장에서 뛰는 마리오, 빅토르, 그리고 페드로는 더더욱.

그들은 이미 강팀과 경기했다. 카데테에 있을 때, 상위 팀들이 모두 레벨을 뛰어넘는 강팀 아니었던가?

지금 플레이가 저조한 것은 그때의 마음가짐을 살짝 잊었기 때문이다.

멋 모르던 시절, 패기로 도전하던 그 자세.

그가 불러일으켜야 했다.

안 되면 도전하고, 또 도전하라.

언제나 자신에게 다짐했던 말 아니던가?

물론 그 다짐만으로 경기를 풀어나가는 것은 쉽지 않았다.

이미 두 골이나 실점했다. 그것도 오 분 사이에.

수비수의 실책이라기보다는, 미드필더부터 문제였다.

반디가 좀 더 아랫선으로 내려가기 시작한 때가 바로 그 시점이었다.

"공 줘라. 드리블 한 번 해보련다."

안전한 곳에서 마리오에게 공을 달라고 한 반디.

그리고 그의 말을 듣고 자신도 모르게 공을 건넨 마리오.

반디는 달리기 시작했다. 중앙에서 시작된 움직임이었다.

5m쯤 전진하다가 우측으로 꺾은 이유는 앞을 가로막는 중앙 미드필더 때문이었다.

그런데 꺾은 장소에도 미드필더가 있었다.

그래서 그는 다시 좌측으로 방향을 돌렸다.

속력을 더 올렸다. 기어로 친다면, 일단에서 갑자기 오단으로 된 느낌.

이 때문에 상대 미드필더가 살짝 놀랐다.

준비되지 않은 사람보다 계획한 사람이 더 빠를 수밖에 없었다.

그의 뒤를 쫓던 두 명은 금세 자신의 자리로 돌아갔다.

한 명에게 휘둘리다가는 공간을 내준다. 일단 수비형 미드필더와 수비수에게 맡기고 자신의 영역으로 돌아가는 지역방어.

첼시의 탄탄한 수비 조직력은 이렇게 미드필더에서부터 시작했다.

이제 중앙공간을 반디가 누볐다.

좌아아악!

슬라이딩 태클이 수비형 미드필더에 의해 나왔고…

그것을 피하는 반디의 오른쪽에 수비수가 대기하며, 그의 발에서 떨어진 공을 클리어했다.

"아….."

아깝다고 여겼는지, 반디의 입이 살짝 열렸다.

최근 열심히 하던 드리블이 발에 착 감기는 느낌이었는데, 마지막에 떨어지며 상대에게 차단당했다.

반디는 다시 입을 다물었다. 그리고 마음을 가다듬었다.

실패해도 다시 도전하는 게 중요하다. 거듭 말하지만, 그는 그렇게 살아왔다.

클리어링 한 공은 돌고 돌아서 다시 그에게 왔으며, 반디는 재차 드리블했다.

이로써 전장에 변화가 생기기 시작했다.

최소한 첼시의 중앙 미드필더진이 전진하는 데 시간이 걸린 것이다.

일단 반디의 드리블이 만만치 않다는 것을 느꼈으니, 협력 수비를 머리에 떠올려야 했다.

그나마 자신들이 중앙에서 차단해야 뒷선에서 안심하고 반디를 막을 수 있다는 생각을 했다.

느슨하게 뚫리면, 페널티 에어리어 안에서도 드리블할 가능성이 농후했다.

완벽한 드리블러는 아니었지만, 열 번 중 한 번 반디의 드리블이 통하면, 실점으로 이어질 수 있었다.

거기다 어차피 2-0.

연습 경기에는 공격진뿐만 아니라 수비진도 가다듬어야 했으니, 좋은 기회라고 여겨도 무방했다.

하지만 반디가 계속 공을 만지게 하는 것이 꼭 좋은 일은 아니었다.

점점 익숙해지는 그의 드리블이 수비수를 당황하게 했다.

그리고 중거리 슛!

텅!

골대가 막지 않았다면 실점할뻔했다.

여기까지 그의 모습을 보면서 그를 지켜보는 두 명이 눈에 이채를 띄었다.

쥬제뉴가 일 번이었다.

그의 시선은 곧 탐욕으로 변했다.

현재 첼시 공격진의 보강이 다 이루어졌다는 게 아쉬웠다.

"천만 유로라…."

아까 토마스가 한 말이 계속 귓가에 맴돌았다.

지금은 첼시의 스쿼드가 꽉 차서 도저히 반디가 뛸 자리가 없었다.

쥬제뉴가 과잉투자를 일삼는 이도 아니었고.

따라서 그를 영입 한다 해도 임대나 컵 대회 정도로 내보내려고 생각했다.

현재 공격진 중 부상이 있다면, 반디를 시험해 볼 좋은 기회도 생긴다.

아무튼, 최종 결론은 당장은 아니지만, 충분히 키워볼 만한 인재라는 것이다.

천만 유로가 적은 돈은 아니더라도 투자할 가치가 있는 선수에게는 큰돈도 아니었다.

"조만간 오퍼를 넣을 준비를 해야 하나?"

"전 당연히 추천합니다. 어쩌면 저 선수는 첼시에게 더 맞을 수도 있습니다. 최소한 저희는 무분별하게 선수들을 들여오지는 않으니까요."

토마스는 다시 한 번 강조하며, 쥬제뉴의 곁에 섰다. 일단 자신의 말을 듣고 감독에게서 대답은 돌아오지 않았다. 고민하고 있을 것이다. 아직 반디가 득점은 내지 못했으니까.

반디를 보는 시선 중 두 번째 이채는 파본이었다.

그는 느꼈다. 반디 역시 자신과 같은 마음이 되었다는 것을.

자신이 알려준 방식대로 그 동선대로 움직이는 것은 아니었다.

하지만 그것이 바로 전술 변화 능력이다.

인간은 로봇이 아니다. 알려준 대로만 하는 선수라면 그가 더 싫다.

그래서 마음에 들었다.

지난 연습 경기 때도 그랬다.

페예노르트 전에서는 전설적인 골잡이들의 어릴 때 모습을 보는 것 같았다.

그래서 오늘 그는 반디에게 주문했다.

위치와 동선을 알려주면서도, 마음대로 한 번 해보라고.

사실 이게 파본의 주문대로 움직이고 있는 것이나 마찬가지였다.

위치와 동선은 지키되, 패스를 받아서 하는 것이 아니라 직접 드리블하며 마무리 지으려는 움직임.

리오멜과 씨날두도 아닌데, 그 모습이 살짝 보일 때마다 사람들은 감탄하고 있었다.

이번에는 입을 벌릴 차례다.

반디는 움직였다. 지금은 공을 주고 몸만 갔다.

첼시의 왼쪽 골문 옆으로.

사실 그곳은 완전히 사각이다.

첼시의 수비수도 그가 그 위치에서 아무것도 못 한다는 것을 알 정도였다.

그런데 그쪽으로 달려가는 이유는 한 가지였다.

패스가 올 거라는 것을 알았기에.

이것이야말로 약속된 플레이였다. 파본이 최근 몇일 사이에 연습하게 한 동선과 그 위치.

그래서 상대의 방심을 노리고 안토니오의 롱패스가 날아왔을 때, 기회를 포착하기 위한 맹수의 움직임이 있었다.

부웅 하고 공은 떠서 반디를 향해 갔다.

순간적인 움직임으로 사각으로 가는 그를 견제만 할 뿐 거리를 좁히지도 늘리지도 않는 수비수.

헤딩은 무리라고 생각했기에. 해 봤자, 아무런 위협이 되지 않았다.

아니 오히려 헤딩할 때 들어오는 다른 선수들을 지켜봐야 했다.

그 사각지대에서 발보다 정교하지 않은 터치는 절대 골을 만들어 낼 수 없다.

그래서 머리를 사용하지 않으리라 생각했다.

그들의 생각이 맞았다.

반디는 머리를 사용하지 않았다.

그런데 그 자리에서 왼발을 드는 반디.

통!

안토니오가 멀리서 찼던 그 공이 반디의 왼발에 맞고 수비수를 넘겼다.

그리고 그 뒤에 골키퍼도 넘겼다.

통!

마지막으로 골대를 맞추며 공은 안쪽으로 꺾여 들어가 버렸다.

"저… 저럴 수가!"

첼시의 수석 코치가 믿기지 않는다는 눈으로 반디를 지켜보며, 자신도 모르게 감탄을 했다.

하지만 쥬제뉴는 냉정한 눈으로 판단했다.

"우연일 수도 있죠. 일단 더 봅시다. 후반전에는 약간 거칠게 하도록 지시하겠습니다."

오른 토마스를 왼쪽에 놓고, 수석코치를 오른쪽에 둔 쥬제뉴.

쥬제뉴는 자신보다 훨씬 나이가 많은 수석코치를 예의로 대한다. 이렇게 전술 지시도 세세하게 미리 알려놓으면서.

언론이 그의 냉정함을 부각하지만, 사실은 그는 카멜레

온과 같았다. 냉정과 배려가 함께 공존할 수 있는.

아무튼, 후반전에는 거칠게 하겠다.

토마스는 쥬제뉴가 한 말의 의도를 파악했다.

반디가 프리미어리그의 거친 수비에 어느 정도 적응할 수 있는지를 보겠다는 뜻이다.

이것만 통과하면, 적극적으로 오퍼를 낼 생각이라는 것도. 그래서 토마스는 속으로 미소 짓고 있었다.

쥬제뉴에게서 일단 '더 본다.' 라는 말도 자주 나오는 게 아니었다.

세상은 넓고 선수는 많지만, 첼시에서 뛸 선수들은 쥬제뉴가 직접 골랐으니까.

이렇게 전반전이 종료되었다.

반디를 볼 기회, 그리고 시험할 기회를 후반으로 미루면서.

하지만 그 역시 나중으로 미뤄야 했다. 어쩌면 아주 먼 훗날로.

왜냐하면, 후반전에는 반디가 출전하지 않았기 때문이다.

스테파노는 반디가 아닌 다른 선수도 실험하기를 원했다. 그가 부동의 원톱인 것은 확실하지만, 시즌은 길고, 어떤 변수가 일어날지 모른다.

코파 델 레이 참가로 경기 수도 많아질 것 같았다.

그러자면 로테이션 운영은 필수적이다.

반디가 철로 만든 사람이 아니었다.

전 경기에 출전할 수는 없는 그보다는 다른 선수들의 역량 강화도 감독의 몫이었다.

그래서 기회를 잡은 알레한드로는 감독의 눈도장을 찍기 위해, 달리고, 또 달렸다.

후베닐 A에서 UEFA 유스 컵 우승과 더불어 득점왕까지 따 놓은 유망주.

그 역시 레알 마드리드에서 엘리트 코스를 밟았다.

그리고 쥬제뉴의 눈빛 또한 빛이 났다.

많은 선수가 교체되어 들어왔다.

빅토르와 페드로 역시 반디와 마찬가지로 전반만 뛰었고, 그들을 대신해서 더그와 그렌스가 후반전을 누비기 시작했다.

초반 그들이 뛰는 모습을 보고 파본은 모처럼 미소 지었다.

"호오, 잘하네요. 전반전에 뛴 애들보다는 긴장하지 않는데요?"

"그렇군. 잘 되었네. 제대로 시험해 볼 수 있으니."

스테파노 역시 다행이라는 눈빛을 보였다.

긴장해서 제대로 실력을 발휘하지 못한다면, 선수를 평가하기는 쉽지가 않으니까.

연습할 때만 잘해서는 소용이 없었다. 그야말로 수많은 연습용 씨날두와 리오멜은 천지에 깔렸다.

실전에 강한 자가 살아남는다. 그게 축구계에 전해져오는 오래된 통념이자 진실이었다.

한편, 교체를 보고 아쉬운 눈빛을 하던 쥬제뉴에게 토마스의 음성이 들려왔다.

"마찬가지로 천만 유로입니다. 저기 뛰는 이들 모두."

그가 말하는 이들은 공격조합을 뜻했다.

알레한드로와 그렌스, 그리고 더그까지.

그중 알레한드로는 쥬제뉴의 눈에 꽤 눈에 익었다. 그럴 수밖에 없었다.

지난 시즌 UEFA 유스리그 결승전에서 해트트릭했던 이가 바로 그였으니까.

"바이아웃 금액은 오히려 저들이 더 높습니다. 그래도 천만 유로라면, 레알 마드리드가 오케이 할 것입니다. 지금 빚 때문에 불이 떨어졌으니까요. 그들의 발등에 말입니다."

다시 한 번 고개를 끄덕이는 쥬제뉴.

그런데 마음이 많이 동하는 것은 아니었다.

심지어 알레한드로가 통쾌한 중거리 슛으로 동점을 냈는데도 불구하고.

"확실히 전반전에 뛰던 반디의 능력이 더 나은 것 같아."

쥬제뉴는 입맛을 다시며 이렇게 말했다.

토마스는 이것에 동의할 수 없었다. 동의하지 못한다는 이야기가 아니다. 선수의 실력을 가늠하는 데에는 전혀 보는 눈이 없었기 때문에 말을 꺼내기가 힘들었다.

그는 오로지 선수의 가치만을 평가하며, 팀으로 데려오면 얼만큼의 가치가 있다는 것을 측정한다.

모두 스카우트의 손을 빌린 다음 실행하는 것뿐이다.

그가 제일 좋아하는 확률과 통계를 바탕으로.

경기장 안에서 직접 뛰는 모습으로 그 모든 것을 알기는 어렵다.

그래서 기다렸다. 쥬제뉴의 추가적인 설명이 나올 때까지.

역시나 첼시의 이 냉정한 감독은 세간의 평가와는 달리 친절했다. 웃으며 입을 열어 토마스에게 그 이유를 설명해주고 있었으니 말이다.

"지금 카스티야 선수들의 모습을 보게. 긴장이 완화되었어. 아니 완전히 게임에 몰입하는 중이지."

"그럼… 교체로 들어간 선수들이 잘하는 것 아닙니까?"

"아니지. 전반에 그 긴장한 선수들 가운데서도, 에스테반은 발군의 기량으로 득점에 성공했어. 아, 그 기막힌 패스로 어시스트를 한 수비수 이름이….”

“안토니오입니다.”

“그래, 안토니오. 내친김에 안토니오의 가격도 알아봐 주게. 저 수비수야말로 내가 찾던 선수야.”

모든 것을 다 기억할 수는 없었다. 오늘 나온 선수들의 가치를 수치화한 토마스조차도. 그래서 나중에 알아본다는 말을 하고 계속해서 쥬제뉴를 바라보았다.

“아무튼, 2-0을 2-1로 만든 깃. 점수 차이를 좁혀서 더 낫다? 그것보다는 긴장해서 뛰는 선수들에게 용기를 주었다는 점이 에스테반이 높게 평가받아야 하는 거지. 그것을 바탕으로 후반전에 나온 선수들이 잘 뛰고 있는 거네. 하지만 거기까지야. 잘 보게. 결과는 크게 달라지지 않을 거야.”

결과는 달라지지 않는다. 그것은 무엇을 뜻할까?

벤치에서는 알레한드로의 득점을 보고, 다시 한 번 빅토르가 경계의 말을 했다.

“오오, 반디. 긴장해야겠다. 쟤 칼 갈았어.”

“그러게. 열심히 하지 않으면 내 자리 빼앗기겠는걸?”

그런데 그의 자극적인 말에 여유 있게 대답하는 반디.

큰 문제는 안 된다는 느낌을 강하게 받은 것은 착각일까?

"쳇…."

빅토르는 자신의 자극이 먹히지 않는다는 것을 깨닫고 고개를 돌려 다시 경기장을 바라보았다.

자신의 자리에서 뛰는 그렌스가 눈엣가시였다. 빅토르 역시 이번 시즌 치열한 주전 경쟁을 펼쳐야 했기에.

이렇게 후반 초반에는 팽팽한 경기력을 보여주었다.

그러다가 점점 밀렸다. 이상한 일이었다. 점유율은 카스티야가 더 높은데, 결정적인 장면은 첼시가 가지고 갔다.

그리고 끝끝내 그들은 득점에 성공했다.

그러면서 카스티야가 무너지고 말았다.

한 점 더 내주면서 4-2. 그나마 대량실점하지 않은 것은 안토니오의 분투 때문이었다.

그렇게 경기가 끝났다. 4-2의 점수도 점수지만, 전반적으로 경험과 실력이 뛰어난 첼시의 완승이었다.

연습경기라서 큰 의미가 없을지라도, 확실히 클래스의 차이가 느껴지는 한 판이었다.

다만 주제뉴가 반디에게 보내는 시선은 확실히 달랐다.

욕심이 섞여 있는 그 눈빛. 거기다가 자신감도 보였다. 원한다면 바로 끌어올 수 있다는.

"그냥 유망주로만 알았는데, 아니군. 기회를 주면 첼시의 세 번째 공격수로도 살아남을 수 있을 것 같아."

반디에 대한 그의 총평이었다.

또 한 명 있었다. 후반전에 중거리 슛을 성공한 알레한드로. 그 역시 쥬제뉴의 눈에 들었다.

알레한드로는 지난 UEFA 유스리그 결승전부터 봐왔던 선수였다.

그런데 욕심을 내는 쥬제뉴에게 토마스가 조언했다.

"두 명은 과잉 투자입니다."

"알고 있어. 그래서 고민이야. 둘 중에 누구를 선택해야 하는지…."

○

다음 날 쥬제뉴의 선택이 레알 마드리드에 도착했다.

18세 소년, 아니 이제 청년으로 변한, 반디였다.

레알 마드리드는 거절할 수 없었다. 반디의 바이아웃 금액이 애초에 낮게 책정되어 있었기 때문이다.

첼시에게 있어서 반디의 바이아웃 금액을 맞추지 못할 리가 없었다.

비상등이 켜진 시점.

하비에르의 얼굴에 당했다는 표정을 흘러나왔다.

비즈니스의 세계에서 사람을 어디까지 믿어야 할지 모르겠지만, 쥬제뉴가 바로 이렇게 치고 들어올 줄 몰랐다.

애초에 반디에게 질질 끌려가며 계약을 했던 사태가 불러온 참극이었다.

하비에르와 레알 마드리드의 부회장 크레스피는 로메오까지 지원 요청을 하기에 이르렀다.

그들은 일단 빈센트를 불러다 놓고 대책 마련에 고심했다.

크레스피는 못마땅한 듯 혀를 차며 빈센트를 추궁했다.

"이게 어떻게 된 거야? 이게…. 아무리 그래도 바이아웃 금액이 너무 낮았지 않은가?"

"어쩔 수 없었습니다. 그때…."

'당신들이 맘대로 해주라고 하지 않았습니까? 그걸 기억도 못 하는군요.'

기억을 못 할 리는 없었다.

다만 책임을 떠안을 누군가가 필요했을 뿐이다.

현재 반디는 지역 팬들에게 엄청난 인기를 누리고 있었다. 물론 프리메라리가로 끌어올 만큼은 아니었다.

기존의 스타들에다 월드컵 영웅들까지 영입했다.

자리는 하나인데, 그를 데리고 와서 후보로 앉힌다는 것은…

"프리메라리가로 불러옵시다."

하비에르의 말에 모두의 눈이 커졌다.

그가 결정한다면, 안 될 일도 될 수 있었다.

하지만 로메오가 반대를 하고 나섰다.

"고작 18세 소년입니다. 지금 있는 이들과 경쟁하기에는 아직 무리예요."

얼핏 보면 찬성한 하비에르가 반디를 위한 것 같았지만, 그 반대였다.

로메오가 더 반디를 위한 반대를 했다. 데려와서 벤치만 달구다가 결국 팔려간 많은 유망주를 보았기 때문이다.

완전히 주전 자리가 아니면, 조급하게 끌어 올릴 필요는 없었다. 시간은 반디의 편이며, 주변의 상황 또한 점점 그에게 유리하게 작용하고 있었기에.

하지만 크레스피는 하비에르의 뜻에 완전히 동조하며, 큰 목소리로 주장했다.

"그럼 싼 값에 그를 첼시에 넘겨주기라도 하자는 말씀이십니까? 지금이라도 재계약을 합시다. A팀으로 가게 한다는 조건으로…."

"계약한 지 불과 2개월밖에 안 되었습니다."

"그게 대수인가? 헐값에 그를 넘기는 게 더 문제 아닌가?"

빈센트가 곤란하다는 듯이 말하자, 크레스피는 역정을 냈다.

어찌 보면 하비에르보다 크레스피가 더 문제라고 생각

한 로메오.

그러면서 반디가 영리한 판단을 했다고 생각했다.

3년 계약에 천만 유로의 바이아웃 금액.

'아니지… 진짜 마음을 바꿔서 첼시로 간다면?'

반대하기는 했지만, 로메오 역시 이 부분이 찜찜했다.

아무리 그래도 사람은 욕심의 동물.

그가 보아왔던 반디는 그것을 가슴 속에 품고 있었다.

인터뷰하는 것만 봐도 알 수 있다.

반디는 늘 자신의 목표치 이상을 언급해왔다.

그게 바로 반디의 욕심을 보여주는 장면이었다.

말로는 레알 마드리드의 원클럽맨이 된다고 했지만, 그 말을 한 사람 중 최근에 클럽에서 은퇴한 사람은 거의 없었다.

회의는 지지부진했다.

사실 대책은 없었다. 주도권을 쥔 사람은 반디였기에.

거기다가 첼시가 오퍼를 넣은 게 끝도 아니었다.

시즌을 앞둔 시점, 쥬제뉴의 공격수 위시 리스트가 드디어 꿈틀대며 반디의 휴대전화를 울리게 했으니.

요즘 반디는 모르는 전화번호라도 일단 받았다.

특히 해외에서 온 전화는 민선일지도 모른다는 생각에 통화버튼을 눌렀다.

"여보세요?"

(나는 쥬제뉴라고, 첼시의 감독이다.)

"아, 안녕하세요."

반디는 살짝 당황했다.

그럴 수밖에 없었다. 다름 아닌 첼시의 감독 아닌가?

감독의 세계에서도 급이 있었다. 최근 가장 뛰어난 감독을 말한다면, 바이에른 뮌헨과 첼시의 두 감독일 것이다.

물론 현재 레알 마드리드 A팀 감독도 두 감독 못지않게 명성을 갖고 있었다. 그래도 왠지 차이가 나는 느낌이었다.

오히려 아틀레티코 마드리드 A팀 감독이 더 좋은 평가를 받았다.

아무튼, 쥬제뉴는 반디를 무척이나 마음에 들어 했나 보다. 긴 이야기로 설득하려 애썼으니.

"…그래서 말인데, 너만 승낙한다면, 첼시에서 뛸 수 있다. 내가 너를 최고로 만들겠다."

자신을 최고로 만들겠다는 그 말.

솔깃하지 않을 사람이 몇이나 될까?

그러나 반디는 냉정했다. 최고로 만들겠다는 말 이면에 숨어 있는 뜻을 되새겨 보았다.

"언제쯤 말입니까? 제가 최고가 될 수 있는 그때를 언제라고 생각하십니까?"

"그거야…"

꽤 당돌한 반디의 말을 듣고 이번에는 쥬제뉴가 말을 잇지 못했다. 달변으로 유명한 그의 말문을 막히게 한 것만 봐도 반디의 이 질문이 꽤 날카로웠던 것으로 보였다.

그래도 쥬제뉴는 쥬제뉴였다. 이렇게 말을 돌려보았다.

(레알 마드리드에서는 네가 최고가 되기는커녕, 주전 확보도 힘들다. 알고 있을 텐데… 이번에 레알 마드리드에서 프리미어리그 최고의 스트라이커를 영입했다. 내가 그 팀에 있어봐서 안다. 레알 마드리드는 유망주가 크기에 가장 안 좋은 구단이다.)

"그래서 제가 한 번 바꿔보려고 합니다."

(……!)

쥬제뉴의 입장에서 이제는 설득할 힘이 떨어졌다.

아니 더 설득하다가는 매달리는 꼴이 되었다.

아직 반디가 그 정도는 아니었다.

가능성이 꽤 보였지만, 기껏 끌어와서 통제하지 못할 정도가 되면 문제 선수로 전락하게 된다.

반면 반디의 입장에서는 계산하는 것 같지만, 결코 아니었다.

그는 그냥 거침이 없었던 것뿐이다.

본능이라고 해야 할까?

첼시나 레알 마드리드나 똑같은 구단이라고 생각했다.

원톱을 쓰는 두 구단에서 현재 자신의 자리가 있을까?

그래서 만약 첼시에 가더라도 확실히 자신의 자리를 확보하고 싶었다. 그게 안 된다면, 굳이 갈 필요는 없었다.

주전 경쟁에 자신이 없어서가 아니라 매우 냉철한 생각을 한 것이다.

실력으로 증명하는 것은 한도 끝도 없는 시간만 소모되었기에.

차라리 세군다에서 우승을 노리는 게 더 가능성이 있어 보였다.

두 구단에서 주전 자리를 뚫고 가는 것을 두려워한다기보다는, 제대로 대접받고 싶은 마음이 더 컸던 것.

그게 반디의 결단을 불러일으켰다.

아울러 쥬제뉴도 더는 그를 설득할 명분이 없어서 포기 쪽으로 가닥을 잡았다.

반디를 끌어들이기 위해서 현재 있는 스트라이커를 정리할 수는 없었다. 그런 위험을 감수한다는 것 자체가 큰 리스크를 안고 있었기에.

그런데 전화를 끊으려고 할 때쯤, 반디의 목소리가 들렸다.

"아, 맞다. 카스티야에 첼시의 왕팬이 있습니다. 걔가 저랑 친한데, 평소에도 첼시에서 뛰고 싶어 안달이 났습니다. 언론 흔들고, 적절한 이적료 제시하면, 무조건 갈 것 같습니다. 그래도 제가 했다는 말은 하지 말아주세요.

나름 자존심이 강한 아이라서… 이름은, 알레한드로입니다."

반디의 권유로 알레한드로에게 오퍼를 넣은 것은 아닐 것이다. 하지만 첼시를 동경하는 유망주 스트라이커를 데리고 오는데 더 수월하다는 것을 쥬제뉴는 알았다.

그래서 다음날 레알 마드리드는 알레한드로에 대한 오퍼를 받았다.

오백만 유로. 한국 돈으로 약 60억 원. 적은 돈은 아니었다. 그렇다고 많은 돈도 아니었다.

스페인에서 찾기 힘든, 더구나 레알 마드리드 A팀 전술에 딱 맞는 9.5번 형 스트라이커는 매우 드물어서.

그래도 현재 빚이 많은 레알 마드리드로서는 거절하기 힘든 금액이었다.

반디의 경우와는 사뭇 달랐다. 지킬 수 있으면 지키되, 안 되면 판다는 쪽의 생각이 운영진의 뜻이었으니.

그리고 그날 마드리드 신문에 기사가 실렸다.

『첼시, 에스테반과 알레한드로에 관심을 두다.

…(중략)… 따라서, 쥬제뉴 감독은 레알 마드리드 카스티야에서 뛰고 있는 두 선수를 영입하고 싶다는 뜻을 분명히 밝혔다. 첼시는 이 두 선수의 이적료로 각각 오백만 유

로를 책정해 놓았으며, 첼시의 미래를 위해서 투자하겠다
고 언급했다.

　한편, 레알 마드리드는 이 두 선수를 절대 팔 수 없다고
말했다. 하비에르 회장은 레알 마드리드가 클럽의 미래를
파는 구단은 절대 아니며, 자금도 충분하므로, 앞으로 팀
의 유망주를 이적시키는 일은 없을 것이라고 주장했다.

　그러나 전문가들은 지금까지 해왔던 레알 마드리드의
행보로 판단하건대, 곧 이 두 선수를 적절한 가격으로 시
장에 내놓을 것으로 예측했다.

　특히, 이번에 몇 명의 선수를 A팀에 영입한 레알 마드리
드에, 두 선수가 뛸 자리가 없기 때문에…(중략)…」

　쥬제뉴는 언론 흔들기에 들어갔다.

　비록 반디에게 부정적인 말을 듣긴 했지만, 일단 건드려
보는 게 좋을 거라는 판단을 내렸다.

　물론 레알 마드리드는 겉으로는 절대 팔 수 없다는 입장
표명을 했다.

　하지만 회의를 통해서 정해진 방침은 두 가지다.

　첫째, 반디는 절대 판매 불가.

　둘째, 알레한드로의 이적료는 더 받아내야 함.

　이런 결론을 내고 첼시와는 협상에 들어갔다.

　물론 알레한드로와 반디 두 명은 이 사실을 모른다.

아니, 반디는 이미 가지 않을 생각을 했기에, 알레한드로만 첼시의 관심에 기분만 붕 떠 있었다.

다만 그 역시 아직은 생각해보겠다는 말로, 협상을 유보했다. 무슨 꿍꿍이인지는 빅토르가 분석했다.

"당연히 핵심 주전으로 뛰겠다고 시위하는 거겠지."

"그럼 반디는? 반디도 가려고 할까?"

페드로가 묻는 말에, 빅토르는 고개를 저었다.

"너도 알 듯이, 반디가 가겠냐? 당연히 남겠지. 아마 떠나게 되는 것은 알레한드로가 될 거야."

말은 그렇게 했지만, 그는 계속해서 알레한드로를 경계했다.

떠나지 않고, 남는다면 반디의 카스티야에서 두 스트라이커의 카스티야로 변한다.

호랑이 굴에 두 마리의 호랑이는 필요 없었다.

빅토르는 단 한 명을 구심점으로 하는 게 팀을 위해서는 훨씬 낫다고 여겼다.

동시에 안토니오도 오퍼를 받았다.

이번에 재계약을 할 때, 그 역시 반디와 마찬가지로 천만 유로의 바이아웃 금액을 설정했다.

바이아웃 금액은 선수의 가치를 평가하는 기준이 된다.

하지만 이적할 때의 족쇄가 되기도 해서, 양날의 검이나 마찬가지다.

이런 상황에서 선수가 주도권을 쥐려면 바이아웃 금액이 낮아야 한다. 이처럼 현명한 결정을 한 배경에는 훌리안이 있었다.

훌리안은 이제 협상의 귀재가 되었다. 사실 중심은 반디 때문이다. 그를 데리고 있을 때, 구단에 대한 입김이 커져만 갔다.

잘못하면 반디만이 아닌 빅토르와 페드로, 그리고 최근 계약한 마리오까지 한꺼번에 이적 시장에 나갈 수 있었다.

어하튼, 안토니오는 구단에 대해 충성심을 보였다. 그는 언젠가 프리메라리가에서 뛸 수 있기를 바란다며 인터뷰했다.

즉, 첼시의 제안을 거절한 것이다.

언론을 통해 레알 마드리드 유망주를 흔든 쥬제뉴는 현재 단 한 명도 건지지 못했다.

신기한 일이었다. 레알 마드리드와 같은 구단에서 유망주가 의리를 지킨다는 것이.

일단 레알 마드리드 운영진으로서는 이로써 한숨 돌리게 되었다.

그래도 수면 아래에 있는 문제는 반디와 재계약하지 않으면 해결될 수 없었다.

다시 빈센트는 훌리안의 에이전트사를 뻔질나게 들락날락하기 시작했다.

물론 훌리안은 2년이나 남은 기간을 아직 더 연장할 생각이 없다고 분명히 밝혔다.

　이 세상에 쉬운 것은 없다고 생각한 빈센트의 초라한 모습.

　이리 치이고, 저리 치이면서 그는 벌써 오십에 가까운 나이에 현장에서 뛰고 있었다.

　그래서 훌리안의 사무실을 나오면서 던진 한숨에 그의 마음이 담겨 있었다.

　"후유, 나도 에이전트 사를 하나 세워야 하나?"

　갑자기 젊은 훌리안이 부러워졌기에 드는 마음이었다.

퍼스트
터치 FIRST TOUCH

Chapter 42

FIRST Chapter 42 TOUCH

드디어 모든 연습 경기가 끝나고, 공식전이 시작되었다.

그런데 초반에는 지루하기 짝이 없었다.

카스티야의 이야기이며, 반디의 이야기였다.

코파 델 레이의 예선전에서 사실 적수가 되지 않는 하부 리그 팀을 상대하며 단계적으로 올라가는 일.

그게 참 지루했다.

그렇다고 방심하지 않았다.

연습 경기가 그래서 중요했다.

첫 연습 경기인 AS 파르마전에서 카스티야가 졌을 때, 스테파노의 무서운 얼굴을 보고 선수들은 절대 방심하면 안 된다는 사실을 깨달았다.

반디의 입장에서는 출전하지 못했다는 것에 지루했다.

스테파노는 첫 경기에서 반디보다는 다른 선수들을 시험했다.

이것은 그가 반디를 아끼지 않아서가 아니었다.

심지어 이 경기는 22연승의 기록도 달려 있었다.

스테파노가 걱정만 많은 감독이 아니라는 게 여기서 증명이 되었다.

감독 자질은 멀게, 그리고 깊게 보는 데에 있었는데, 그는 연승 기록보다는 더 많은 것을 얻기 바랐다.

그것이 선수들의 자신감. 반디가 없을 때에도 이길 수 있다는 심리를 부여하고 싶었다.

그렇다고 '배수의 진'도 아니었다. 상대했던 바레아는 카스티야와 맞서기에 너무 약한 팀이었으니.

문제는 이 경기에서 선발로 나온 알레한드로가 여섯 골을 넣었다는 점이다.

알레한드로의 표정에 특유의 거만함이 되살아났다.

진짜 득점 기계는 반디가 아닌 자신이라고 외치는 것 같았다.

그리고 시작했다. 반디와의 경쟁의식을.

전술 훈련에서 일어난 사건은 라이벌 의식의 촉발로 벌어진 일이었다.

"야, 패스를 왜 나에게 안 해?"

마리오에게 성질 내며 던진 알레한드로의 말.

굴러온 돌이 박힌 돌을 빼내려는 첫 번째 시도였다.

그리고 마리오에게는 매우 낯익은 장면이기도 했다.

예전에 반대로 알레한드로가 박힌 돌이었을 때의 기억이 새록새록 떠올랐다.

또한, 그때와 비슷한 대답이 마리오의 입에서 흘러나왔다.

"너에게 패스하면 오른발 아웃사이드로 차야 하잖아. 위치보다는 확률 높은 발을 선택했을 뿐이야."

그때와 다른 점은 마리오의 대답이 더 당당했다는 것.

그리고 알레한드로가 바로 수긍하고 넘어갔다는 것이다.

"그래? 알았어. 하하하. 그냥 약간 서운해서 그런 거야. 미안하다."

미소를 지으며 뒤돌아서는 알레한드로의 얼굴을 빅토르는 똑똑히 보았다.

항상 그를 경계했기에 발견한 표정이었다.

훈련이 끝나고 항상 모이는 이들 죽마고우.

그 자리에서 빅토르는 늘 걱정하고 경계했다.

"아까 그 표정을 너희가 봤어야 하는데. 정말 반디를 죽이기라도 할 표정이었다니까."

"사람 죽이면 살인자 돼."

"안 웃기거든? 자아식이, 지금 진지하게 말하는데 장난 치고 있어."

페드로의 농담에 한 번 더 화를 내는 빅토르.

어느새 이들 넷은 형제와 비슷한 끈끈함이 자라나고 있었다.

그래서 걱정하는 것이다. 혹시나 알레한드로가 이상한 음모를 꾸미고, 거기에 반디가 걸려들까 봐.

심지어 마리오도 빅토르의 말에 동조까지 했다.

"나도 빅토르의 의견에 동감하고 있어. 저번에 여섯 골을 넣었다고 자랑하고 다니면서, 앞으로 패스는 자신에게 넣어야 한다는 말을 들었어."

"잉? 자기한테만 패스하라고?"

"그 비슷한 말. 두 골과 여섯 골의 차이가 클래스의 차이라고. 그러니까 더 확률 높은 득점을 원할 때에는 꼭 패스를 자신에게 하라는 말을 했어."

이번 프리시즌 동안 연습 경기에서 반디는 두 골을 기록한 게 한 경기 최다득점이었다. 그것을 비꼬는 것이 분명했다.

이쯤 되면 반디가 반응해줄 차례였다. 그래서 친구들은 그의 표정을 살폈다. 하지만 아무 반응이 없었다. 아니 있긴 했지만, 미소를 짓고 천하태평인 말만 했다.

"잘 풀릴 테니, 걱정하지 마."

빅토르가 두 눈 사이를 좁혔다. 그리고 미적지근한 반응이 마음에 들지 않는다는 듯, 그는 목소리를 높였다.

"알레한드로는 질투의 화신이야. 보라고! 너 잘 되는 것은 절대 원하지 않을 테니까. 분명히 이상한 짓을 할 거야. 두고 보라고, 두고 보라니까!"

빅토르의 입에서 나온 그 '이상한 짓'은 세군다 리가 개막전 엔트리를 발표했을 때, 드러났다.

반디가 주전으로 확정되고, 알레한드로가 벤치에 앉게 된다는 말을 들었을 때, 알레한드로는 기분 나쁘다는 듯이 이렇게 항의했다.

"현재까지 최다 득점자는 전데요?"

스테파노는 그의 얼굴을 보았다.

틀린 말은 아니었지만, 어폐가 있었다.

고작 한 경기만 치렀을 뿐이다. 그것도 약팀을 상대로.

게다가 반디의 출전이 매우 적었기 때문에 차이가 발생한 일이었다.

"연습 경기에서 득점이 제가 더 높습니다. 코파 델 레이 예선까지 모두 열 골을 넣었습니다. 에스테반은 아홉 골 아닙니까? 수치로 보면 제가 더 우위에 있습니다."

증거를 내밀며 자신이 더 위라고 말한 알레한드로의 눈빛.

스테파노는 위험 신호를 감지했다.

심지어 지금 그의 말에 동조하는 눈빛들 몇 개가 있었다.

후베닐 A에서 그와 같이 올라온 선수들이라면 이해한다.

그런데 더그와 그렌스도 같은 눈빛을 지녔다.

특히 더그의 눈빛이 더 강렬했다.

무언의 항의. 잘못하면 스테파노가 반디를 편애한다는 오해를 살지도 몰랐다.

그때 파본이 나섰다.

"아직 네 위치를 잘 몰라서 그런 말을 하는구나. 넌 로테이션, 그리고 에스테반은 핵심 주전이다. 만약 네가 핵심 주전을 꿰어찰 생각이라면, 올 시즌 기회가 왔을 때 보여주면 된다."

"그건…."

"이미 보여주었다고 이야기하지는 마라. 여기서 말하는 기회란 팀이 어려울 때, 득점의 순도에 있다. 넌 진정으로 내 득점이 그에 걸맞은 팀에게 빼앗아 냈다고 생각하나? 어른 팀이 어린아이 팀과 싸워서 이겼다고 자랑하는 꼴은 아니고? 만약 네가 내일 주전 엔트리에 들어서 득점하지 못할 경우, 올 시즌 내내 벤치를 지킬 각오가 되어 있나? 그렇다면, 내가 감독님께 직접 말씀드리겠다. 너를 선발로 해달라고."

할 말이 없었다. 더 정확히는 용기가 생기지 않았다.

내일 득점하지 못한다면, 진짜로 시즌 내내 벤치에 앉힐 것 같은 눈을 파본이 보여주고 있었기에.

그런데 스테파노는 지금 이것이 심각하다는 것을 깨달았다.

안 되는 팀의 전형은 내부 분열이었다.

굴러온 돌인 알레한드로를 중심으로 몇 명이 뭉치고 있다는 게 눈에 보였다.

파본은 자신보다 더 강한 성향을 가지고 있는 코치.

그래서 이렇게 말로, 그리고 힘으로 억압했지만, 그런다고 튀어 오르지 않을까?

오늘도 분명히 뒤에서 수군대고 있을 알레한드로와 그의 일당들의 모습이 머리에 그려졌다.

시즌 시작과 더불어 시작된 일이 호재가 아닌 악재와 같다는 점. 감독이라는 이름으로 첫해를 맞이한 스테파노의 어깨가 좀 더 무거워졌다.

다행히 다음날 개막전 첫 경기에서, 반디는 결승골 포함해서 한 골 두 개의 어시스트를 하며, 그의 어깨에 놓인 짐의 무게를 덜어주었다.

또 하나. 그것은 안토니오의 입에서 나왔다. 경기를 마치고 벤치 앞에 서 있는 스테파노를 안으면서 그는 이렇게 외쳤다.

"23연승입니다! 23연승이라고요! 하하하."

그렇다. 드디어 스페인 연승 기록을 경신했다.

비록 하부리그라고 하더라도, 기록은 기록이었다.

2014년에 A팀이 프리메라리가에서 22연승을 거둔 기록을 넘어서는 일을 세군다에서 카스티야가 해냈다.

그다음 경기에서 반디는 또 한 골을 넣었다.

그리고 그 득점은 팀의 24연승을 기록하게 하는 결승골이었다.

잠시 분열되었던 팀이었지만, 이 때문에 분위기는 매우 밝았다.

물론 그럼에도 불구하고, 경기에 출전하지 못해 뒤에서 반디를 씹는 알레한드로의 행태는 여전했지만.

"한 사람만 밀어주는 것은 불공평한 것 아니야?"

"그러게. 이건 너무하잖아. 우리도 팀의 일원이야. 24연승의 기쁨을 필드에서 느낄 자격이 있단 말이야."

"스테파노가 반디가 들어갔던 유소년 클럽 코치였다고 하던데…."

누군가의 입에서 이런 정보까지 나왔다. 많이도 캤다. 사실 캐지 않아도 대부분 선수가 알고 있는 사실이었지만.

안토니오나 세바스티안 등 다른 선수들이 알아도 그들이 아무 말 하지 않은 이유가 있었다.

반디가 그동안 자신의 실력으로 '불공평함'이라는 단어

자체를 선수들의 머리에서 싹 제거했기 때문이다.

당연히 알레한드로 일당은 그들마저 싸잡아 욕했다.

"가재는 게 편이라더니, 지난 시즌, 같이했다 이건가? 우리가 도저히 뚫고 들어갈 틈이 없어."

"그러니까 걔네들의 명분도 다 똥이야. 말로는 레알 마드리드를 개혁한다면서, A팀하고 똑같은 모습이잖아. 감독하고 코치고 간에, 그리고 다른 선수들도 우리를 이렇게 견제한다면, 다른 게 뭐가 있어?"

끊임없이 터져 나오는 불만.

그런데 다행이라면 다행이랄까?

이번에 더그와 그렌스는 이 자리에 끼지 않았다.

그들은 반디에게 들었다.

어쩌면 알레한드로가 이적할지도 모른다고.

갈 사람한테 붙어서는 아무것도 얻을 수 없었다. 약간 기회주의적이기는 하지만, 이쯤에서 끊는 게 그들 입장에서 나을 것 같았다.

어쨌든 반디의 예감이 딱 들어맞는지는 모르겠지만, 알레한드로는 감독과 직접 면담을 신청했다.

그러면서 팀 내에 소문이 돌았다.

그가 첼시로 떠날지도 모른다는.

그리고 그건 사실이었다. 면담을 마치고 난 후 그는 이적을 선언했다.

불과 이적 기간 마감을 하루 앞둔 시점에 그는 첼시로 이적한 것이다.

그리고 그와 직접 면담을 한 스테파노는 파본에게 이렇게 말했다.

"자기에게 기회를 주지 않으면, 팀을 떠나겠다고 협박하더라고."

"그래서요?"

스테파노의 반응이 궁금했던 파본은 빨리 대답을 얻기를 원했다. 물론 대답은 이처럼 허무했지만.

"당연히 가라고 했지, 뭐. 가면 나아질 거라는 생각을 했나 봐. 하하하."

○

쥬제뉴에게 반디가 우선순위였고, 알레한드로는 차선이었다.

그런데 반디는 거절의 뜻을 명확히 한 선수.

그런데다가 연습 경기를 했을 때, 알레한드로가 필사적으로 뛰던 모습이 꽤 인상적이었다.

또한, 그가 스카우팅 리포트를 보았을 때, 한 가지 걸림돌밖에 없었는데, 그게 바로 이적료였다.

예상 밖에 큰 바이아웃 금액. 반디가 천만 유로였는데,

알레한드로는 두 배였다.

아무리 첼시가 부자구단이라고 하지만, 요즘 UEFA의 페어플레이 재정 룰이 매우 강화되어, 선수 수급은 꽤 많은 생각을 해야 했다.

사실 첼시뿐 아니라 다른 구단들도 마찬가지였다.

이제 페어플레이 재정 룰은 이상이 아닌 현실이었다.

맨체스터 시티조차도 무조건 돈을 들여서 비싼 선수를 영입하지 않았으니.

그런 와중에 반디와 알레한드로를 본 것은 행운이라고 생각했다.

흙 속 진주 캐기.

쥬제뉴에게 그 정도는 일도 아니었다.

일단 바이아웃 금액이 낮은 반디는 레알 마드리드를 개혁하겠다는 허황한 생각에 한쪽으로 치워놓았다.

그리고 성사시킨 알레한드로의 이적.

알레한드로의 입장에서는 자신이 레알 마드리드에서든, 첼시에서든 성공과 실패의 확률이 절반쯤 된다는 사실을 아주 잘 알고 있었다.

사실 그것도 자신을 과대해서 평가한 것이나 마찬가지다.

누구나 빅클럽의 유소년을 부러워한다.

그러나 이들은 낙타가 바늘구멍을 뚫고 가는 것만큼 어렵게 주전 가능성을 두고 싸운다.

레알 마드리드만 해도 골키퍼를 제외하고 거의 외부 영입으로 채워져 있었다.

그러니 알레한드로로서는 차라리 이적하는 게 나을 수도 있었다. 아니면 카스티야에서 주전 보장을 받거나.

이 두 개의 주판알을 굴리고 나서 스테파노와 독대한 그는 실망스러운 답변을 얻었다.

그는 주먹을 불끈 쥐었다. 자신을 선택하지 않은 대가를 반드시 치르게 하겠다는 의지가 불타올랐다.

일단 그의 선택이 어떤 결과를 가져올지 아무도 알 수 없었다. 거기다가 첼시에 입단해서 바로 웨스트 햄으로 임대를 간 이유 또한 밝혀지지 않았다.

다만 프리미어리그 첫 경기에서 득점한 알레한드로.

첫 결과만 보면 그의 선택은 나쁘지 않았다.

쥬제뉴도 립서비스인지 모르겠지만 이렇게 말했다.

- 임대는 프리미어리그 적응을 위한 것이다. 아무래도 첼시에서 주전 확보를 하지 못할 바에야, 웨스트햄에서 경험을 쌓는 게 좋겠다는 판단을 내렸다.

아무튼, 알레한드로의 선택으로, 갑자기 카스티야의 선수들이 요동쳤다.

특히, 알레한드로와 함께 카스티야에 올라온 선수들은

낙동강 오리알이 된 기분이었다.

부정할 수 없는 현실. 친구도 동료도 일단 이익을 위해, 그리고 기회를 위해 떠날 수밖에 없다. 이게 프로의 세계였다.

일단 이적 기간은 지났기 때문에, 이들은 임대를 선택했다.

그것조차도 쉬운 일은 아니었다.

하위리그로 가기에는 눈이 높았고, 상위리그는 발 빠르게 이미 스쿼드가 다 채워졌다.

물론 레알 마드리드의 유망주라면, 군침을 흘릴만했다.

하지만 비쌌다. 주급을 임대한 클럽에서 다 채워주는 것은 쉬운 일이 아니었다.

그런데다가 스페인 경기가 좋지 않았다. 사실 경기가 좋았을 때도, 잘 먹고 잘산 팀은 레알 마드리드와 바르셀로나뿐이었다.

나머지 팀들이야말로 유럽 전역에 믿고 쓰는 스페인 산을 뿌려대며 팔아서 생활했다.

그럼에도 불구하고 이가 없는 잇몸은 의외로 강력했다.

이럴 때에는 스페인 축구의 인프라가 이들을 도와준 것이나 다름없었다.

요즘 들어 유망주들이 레알 마드리드를 선택하지 않는다는 점도 타 팀들에게는 희망의 징조였다.

반면 레알 마드리드의 임대를 선택한 선수들에게는 악몽이었고.

이제 이들은 에이전트와 함께 외부로 눈을 돌렸다.

다른 국가의 리그로 떠나려고 한 것이다.

한 단계 떨어지는 포르투갈, 러시아, 네덜란드 등등.

카스티야 내에서는 기회가 없다고 생각하며 그렇게 떠나갔다.

카스티야 입장에서는 갑자기 스쿼드가 얇아졌다.

이를 두고 스테파노는 우려의 목소리를 파본에게 내뱉었다.

"큰일이군. 후베닐 쪽에 유망주들이 있는지 좀 알아봐줘. 이럴 줄 알았다면, 그때 크레스피가 더 선수들이 필요하지 물어보았을 때, 막 불러볼걸…"

카스티야는 당연한 이야기지만, 작년보다 경기 수가 늘었다.

거기에 영입은 스테파노의 철학에 기반을 두어 필요한 선수만 최소한으로 했다.

오랜만에 찾아온 아구스틴은 그를 향해 바보라고 놀렸다.

"구단에서 그렇게 밀어줄 때, 실컷 뽑아먹으란 말이야. 원 사람이 그렇게 융통성이 없다니?"

"그러게요. 지금 와서 생각해보면, 역시 감독님이 계셨을 때가 더 좋았습니다. 선수들의 불만은 그때나 지금이나 똑같은 것 같은데, 감독님은 하나도 힘들어 보이지 않았어요."

"그건 자네의 오해야. 나도 힘들었어. 정말이야."

사실일까? 그럴 수 있었다. 아구스틴은 누구를 임대 보내고 이적시켜야 할지, 그것을 선별하느라 힘들었으니까.

"아무튼, 그때나 지금이나 선수들이 이적하거나 임대 가는 것은 똑같지 않은가? 그런 면에서 로메오의 이론도 항상 옳지는 않아."

과연 그럴까? 지켜봐야 하겠지만, 결과만 놓고 속단하기는 아직 이르다는 게 미구엘의 의견이었다.

"결국, 중간에서 개혁하는 것보다는 위에서 바꾸는 게 훨씬 빠릅니다. 만약 A팀에서 새로운 선수 영입을 최대한 자제하고, 리저브 팀의 유망주를 끌어 올려 쓰기 시작한다면, 이 같은 적체 현상은 일어나지 않을 테니까요."

"하비에르가 잘도 그렇게 하겠군. 그래서 이번 감독은 올 시즌 우승하든 그렇지 않든 떠나겠다고 했네."

실바는 미간을 좁히며 이렇게 대답했다.

올 시즌 시작이 좋은 레알 마드리드 A팀.

현재 2승 무패로 1위를 달리고 있었다.

물론 1위 앞에 '공동'이라는 말을 붙여야 했지만, 그래도 작년에 부진했던 시간과는 매우 다른 출발이었다.

그런데 작년이 그렇게도 힘들었나 보다.

계약 기간이 올해로 끝나는데, 연장 계약을 하지 않겠다고 벌써 선언했으니 말이다.

이럴 경우, 감독이 팀을 통제하지 못할 수도 있는데, 역시 노련한 감독답게 선수들을 하나로 모으는 데 성공했다.

특히 축구선수로서 이제 황혼의 시작에 접어든 씨날두를 중심으로 노장들이 해내고 있었다.

이렇게 기존 선수들이 탄탄한데다가, 새로운 영입 선수들도 빵빵하니, 유스 출신들이 어떻게 명함을 내밀겠는가?

이제 이런 이야기가 소문이 났다.

레알 마드리드라는 이름은 동경의 대상이지만, 유망주에서 완성된 선수로 성장하기에는 최악의 구단이라는 뒷이야기.

레알 마드리드의 이름으로 좋은 유망주가 끊이지 않고 모이는 것도 이제 옛이야기가 되었다.

그래서 레알 마드리드의 진정한 팬들은 매우 우려하고 있었다.

최근 나타난 현상. 레알 마드리드의 회장 선거가 다가오자, 일부의 목소리가 터졌다.

유소년을 키우자는 팬들의 음성이.

자연스럽게 현재 유망주들이 집중적으로 몰려 있는 카스티야에 시선이 더 많이 갔다.

그리고 심지어 이들은 새로운 기록을 계속 경신했다.

24연승!

브라질의 쿠리치바가 가지고 있는 24연승 세계 최고 기록.

그 기록과 타이를 세운 카스티야는 여기서 만족하지 않았다.

이제 25연승을 위해서, 그리고 그 경기를 보러 가기 위해서 디 스테파노 구장에 관중들이 운집했다.

"이게 기네스북에 올라가는 거라며?"

"응. 기네스북에 올라가 있지는 않지만, 코트디부아르의 아셀 아비드잔이라는 팀이 108연승을 세웠네."

"유럽에서는 루마니아의 부쿠레슈티가 104연승이 있는데, 도대체 다른 팀들은 뭐 한 거야?"

스마트폰이라는 문명의 이기. 카스티야의 연승기록과 맞물리면서 사람들은 호기심에 계속 검색을 해본다.

아무튼, 기네스북이라는 것으로 보았을 때, 카스티야가 25연승에 도전하는 것은 기록적인 일이다. 이미 이 부분 타이기록으로 기네스북에 등재될 예정이니까.

알프레도 디 스테파노 경기장은 그래서 많은 관심이 쏠리고 있었다.

단지 스페인의 눈뿐만 아니라, 세계의 언론에서도 왔다.

카스티야가 25연승을 한다면, 당연히 해외토픽으로 방송이나 신문에 실을 수 있기 때문이다.

알프레도 디 스테파노 경기장에는 대형 모니터가 설치되어 있었다.

한국의 유명한 기업에서 부자와 홍보 목직으로 설치한 것이다.

곡면으로 된 이 모니터에 선수들이 보였다.

선수 대기실에서 필드로 나오는 입구까지 긴 통로에 서 있는 이들.

한쪽에는 오늘 홈팀인 카스티야 선수들이 하얀 유니폼을 입고 있었다.

다른 한쪽에는 리그 2라운드이자, 25연승의 제물이 될지도 모르는 팀 선수들이 눈에 불꽃을 피웠다.

그 화면을 보면서 훌리안은 지금 이 경기가 쉽지 않다는 것을 직감했다.

"휴, 저 눈빛 살벌합니다."

그 말을 듣고 반디의 아버지인 레오나르도가 고개를 끄덕였다.

"너도 느꼈니? 이것 참… 반디가 다치지는 말아야 할 텐데…"

그는 자나 깨나 반디 걱정이었다. 옆에 있는 벨라도 마찬가지다.

그리고 또 한 명. 오늘 반디의 또 다른 어머니인 민선이 그 옆에 앉았다.

반디와 한국에서 상봉하고 오랜만에 다시 이곳을 방문했다.

그녀는 반디를 보내고 다시 보고 싶은 마음을 꾹꾹 눌러 참았다.

그리고 반디의 연락을 기다렸다. 스페인에 귀국하고 나서 일주일 후, 그의 연락이 올 때까지 몇 번이나 휴대폰 통화 버튼에 손이 갔었다.

전화가 왔을 때, 그녀는 흥분했다.

그때부터 통화의 물꼬를 트기 시작했다.

그런데 매정한 것일까? 아니면 무심한 것일까?

반디는 도통 그녀에게 스페인에 한 번 오라고 말하지 않았다.

오히려 그녀에게 이렇게 조언했다.

– 이제 다시 영화도 하시고 그러세요. 출연한 영화를 요즘 보고 있거든요. 연기 잘하시던데요. 하하하.

반디의 칭찬은 기분 좋았지만, 영화를 다시 시작한다는 것은 무리였다.

일단 마음의 안정이 안 된 상태였다. 좋은 연기가 나오지 않을 것 같았다.

다시 반디를 보면, 마음의 안정이 될 것 같았다.

물론 그녀가 스스로 둘러댄 핑계임이 분명했다. 반디를 보고 싶은 마음에…

그래서 어렵게 표현한 그 말. 반디는 아주 쉽게 대답했다.

– 어? 스페인에 오시고 싶다고요? 진작 말씀하시지. 하하하.

후회의 마음이 가득했던 민선. 그 말을 듣자마자 비행기표를 사 들고 바로 이 경기장까지 찾아왔다.

여기까지 안내는 훌리안이 해주었다. 여전히 그의 제 1고객을 위해 그는 최선을 다하고 있었다.

그가 생각하는 에이전트는 가족 개념이다.

비즈니스에 유대감을 강화하며, 평생 동반자가 되자!

그는 이것을 직원들에게 실천하기 위해, 항상 이렇게 솔선수범했다.

모니터에 나오는 반디의 모습을 보면서 가장 먼저 신 나한 것도 그였다.

"역시! 잘 생겼어요, 역시! 하하하."

그는 큰소리로 그렇게 말하며, 반디를 향해 환호했다.

환호의 목소리를 낸 것은 훌리안뿐만은 아니었다.

경기장에서 대부분 관중이 그를 향해 박수를 보냈다.

그리고 안토니오가 화면에 잡혔을 때도 휘파람을 불면서 환호했다.

이 둘은 구단에 의리를 지켜준 유망주들이다.

레알 마드리드의 팬들이 사랑하지 않을 수 없는 이들.

그래서 최근에는 '유망주를 레알 마드리드로!' 라는 슬로건까지 내걸고 있었다.

오늘도 관중석 여기저기에 그 현수막이 매달렸다.

이러니 천하의 하비에르도 반디를 대충 대할 수는 없었다.

이미 마음속으로는 다음 시즌에 반디를 위한 자리를 만들겠다고 확정한 상태였다.

물론 그가 회장이 되고 나서 해야 할 일이기는 하지만.

"콜록, 콜록!"

갑자기 하비에르가 마른기침을 해댔다.

개도 안 걸린다는 여름 감기에 걸려 버린 것이다.

옆에서 그를 걱정스러운 눈으로 바라보는 그의 딸, 세실.

그리고 그 옆에 아픈 할아버지는 안중에도 없고, 자신의 마음속 연인에 꽂힌 아만다도 있었다.

이제 선수들이 필드로 걸어 나왔다.

드디어 카스티야가 25연승의 발동을 걸기 시작했다.

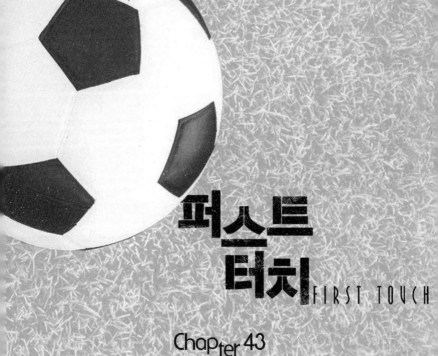

퍼스트 터치
FIRST TOUCH

Chapter 43

퍼스트 터치

상대 팀을 보니 25연승이 쉽지 않을 수도 있었다.

그팀이 바로 다름 아닌 옐체였다.

프리메라리가에서 꽤 오랫동안 버틴 이 팀은, 지난 시즌에 극심한 부진을 겪었다.

그래서 공수의 불균형과 주전 선수들의 부상으로 추락하더니, 결국, 세군다 리가로 강등했다.

늘 그렇지만, 강등한 팀은 세군다의 강팀으로 등극한다.

옐체 역시 첫 경기 레알 무르시아에 4-0 대승을 거두었다.

사기 면에서는 뒤질 게 없는 옐체. 그래서 흥미로웠다.

그들의 입장에서 지난 시즌 카스티야와 싸우지 않은 것도 자신감의 원동력이 되었다.

"지난 시즌 세군다 물이 참 안 좋았단다. 큭큭큭."

옐체의 주장을 맡은 수비수 엑토르는 이런 말로 팀의 사기를 북돋았다.

반응은 곧바로 나왔다. 팀 동료들이 같이 비웃으며 그의 말을 받은 것이다.

"맞아요, 맞아. 호랑이가 없으면 여우가 왕이죠. 킬킬킬."

"아니, 이해가 안 되네. 이런 유치원생들한테 깨진 것들은 뭐야? 아오, 정말. 작년에 부상만 안 당했어도, 여기까지 오는 것은 아니었는데…."

그 말을 들은 카스티야의 선수들의 눈에 일시적으로 분노가 스며들었다.

하지만 카스티야의 선수들은 긴장하고 있었다.

상대 팀 때문이 아니다.

이들이 싸워야 할 것은 바로 기록이었다.

23연승을 할 때도 그랬다.

세상에 쉽게 이기는 경기란 없었고, 그때도 어렵게 상대를 꺾었다.

옐체 같은 강팀도 아니었었는데 말이다.

그래서 지금은 그때보다 더 부담스러웠다.

스페인 기록에서 세계 기록으로, 그것도 기네스북에 오른다니 더더욱 긴장할 수밖에 없었다.

긴장감을 대변하듯이 그나마 강심장인 페드로가 이렇게 말했다.

"이거… 떨리는걸."

"네가 떨린다고 말하니까 실감이 난다. 진짜 떨린다."

항상 페드로가 무슨 말을 하면, 잡아먹을 듯이 토를 달던 빅토르도 오랜만에 그의 감정에 동화되었다.

마리오도 마찬가지였다. 말수가 적어서 표현하지 않았지만, 가슴이 붕 뜨는 느낌이었다. 결승전도 아니고, 토너먼트도 아닌데 이상하게 떨렸다.

주장인 안토니오부터, 부주장 세바스티안, 그리고 카스티야에 더 오랜 시간 머문 퀸끄까지 다 같은 심정이었다.

그만큼 오늘 경기가 주는 압박감은 대단했다.

"후아, 저 카메라들 봐라. 저거 진짜 너무 많네. 오늘 무슨 코파 델 레이 결승전 해?"

이렇게 말한 이는 중앙 수비수 레돈도.

그는 지난 시즌 부상으로 시즌을 날려 먹었다.

심지어 올 시즌 시작도 같이 하지 못했다. 거기다가 하필이면 복귀전이 이런 경기였다. 다행인지 불행인지 그의 포지션 경쟁자가 한 달 동안 부상선수 리스트에 올랐다.

그래서 올 시즌 처음 출전한, 아니 거의 1년 반 만에 나온 오늘 경기에서 그는 더 떨릴 수밖에 없었다.

그렇다면 반디는? 그는 손을 흔들고 있었다.

누구를 향해서? 바로 오늘 경기를 찾아온 민선을 향해서였다.

레오나르도, 벨라와 함께 앉은 그녀.

반디가 자신을 향해서 손을 흔드는 것인지는 모르겠지만, 그녀 역시도 마주 손을 흔들어 주었다.

카메라는 반디가 손을 흔드는 곳을 비추었다.

선글라스를 꼈지만, 아름다운 외모의 한 동양여인이 화면에 나왔다.

한국 스포츠 채널의 캐스터와 해설도 그 모습을 보고 무언가 발견한 듯이 이렇게 말했다.

[아아, 에스테반 선수. 혹시 저 여인에게… 어? 그런데 제가 알고 있는 사람이 맞지 않나요?]

[그러게 말입니다. 제 기억이 틀리지 않다면, 김민선 씨인 것 같은데요.]

[맞아요. 김민선 씨. 화면에서 자주 보았지만, 축구 경기 화면에서 보기는 또 처음입니다.]

[김영찬 아나운서께서는 그렇겠지만, 저는 저번에 한 번 봤어요. 작년인가요? 그래서 한참 에스테반 선수와 스캔들이 있었는데…]

해설은 말끝을 흐렸다. 이런 이야기를 방송 중에 해야

할지 말아야 할지 몰라서였다.

더군다나 아나운서가 손날을 목에 대고 좌우로 긋고 있었다. 죽는다는 뜻이 아니라, 그만 말하라는 이야기였다.

스캔들에 관해서는 확실하지 않으면 말하지 않는 게 상책이었다.

특히나 반디는 여성팬들의 절대적인 지지를 받는 입장. 많은 여성이 그를 통해서 축구에 입문했다는 이야기도 흘러나왔다.

최근 대한민국에 축구 붐은 장난이 아니었다.

올리케 감독이 한국을 러시아 월드컵에서 16강까지 이끌었다.

안타깝게도 독일에게 분패했지만, 인상 깊은 경기로 패배의 아쉬움을 잊게 했다.

그런가 하면 분데스리가에서 새 한국인 감독이 회오리바람을 선사했다.

첫 승격 해인 지난 시즌, 올덴부르크를 유로파 리그까지 진출시켰다.

그는 심지어 올 시즌 목표를 유로파 리그 우승이라고까지 말했다.

그것이 이루어지든 그렇지 않든, 올덴부르크와 그 팀을 이끌고 있는 한국인 감독이 한국인들에게 꽤 인기가 있는 것은 사실이었다.

그런가 하면 어린 선수들은 황금세대가 나타나서 붐을 이루고 있었다.

유럽 리그에 진출해 있는 선수들은 점점 많아졌고, 그들은 이제 각 포지션에서 재능을 뽐냈다.

선배들이 뿌린 토양 위에서 잘 자라나며, 한국 축구계의 대들보로 자라날 그때.

어쩌면 세계에 한국산 선수들이 포효할지도 모르는 일이다.

거기다가 한국 대표는 아니지만, 스페인으로 입양한 반디가 잘생긴 얼굴로 여심을 공략하니 점점 축구에 관심 있는 사람들이 많아졌다.

어쨌든, 이 고무적인 일에 스캔들로 여성팬이 떨어져 나갈까 봐 우려한 PD가 빨리 다른 이야기를 하라고 주문했다.

하지만 손바닥으로 하늘을 가릴 수는 없었다.

벌써 화면에서 민선의 얼굴을 본 여인들이 문자 중계 창에 온갖 말을 다 쓰기 시작했다.

대부분 민선에게 나이를 알고 물러나라는 이야기가 대다수였다.

반디의 나이는 열여덟.

인터넷으로 그녀의 나이를 쳐 본 사람들은 열 살이 넘어가는 나이 차이를 절대 극복할 수 없다고 주장하였다.

세현도 같은 경기장에 있었다. 그녀 역시 반디의 어머

니, 즉, 민선이 온 것을 전혀 모르고 있다가, 대형 LED 전광판으로 확인하고 깜짝 놀랐다.

"어? 김민선 씨?"

"어? 언제 오셨담? 진작 온 줄 알았다면, 가서 인사라도 드리는 건데…."

세현의 말에 빛나가 반응했다.

그녀는 한 번에 반디를 잊을 수는 없었다.

그만큼 매력적인 남자가 그녀 앞에 나타나지 않는 한.

그렇다고 그의 어머니에게 인사하러 간다는 뜻이 잘 보인다는 의미는 아니었다.

그녀는 자신의 분수를 알고 있다고 세현에게 말했다.

언감생심 반디를 짝으로 생각하지 않는다는 말.

멀리서 묵묵히 그의 성공을 바란다는 차분한 이야기로 끝맺음했었다.

그런데 그 말을 할 때, 빛나의 표정이 마치 비련의 여주인공 같아서 세현은 웃음을 참으려고 애썼다.

정확히 말하면 드라마의 영향인지, 비련의 여주인공인 척한 것이다.

한편, 이 화면을 지켜보고 있는 또 하나의 눈이 있었다.

아만다였다.

쉽게 반디와 진전을 이루지 못하는 그녀는 민선을 보며 느꼈다.

반디와 심상치 않은 관계인 것을.

속이 상했다. 화면에 비친 그녀가 아름답기까지 해서 더 더욱.

좀 더 적극적으로 나서야 할 필요성을 느낀 그녀.

앞으로의 행보가 예상되었다.

심지어 세실이 옆에서 이 말까지 했으니 자존심이 얼마나 상하겠는가?

"에스테반하고 요즘 안 좋니?"

"아니요."

"그래? 그럼… 저 여자는…."

말끝을 흐렸지만, 대충 잘라먹은 말이 무엇일지 아만다는 추측 가능했다.

그나마 외할아버지인 하비에르가 그녀를 돕는 말을 해서 다행이었다.

"우리 아만다가 훨씬 예쁘지. 아마 저 녀석은 너에게 헤어나오지 못할 거야. 내가 장담하마. 허허허… 콜록, 콜록!"

끔찍이 아끼는 외손녀였다. 감기에 걸려 목이 좋지 않은데도 불구하고 이런 말로 그녀를 안심시키는 것을 보니.

세상에 손녀를 가지고 있는 모든 할아버지와 마찬가지겠지만, 하비에르에게 그녀는 세상에서 가장 예뻤다.

오늘 하비에르까지 찾아온 이유는 당연히 기록이 이슈

화되었기 때문이다.

기네스북 기록을 갈아치울 25연승.

반디의 생모가 왔으며, 그녀의 등장으로 순식간에 인터넷 포탈 순위가 급등했다.

또한, 레알 마드리드의 회장 하비에르까지 찾아왔다.

이래저래 디 스테파노 경기장은 용광로처럼 가열되기 시작했다.

그리고…

"삐이이익!"

드디어 심판의 호루라기로 경기가 시작되었다.

개막전 첫 경기에서 카스티야를 상대했던 데포르티보 알라베스는 단단히 준비했었다.

지난 시즌부터 일개 B팀이었던 카스티야가 완전히 변모했으니 당연한 일이었다.

심지어 카스티야는 지난 시즌 세군다 리가 우승팀이었다.

만약 프리메라리가로 간다면, 웬만한 하위권 팀보다 더 성적이 좋을 것이라는 평가가 있었다.

그렇다면 카스티야가 이렇게 강해진 이유는 무엇일까?

그것은 사상 유례없는 유망주들의 등장 때문이었다.

그중 정점에 있는 선수가 반디라는 것을 부정하는 사람은 거의 없었다. 다만 논란의 여지는 여전히 있었다.

아직도 거품이라고 주장하는 전문가들도 많았으니.

그들은 소리높여 외쳤다. 반디의 약점을 조목조목 이야기하면서.

생각보다 빠르지 않았고, 드리블 돌파가 적은 점.

왼발보다는 오른발의 득점 분포가 높고, 아직 경험이 적어서 검증되지 않았다고 말하는 전문가들.

그런데 파본은 그들은 한쪽 면에 초점을 두고 끼워 맞추기 때문에 반디의 단점이 생긴 것이라고 주장했다.

지금도 반디가 엄청나게 필드를 누비는 것을 보면서, 약점은 거의 찾아보기 힘든 스트라이커로 성장하고 있다고 강조했다.

스테파노는 고개를 갸웃거리면서 이렇게 의문을 표시했다.

"그의 약점이 정말 없다고 생각해?"

"혹시… 따로 아시는 게 있습니까?"

"아니. 나 역시 비슷하게 생각하지. 그러나 사람이란… 늘 변한다. 내가 보았을 때, 최근 반디의 약점은 약점을 자꾸 메우려고 하는 노력이 문제야."

"그게 무슨…."

"잘 봐. 오늘따라 드리블이 길어. 평소답지 않으니 솔직히 좀 걱정이 돼."

약점을 메우려고 노력하는 데에 약점이 있다.

스테파노의 말에 의문을 느낀 파본이 반디의 플레이를 지켜보며 분석했다.

그의 눈이 가늘어졌다. 감독의 말이 옳았다.

오늘 반디는 그 약점을 메우기 위해서 안 하던 짓을 하고 있었다.

긴 드리블이 꼭 문제가 되는 것은 아니다.

반디도 드리블 능력이 있으며, 공격수는 수비수 한두 명쯤은 제칠 능력을 갖춰야 했다.

그러므로 반디가 드리블이라는 무기를 장착하는 데 있어서 크게 흠이 될 이유는 없었다.

그러나 반디의 유형이 리오멜이나 씨나우도와 같지 않다는 데, 이 점은 우려를 사기 충분했다.

즉, 특이하지 않다는 말이었다.

지난번 연습 경기에서 잠시 나왔던 기술은 불완전했다.

당시에 공을 놓는 스폿을 고정하고 전진했던 드리블.

마치 리모멜의 그것과 비슷했다. 아니 스테파노의 평가는 더 박했다.

- 그건 흉내 낸 거잖아.

그나마 첼시의 선수들이 속은 것은 반디의 스타일을 알지 못해서, 그리고 갑작스럽게 당했기 때문에 그를 놓친 것이다.

오늘 맞상대하는 옐체의 선수들은 그를 많이 연구해 왔다.

비록 작년에 보지 못했던 드리블이라 할지라도, 아니 그래서 더더욱 초반에 그가 드리블하자 그를 집중 마크했다.

"조심해! 저 녀석만 막으면 오늘 이긴다. 공을 빼앗으려 하지 말고, 발에서 떨어질 때, 걷어내!"

옐체의 주장, 엑토르는 뒤에서 선수들에게 외쳤다.

아까 말은 방심하는 것처럼 했지만, 실제로 반디를 잔뜩 경계하는 모습이었다.

이런 상황에서 반디는 고립될 수도 있었다.

사실 받아주는 동료들도 그의 곁에 한 박자 느리게 붙었다.

드리블로 완전히 상대를 벗겨 내지 못하는 한, 그의 전진은 막힐 수밖에 없었다.

보통 프리메라리가의 선수들이 리오멜을 막을 때 애를 먹는 점은 간단했다.

리오멜의 공을 놓는 스폿이 특별하다는 점에서 빼앗기 힘들었다는 것.

그 스폿이 발과 가장 가까운 곳이다. 키가 작은 그가 공을 몸에 붙여야 긴 다리의 상대 선수에게 빼앗기지 않는다.

이것은 노력의 결과다. 그리고 그 노력은 결실을 보았고.

아마도 지구 상에서 리오멜보다 더 가깝게 공을 놓고 드리블하는 사람은 없을 것이다.

반면 씨나우도는 또 다르다. 하지장이 긴 그는 공이 굳이 몸 가까이에 있을 필요가 없다. 그래서 탄생하게 된 것이 '뱀 드리블' 이라는 별칭이다. 때에 따라서는 몸에 가깝게, 때로는 길게 공을 터치하며 나아가는데, 예측하지 못한 수비수는 항상 곤경에 처할 뿐이었다.

지난번에는 리오멜의 드리블을 흉내 냈다는 평가를 받은 반디.

지금은 바로 씨날두의 드리블을 흉내 내고 있었다.

이것을 단지 '흉내' 라고 표현한 이유는 비슷하지만, 모방에 가깝기 때문이었다.

옐체 선수들이 이것을 모를 리가 없었다. 지난 시즌까지 프리메라리가에 있었으니.

당연히 읽힐 수밖에 없는 움직임이었다.

몸에 공을 가까이 놓으면, 몸싸움이 들어오고, 멀리 놓으면 태클로 차단당했다.

이럴 때에는 특유의 퍼스트 터치도 소용이 없었다.

사람마다 신체적 특징이 있었다. 반디는 키는 크지만, 상대적으로 짧은 하지장 때문에 씨나우도처럼 될 수 없었다. 동양인 특유의 신체적인 약점이 문제였다.

그렇다고 리오멜처럼 드리블하기도 쉽지 않았다.

더구나 무게 중심이 아래에 있지 않았다. 그래서 몸싸움에서 밀리면 드리블이 아니라 공을 길게 끄는 것으로 돌변했다.

오늘 전반전에 공 소유 시간이 다른 경기보다 훨씬 많았던 반디. 하지만 슈팅 숫자는 제로였다.

반디가 반디답지 않으니 동료들도 혼란스러워했다.

그에게 패스하면 흐름이 끊기고 말았기에.

그렇다고 그에게 패스하지 않고 직접 해결하는 것도 마음대로 되지 않았다.

언급했다시피 그들은 25연승을 의식한 나머지 몸에 힘이 들어가 있었다.

반디는 또 다른 부분을 의식하는 것처럼 보였다. 자신에 대한 평가와 약점을. 언론의 이야기는 신경쓰지 않는 것처럼 보였는데, 지금 보니 꼭 그런 것만도 아니었다.

이러다 보니 옐체의 선수들은 속으로 환호를 하고 있었다.

오늘 경기에서 카스티야의 선수들은 압박감에 제 플레이를 하지 못하고, 반디는 자신의 약점을 메우려고 장점을 포기한 듯한 인상을 주었으니까.

실제로 먼저 실점을 한 쪽은 카스티야였다.

옐체는 원정이라는 점 때문인지, 선수비 후역습을 지향했다. 압박감이 불러온 실수로 인해 측면에서 레돈도는 막아야 할 상대를 못 막았다.

오랜만에 출전했다는 점도 악재였다. 이미 그것을 알고 옐체가 카스티야의 왼쪽을 노렸다는 것도.

페널티 에어리어로 들어오는 옐체 선수의 크로스에 정확히 머리를 맞히는 공격수.

0-1. 균형이 깨졌다. 그리고 선수들의 멘탈도 깨졌다.

마지막으로 전반전이 끝나고 나서…

라커룸에서는 스테파노에게 엄청나게 깨진 선수들의 모습이 처량하기까지 했다.

"25연승 때문이냐? 그것 때문에 이렇게 플레이를 하는 거냐? 기록에 연연하기 시작하면, 너희는 축구 선수가 될 수 없다. 제발 초연해져라. 연승이 아니라, 이번 시즌 치를 42경기 중 하나라고 생각하란 말이다!"

말은 그렇게 했지만, 스테파노 역시 기록에 신경이 안 쓰일 수는 없었다. 그래서 선수들에게 호통치는 그 외침은 자신에게 하는 말이나 마찬가지였다.

그래도 통한 모양이다. 선수들은 고개를 숙였다. 반디는 눈빛을 빛냈다. 뭔가 달라진 느낌이다.

늘 힘든 상황에서 해결사의 역할을 했던 그 아닌가?

오히려 너무 쉽게 가는 것은 성장이라는 측면에서 좋지 않았다.

스테파노와 파본도 그렇게 생각하며, 선수들을 후반전에 내보냈다.

그런데 후반전에도 반디의 플레이는 달라지지 않을 모양이다.

후반전 선공은 카스티야의 것. 그는 패스하고 다시 리턴을 받은 후에 앞으로 나아갔다. 전반전과 같은 양상이었다. 그래서 그 모습을 보고 있던 파본은 인상을 찌푸렸다.

"슬슬 교체를 준비해야 할 것 같습니다. 더그나 그렌스 중 누구로…."

"아니! 교체는 없어. 반디는 지금 잘하고 있으니까."

이게 무슨 소리인가? 반디가 잘하고 있다니? 분명히 전반전과 마찬가지로 같은 드리블을 하고 있었는데 말이다.

이해할 수 없다는 표정으로 파본은 필드를 바라보았다. 그런데 그의 눈도 이채를 띄기 시작했다. 분명 같았지만, 다른 드리블. 그것을 반디가 해내고 있었다.

처음에 이것을 성공하게 될지 반디는 장담할 수 없었다. 그런데 오늘 해야겠다는 생각이 굴뚝같았다. 누구에게 잘 보이고 싶어서 그런 것일 수도 있었다. 자신의 생모가 오늘 경기를 보러 왔기 때문에, 특히 이렇게 드리블을 하는 것일 지도 모른다.

그러나 자신이 드리블하든, 또는 득점을 만들어 내든지 간에 민선은 축구에 대해서 그렇게까지 잘 알지 못한다. 아니 알기는 알고 있었다. 그렇다고 해도 전문가 수준은 아니다.

더욱이 그녀의 눈은 늘 반디를 향해 있을 것이 분명했다. 공을 오래 잡고 있는 것은 그를 찍고 있는 카메라와 화면에만 좋을 뿐이지 결코 민선을 위한 것은 될 수 없었다.

그렇다면 왜 반드시 오늘인가? 동료들을 보았기 때문이다. 초반부터 중압감에 제 플레이를 하지 못하고 있었다.

그 상황에서 자신이 모든 것을 다 해결해야 한다?

오늘은 그래야만 할 것 같았다.

차라리 드리블하면서 몇 명 끌고 다니는 게, 그래서 시간을 지연시키는 게 나을 것으로 보였다.

그럴 바에야 요즘 하고 있는 드리블 연습을 경기 중에 하려고 마음먹었다. 리오멜과 씨나우두의 드리블을 합쳐 놓은 것. 그를 아는 동료들은 그게 가능하냐고 물었다.

그때 반디는 이렇게 대답했다.

— 연습해서 안 될 것은 없다고 들었거든.

당연히 미구엘에게 들은 말이었다. 실제로 미구엘은 그의 연습을 도와왔다. 오랜만에 제자와 함께하는 훈련에 기분이 좋다며 최근 반디와 함께 시간을 보냈다.

누가 있어 이렇게 반디를 살펴주겠는가?

그래서 반디가 일평생의 큰 스승이 바로 미구엘이라고 늘 부르짖고 다니는 것이었다.

아무튼, 반디가 착안했고, 미구엘이 도왔던 그 드리블 방법은 아직 미완성이었다.

이것이 성공하면 동양인에게 적합한 드리블이 탄생할지도 몰랐다.

하지장이 길지 않아서 공을 딱 붙여가면서도 역동적인 움직임으로 상대를 속일 수 있으니.

직선과 곡선에 다 강한 드리블이라는 의미였다.

실제로 지금 반디가 그것을 한 차례 선보였을 때, 전반전과 다른 그 미묘한 차이가 옐체 선수들을 혼란스럽게 했다.

드리블러는 파괴적이어야 한다. 꼭 빠르다고 좋은 것도 아니며, 공을 무조건 발에 붙인다고 무적도 아니었다.

종적인 움직임과 횡적인 움직임을 겸비해야 하며, 시선은 늘 주변을 살필 때 사용해야 했다.

그래서 어려웠다. 연습 벌레인 반디가 한때 포기를 생각해야 할 정도로. 지금도 미완성인 것은 분명하다. 하지만 열에 하나 두 개쯤은 엄청난 성공을 거둘 수 있었다.

촤라라락!

그를 향한 태클 하나를 피했다. 물론 공을 오른쪽 프런트에 딱 붙이고 옆으로 이동하면서. 마치 접착제를 발라놓은 것 같았다.

수비수로서 태클은 함부로 하는 게 아니었다. 태클 실패 시 상대에게 엄청난 자신감을 주는 것은 물론, 공간을 주는 우를 범하기도 했으니까.

그나마 방금 태클했던 이는 미드필더. 공간을 주기는 했지만, 위협적인 장소는 아니었다.

그래도 반디는 자신감이라는 무기를 얻었다. 성공할 수 있다는 확신. 그것이 반디의 가슴에 물들 때, 그야말로 괴물이 되어왔다는 것을 항상 느끼는 그의 스승들.

그래서 지금 그들의 눈이 커지고 있었다. 도무지 한계를 모르는 반디의 고속 성장에 이제는 무엇을 더 가르쳐야 한단 말인가?

이게 끝이 아니었다. 오늘 진짜 열에 한두 번 있을까 말까 한 드리블이 반디의 발에서 펼쳐지고 있었다.

첫 번째 태클을 피해 두 번째 상대가 측면에서 붙었다.

상대 팀의 윙이었다. 그는 반디의 옆에서 나란히 뛰며 쫓아갔다. 이런 경우 반디가 압박을 받아 측면으로 빠질 것이 분명했다. 노련한 상대는 자신도 그와 같은 상황을 자주 경험했기 때문에 똑같이 했다. 당한 사람이 더 잘한다는 말처럼.

하지만 반디는 그의 생각대로 움직여주지 않았다. 갑자기 그 윙의 등 뒤쪽으로 코스를 바꿔 빠져나갔다. 어깨를 내리고 상대로 하여금 잘못된 예측을 하게 했다. 즉, 측면으로 나갈 것 같은 움직임을 주고서 정작 반디는 중앙으로 진출한 것이다.

세 번째는 수비진영에서 자신을 향해 나온 수비형 미드필더. 반디는 공을 그의 등 뒤로 차며 들어갔다. 인간의 신체 구조상 이런 경우 뒤를 돌아야 하므로 상대는 지체할 수밖에 없었다.

세 명째를 제쳤을 때에도 반디의 속도는 여전히 줄어들지 않았다. 그래서 그를 맞이한 중앙 수비수 하나가 놀란 눈을 동그랗게 떴다.

다리가 긴 상대를 뚫는 방법은?

벌리고 있는지를 확인하는 것이다. 그리고 그 다리 사이에다가 공을 집어넣으면 된다.

반디는 실제로 그렇게 했다. 역시 이 수비수는 자신의 등 뒤 방향을 전혀 방어하지 못한 채, 반디에게 뒷공간을 내주고 말았다.

반디는 페널티 에어리어 안으로 진입하기 전 몸으로 부딪혀 오는 선수 하나를 마저 젖혀냈다. 그를 애송이라고 비웃은 옐체의 주장 엑토르였다.

어렵지 않은 일이다. 그러나 쉬운 일은 결코 아니었다.

"이… 이 새끼들이!"

나이 많고 경험이 풍부한 골키퍼는 욕도 잘했다. 그러나 수비수들이 그것에 잘 따라주지 못했다. 그들은 당황하고 있었다.

전반전에 자신들에게 맥없이 빼앗겼던 반디였다. 그런

데 몇 단을 변신해서 이렇게 나왔다. 그래서 그런지 이미 반디의 움직임에 적응된 자신들의 몸이 말을 듣지 않았다.

발만 봐서는 상대의 공을 빼앗을 수 없다는 기본 중의 기본을 모두 습득한 수비수들. 그랬기에 지난 시즌 프리메라리가에서 뛰지 않았던가?

그 기본을 실천하려 반디의 움직임 전체를 다 눈으로 보았지만, 모두 소용이 없었다. 왼쪽인가 싶으면, 다시 오른쪽으로 갔고, 오른쪽인가 싶으면 왼쪽으로 공을 가지고 질주하는 동물적인 움직임이 그의 몸에서 폭발하듯이 나왔다.

쾅!

드디어 그들의 귀에 폭발음과 같은 반디의 강슛이 들렸다. 사실은 눈으로 보인 것이다. 시신경이 청각 세포까지 자극했는지, 그들의 고막을 울리고 말았다.

출렁!

가슴이 내려앉는 소리이기도 했지만, 골망을 가르는 공의 모습이기도 했다. 그렇게 1-1 동점을 만드는 골이 반디의 발에서 나왔다.

반디는 달려가기 시작했다. 어디로 가는 것일까?

아는 사람은 다 알았다. 레오나르도, 벨라, 세현, 빛나… 그리고 민선까지.

"아마르, 마마! 아마르, 파파!"

반디의 입에서 나오는 말. 양부모에게 하는 말이었다.

민선은 스페인어를 알지 못한다. 하지만 대충 의미가 전달되기는 했다. 자신을 향한 말이 아니라는 것을 잘 알고 있었다. 하긴 벌써 자신에게 부모에 대한 정을 말하기에, 같이 지낸 기간은 너무 짧았다.

그래도 다음번에는 꼭 듣고 싶었다. 그녀의 심정을 알아챈 것일까? 벨라가 그녀를 격려했다.

"반디가 당신에게 사랑한다는군요."

벨라는 배려한 것이지만, 민선은 사실 하나도 알아듣지 못했다. 그녀는 한국어가 아닌 스페인어를 배워야겠다고 마음먹었다. 그래야 이들과 의사소통을 할 수 있을 것 같았다.

아무튼, 분위기가 전환되었다. 반디의 동점 골은 동료들에게 압박감이라는 단어에서 해방해 주었다. 물론 완전한 해방은 아니었다. 25연승이라는 말. 그것은 비겨도 이루어지지 않는다는 뜻이었기에.

그래서 반디는 후반전에 페드로 대신 나온 그렌스에게 이렇게 장난을 쳤다.

"제가 더 드리블 잘하죠? 그쪽 나라 분보다. 킥킥."

"무슨 소리야? 아직 멀었어."

"그래요? 그럼 최소한 그렌스보다는 낫죠?"

"아니. 이제부터 보여줄게. 내가 훨씬 낫다는 것을."

그렌스의 눈이 불타올랐다. 물론 반디가 지른 승부욕의

불길이었다. 뻔한 말이었지만, 반디가 지금 드리블해서 동점을 만들자, 충분히 낚일만한 도발이었다.

그런데 이렇게 각자 드리블 욕심이 생기면 더 큰 문제가 되지 않을까?

당연히 그럴 수 있었다. 보통의 선수라면 말이다. 하지만 그렌스 역시 드리블 마스터였다. 또한, 그는 후반 교체되어 나왔을 때, 뭔가를 보여주어야 한다는 의무감에 사로잡히기도 했다.

올 시즌 그는 최소한 양쪽 윙 포워드 자리에서 주전 경쟁을 해야 한다. 그러려면 특별한 게 있어야 하는데, 그의 장기인 드리블이 바로 그것이었다.

순식간에 오른쪽에서 그의 드리블이 터져 나왔다. 그를 막으러 갈지 말아야 할지 어정쩡한 모습을 보이는 옐체 선수들. 당연히 중앙에 있는 반디를 견제하느라 나온 움직임 때문이다.

비록 득점에 성공하지 못했지만, 페널티 에어리어를 휘저어 놓고 다시 한 번 유효슈팅을 때리는 반디. 그리고 옆라인을 기가 막히게 타면서, 가끔 올리는 날카로운 크로스에 옐체의 측면 수비는 붕괴 되어 갔다.

이것이 축구다. 단 한 순간에 흐름이 바뀌는 상황. 분명히 전반전까지만 해도 25연승이란 기록은 멀게만 느껴졌는데, 지금 분위기라면 할 수 있었다.

관중들도, 벤치도, 그리고 필드에서 뛰는 선수들도 드디어 느꼈다. 언젠가 골이 나올 거라는 예감. 누군가의 발에서 나올지가 관건이었다.

1순위는 반디였다. 그리고 만약 도박사가 그의 오른발에 돈을 걸었다면, 그는 베팅에 확실히 성공했다고 말할 수 있다.

이번에는 그의 특기인 퍼스트 터치가 빛을 발했다. 그렌스가 헤집어 놓은 측면에서 결국 바닥에 깔린 크로스가 나왔다. 들어가면서 오른발 인사이드로 찬 반디.

득점을 올릴 때에는 꼭 강슛이 아닐 수도 있다는 것을 몸소 실천하며, 사람들에게 보여주었다. 마치 패스하듯이, 그렇게 그의 오른발에서 골문으로 직선을 그리며 역전 골이 터져 나왔다.

"거 봐. 내가 드리블은 더 잘하지?"

"그러게요. 하하하."

반디는 웃음으로 그렌스에게 고마움을 표시했다. 그의 어시스트로 자신의 득점이 성공했으니 당연히 표현해야 할 말이었다.

이제 옐체는 어쩔 수 없었다. 수비적으로 나오면서 역습을 노렸던 전술을 바꾼 것은 피할 수 없는 선택. 결국, 공격수를 한 명 더 넣으면서 동점을 노리는 작전으로 탈바꿈했다.

현재 이들의 지상과제는 일단 상대의 신기록을 저지하는 것. 기네스북에 25연승을 하면 같이 올라가는 이름은 옐체가 될 것이다. 그것만은 피해야 한다는 필사적인 움직임이 이어졌다.

하지만 이제 카스티야의 전 선수가 몸이 풀려 버렸다. 정확히 말하면 중압감에서 완전히 해방되었다.

이겨야 한다는 압박감이 해소된 카스티야의 수비는 매우 안정적이었고, 미드필더에서 공격진으로 연결되는 패스는 깔끔하고 간결했다.

당연히 득점 하나, 그리고 또 하나를 넣으며 옐체를 유린했다. 두 개의 득점은 반디에게 나온 것이 아니었다. 하나는 빅토르였으며, 다른 하나는 마리오였다. 벤치에서 이것을 보며 안타깝다는 듯이 말하는 페드로.

"제… 젠장! 나도 교체당하지 않았다면, 한 골 넣을 수 있었을 텐데!"

스테파노에게 들으라는 듯이 한 말이었다. 하지만 돌아오는 것은 속칭 완전 '개무시.' 아니 하나 있었다. 근방에 있던 파본이 그 말을 듣고 눈을 부라렸다. 페드로가 깨갱할 수밖에 없는 무서운 눈이었다.

"삐이이익!"

추가시간을 더 주지 않은 것은 옐체에 대한 배려이리라. 심판은 호루라기를 불며 경기를 마무리했다.

오늘 승리는 전 세계에 알려진 사건 중의 사건이었다. 25연승 기록은 결코 흔한 것이 아니기에.

더 고무적인 일은 이 기록이 계속 진행 중이라는 점이다. 경기가 끝나고 내친김에 26연승을 하자는 선수단의 분위기에 페드로가 한마디 하며 종지부를 찍었다.

"연패 기록도 한 번 세워 보는 것은 어때요? 기네스북에 두 가지로 올라갈 텐데…."

이번에는 빅토르가 그를 구박하지 않아도 되었다. 수많은 어이없다는 눈빛이 페드로를 째려보았으니.

"아… 죄송합니다. 농담이었습니다."

수습하느라 애쓰는 페드로. 그를 보고 웃는 마리오. 그리고 여전히 비아냥거리는 빅토르와 함께 반디 역시 오늘의 승리를 한껏 즐겼다.

마지막으로 파본은 페드로를 위해, 지독한 훈련 하나를 계획했다.

"다음 경기에서 너는 오늘의 반디처럼 드리블하도록!"

퍼스트
터치 FIRST TOUCH

Chapter 44

사람에게 기회가 있다면, 그것을 최대한 살리는 게 좋을 것이다. 성공은 예약되어있는 게 아니니까.

그래서 세현에게 찾아온 기회를 그녀는 한껏 쥐었다. 어쩌면 그녀에게 반디는 그녀의 인생에서 최고의 기회를 준 사람이자 선물일 것이다.

반디 덕분에 스페인에서 현지 취재가 가능했다. 더구나 특종 인터뷰 역시. 25연승에 대한 것마저도 따로 만나서 인터뷰할 수 있는 권한이 있었으니, 반디가 자신의 옛 스승에게 할 도리는 다한 셈이었다.

그런데 반디 측면에서 보면, 세현 역시 자신에게 고마운 사람이었다. 무엇보다 생모를 만나게 해 준 것을 어찌 잊을까? 그래서 더더욱 그녀의 인터뷰 요청을 거절할 수 없었다. 아니 오히려 스스로 나서서 그녀에게 말했다. 언제든지 필요하면 그녀에게 많은 것을 제공할 수 있다고.

KBC 스포츠 채널의 스포츠 제작부 계장, 윤장환 역시 마찬가지 기회를 잡은 사람이었다. 그래서 25연승을 세운 카스티야의 기념 인터뷰를 준비하는 과정에서 다시 한 번 세현에게 물었다.

"어제 있잖아? 그… 김민선. 에스테반 선수랑 어떻게 되는 사이야?"

"에이, 그걸 제가 어떻게 알아요?"

"둘이 친하다며? 그 정도는 알지 않아?"

그 말을 듣고 세현은 정색했다. 아무리 그녀가 언론 계통에 종사하는 사람이라도 지켜야 할 것이 있다고 생각했다.

"계장님, 전 진짜 몰라요. 그리고 그런 스캔들을 저희가 파헤치려고 이곳에 파견된 것도 아니잖아요."

"그… 그렇지. 누가 뭐래?"

사실 그녀도 운이 좋았지만, 유장환 역시 운이 좋은 케이스다. 그는 세군다 리가의 독점 중계와 KBC 스포츠의 경제적 이윤에 대해 보고서를 올린 사람이었다. 반디가 청소년 축구에서 첫 경기에 참가하자마자 내놓은 아이디어였는데, 놀랍게도 윗선에서 받아들였다.

그리고 생각보다 더 대박이었다. 그는 대리로 승진한 지 1년 만에 계장을 찍었다.

그 이후 장환은 세현이 신입으로 자신의 부서에 오자마자 엄청난 행운이라고 생각했다. 신입으로서 파격적인 조건을 그녀에게 주어야 한다고 강력히 주장하며, 직속상관을 설득했다.

그녀의 기회가 자신의 기회나 마찬가지였다. 그리고 그가 밀어붙인 사안은 모두 다 통과되었다. 지난번 반디가 한국을 방문했을 때도, 그의 주도하에 특집 방송이 추진되었다.

그 이후 반디에 대한 특집 편성을 계속 기획하고 주도한 게 바로 장환이었다. 아마 다음 승진에서 과장을 예약할지도 모른다고 사내에서 이야기가 나왔다. 물론 그 앞에 '초고속'이라는 단어가 붙을 게 확실했다.

그는 아예 스페인으로 특파되었다. 시즌을 시작할 때, 임시로 사무실을 빌리고 스튜디오 비슷하게 꾸며 놓은 이유. 그것은 세현을 믿고, 더 나아가서는 반디를 믿었기 때문에 가능한 일이었다.

매우 잘했다는 생각이 들었다. 비용은 발생했지만, 반디로 인해 벌어들이는 KBC 스포츠 채널의 광고비용이 엄청났기 때문이다. 아주 간간이 반디가 출연해주면 되는데, 드디어 오늘 출연한다고 했다.

이번에는 세계 신기록 25연승을 기념하는 특별 인터뷰였다. 사실 이번 건은 장환이 한 게 아니라 세현이 아이디어를 냈다. 반디가 하겠단다.

장환은 스포츠 제작부 직속 과장을 설득했다. 아니 통보했다. 일사천리로 진행될 수밖에 없었다. 다른 케이블 방송사에서는 분데스리가 독점 중계를 하고 있는데, KBC가 뒤 쳐진 것은 사실이니까.

그나마 다행인 것은 분데스리가에서 뛰고 있는 선수는 자주 인터뷰를 하지만, 국민적인 관심을 받는 올덴부르크의 감독은 인터뷰를 싫어한다는 점이었다.

반디는 정반대였다. 그는 인터뷰를 즐기며, 그로 인해 그가 간간이 출연하는 스페셜 다큐멘터리를 만들 수 있었다.

오늘도 반디는 세현과 인터뷰를 하며, KBC 스포츠 채널의 투자를 절대 아깝지 않게 해주었다. 25연승을 기록하는 데 있어서 어려웠던 점과 앞으로의 목표를 이야기할 때에는 오히려 묻는 세현이 다소 황당한 표정을 지었다. 그래서 물었다.

"저번에도 들었는데, 코파 델 레이를 우승하겠다는 것이 진심이었나요?"

"맞습니다. 전 참여한 대회에서 늘 우승을 목표로 뛰었습니다. 이번에도 마찬가지입니다. 팀의 우승을 위해서 최선을 다하겠습니다."

이제 모든 멘트를 끝내고, 마무리를 지을 시점이었다.
문제는 반디가 폭탄 발언을 했다는 것이다.

"아, 그리고 저도 인터넷을 보며 알았는데, 황당한 추측
기사를 보았습니다. 김민선 씨와 제가 서로 연인 관계라
는. 하하하."

"……."

세현은 당황할 수밖에 없었다. 반디의 입에서 먼저 이
런 이야기가 나올 줄 예상하지 못한 것이다. 그런데 그녀
의 표정에 아랑곳하지 않고 반디는 이렇게 마무리를 지었
다.

"이제야 밝히지만, 그녀는 저의 생모입니다. 즉, 저를
낳아주신 분입니다. 여기까지만 말씀드리겠으니까, 추측
기사는 그만 써주세요. 하하하."

반디의 폭탄 같은 발언.

그야말로 난리가 났다. 반디는 가고 스페인에 파견된
KBC 스포츠 채널 스태프들은 회의를 열었다.

이럴 때에는 너무 황당해서 반디를 그냥 보낸 것이 문제
였다. 그는 훈련하는 것인지 전화도 받지 않았다.

장환은 세현의 눈치를 보았다. 큰 맘 먹고 그냥 KBC에
보내면 끝이지만, 그러다가 그녀가 그만두면 반디와의 독
점 인터뷰는 차질이 발생할 것이다.

"아… 이거… 마지막 에스테반 선수의 멘트를 보내야 하는 거야?"

"뭐, 방송에 내라고 말한 거겠죠. 안 그래요?"

어렵게 꺼낸 장환의 말. 세현이 태평하게 그것을 받았다.

그는 얼굴이 환하게 바뀌며, 곧 흥분한 목소리로 이렇게 말했다.

"크아, 내일 시청률 대박 나겠어. 우와, 하하하하하."

그렇게 시청률 대박을 꿈꾸며 드디어 특집 방송이 나갔다. 반디와 민선의 숨은 고리가 풀렸다.

그동안 둘 사이가 묘하다는 각종 추측 기사는 당연히 수면 아래로 들어갈 수밖에 없었다.

그런데 한국에 있는 기자들은 반디의 이 말을 믿기 너무 힘들었다.

"뭐야? 이게 사실이야? 김민선 씨의 말도 들어봐야 하는 것 아니야?"

"연락이 안 됩니다. 매니저나 소속사도 그녀가 지금 어디 있는지 잘 모르겠다는 말만 하고 있습니다."

"그래도 찾아와! 듣자하니 거의 수습 딱지를 뗀 리포터가 항상 에스테반에 대한 특종을 물어온다는데, 넌 뭐하는 거야?"

히스패치의 최수련 기자는 편집장에게 깨졌지만, 할 말

이 없었다. 예전에 민선과 인터뷰할 때, 아무것도 건지지 못했던 자신이 죄인이었다.

그래도 억울했다. 민선에 대해 다방면으로 조사할 때에는 별 기삿거리도 안 된다고 무시당했으니까. 그래서 눈시울을 붉히며 이렇게 말했다.

"그럼 저도 스페인으로 보내주십시오. 그래야 뭔가를 할 수 있지 않습니까?"

편집장은 그녀의 이 말을 듣고 할 말이 없는 듯 멍하니 그녀만 바라보았다.

다른 언론사도 비슷한 상황이었다. 그리고 위에서 아래로 내려가는 압박에 말단 기자들은 수없이 많은 기사를 양산했다.

이렇게 특집 방송이 나가고 그 반향은 일파만파로 번졌다. 하지만 그중에는 사실도 있었지만, 추측이 대부분이었다.

일단 민선은 '미혼'이라는 단어에서 '모' 자를 붙여, 미혼모가 되었다. 어쩌면 그녀의 배우 생활에 타격을 입을 수도 있었다. 심지어 그녀의 실제 나이까지 밝혀졌으니 말이다.

올해 나이 마흔이라고 했다. 나이를 짐작할 수 없는 동안 외모. 연예인 나이가 있다고는 하지만, 정말 많이 깎고 활동을 했다.

그런데 그게 끝이었다. 반디는 자신에 대한 출생의 나머지 부분을 전혀 밝히지 않았기 때문에 방송을 접한 대중들은 궁금해서 죽겠다는 표정이 가득했다.

– 반디의 아버지는 누구이며, 왜 그녀는 반디를 스페인에 입양 보내야만 했는가?

사실 그들만 궁금한 것이 아니었다. 반디 역시 궁금했다. 그러나 민선에게 묻지 않았다. 그녀를 위해서가 아닌, 자신을 위해서 지금은 알고 싶지 않았다.

축구 선수는 멘탈이 중요하다. 아니 축구 선수가 아니더라도 모든 스포츠는 멘탈이 상당히 중요하다. 지금 그의 아버지를 알거나, 또는, 자신이 성심원에 맡겨진 이유는 먼 훗날 알아도 상관없다는 그의 생각.

지금 반디는 오직 앞만 바라보았다. 목표를 달성하기 위해서 최선을 다할 생각만으로 오늘도 훈련을 떠났다.

어차피 민선이 당분간 스페인에 머무르기로 했다. 반디의 부모가 한 제안을 받아들였다.

염치없지만, 반디의 옆에 있고 싶다는 게 얼굴에 그려져 있는데, 사람 좋은 벨라가 아무 말 하지 않을 수는 없었다. 몇 번 사양한 후, 결국은 받아들인 민선. 그녀는 이제 아들이 훈련하러 가는 모습을 보며 행복한 미소를 짓게 되었다.

그런데 레오나르도와 벨라가 그녀를 머물게 한 여러 가지 이유 중 하나가 있었다. 그들도 알고 싶었다. 민선에 대해. 그리고 그녀가 반디와 헤어지게 된 까닭에 대해서.

반디의 생모를 알고 싶은 마음이 더 컸다. 헤어지게 된 이유에 대해서는 때가 되면 알게 될 것이라고 여기면서.

어쨌든, 반디를 생각하는 마음은 이들이 민선보다 더 우위에 있는 것 같았다. 낳은 정과 기른 정. 지금은 일단 후자 쪽이다.

또 하나, 그들이 궁금해한 것이 있었다. 이것은 훈련을 마친 반디가 동석해야만 풀릴 수 있었다. 통역이 필요한 일이었기 때문이다.

반디가 왔고, 그를 기다리다가 반갑게 맞이한 그의 양부모. 그날 저녁 레오나르도는 그녀에게 이렇게 물었다.

"제가 예전에 사업에 실패했을 때, 한국의 사업가가 도와주었습니다. 처음에는 익명이라서 이상하게 생각했죠. 하지만 생각해보면, 제가 한국이라는 나라를 알게 된 것은 반디를 입양했을 때뿐입니다. 그래서 나중에 성심원에 연락해 보았습니다."

레오나르도는 그때 일을 회상하며 민선을 바라보았다. 반디 역시 살짝 놀랐다. 그러나 가감 없이 민선에게 레오나르도의 말을 통역해 주었다.

통역한 말을 듣고 민선은 살짝 당황한 표정을 지었다. 그리고 이 일에 대해서 알게 하고 싶지 않다는 얼굴을 드러냈다.

그 표정으로 정답이 나왔다. 역시 그녀가 한 일이었다. 레오나르도와 벨라는 이미 짐작하고 있었지만, 이제야 고마움을 표현했다.

"아… 아니에요. 제가 한 게… 아니에요."

그녀는 부정했다. 그러나 그 부정이 사실이 아니라는 것은 여기 있는 사람들이 다 눈치챌 수밖에 없었다. 서투른 거짓말이었다. 미흡한 연기였다. 배우가 이렇게 서툰 연기를 하다니.

아무튼, 반디는 한 번 더 놀라게 되었다. 민선이 계속 자신을 지켜보고 있었을 것이라는 예감이 맞았다.

그런데 도대체 언제부터…

그녀는 언제부터 자신을 지켜보았던 것일까?

그리고 왜…

그녀는 왜 자신을 드러내지 않았을까?

그날은 반디에게 잠이 안 오는 밤이었다.

퍼스트
터치
FIRST TOUCH

Chapter 45

FIRST　Chapter 45　TOUCH

신기록이라는 것. 사람의 마음을 들었다 놓았다 할 수
있었다. 25연승을 기록한 카스티야는 26연승에 실패했다.
그것도 리그 하위권 팀, 누만시아를 맞이해서 패배했다.

못 한 것은 아니었다. 그러나 지독한 골대 불운과 몇 차
례 페널티 킥 기회를 심판이 휘슬을 불지 않는 바람에 놓
쳐서 이길 경기를 지게 되었다.

물론 카스티야가 입장에서 한 말이었다. 상대는 정당한
몸싸움과 공정한 심판이라고 주장했으니.

스테파노는 격하게 항의하다가 퇴장을 당했다. 그것만
으로 참았다면 좋았을 텐데, 경기 후 인터뷰에서 그는 하
지 말아야 할 말을 했다.

심판이 고의적으로 카스티야에 대해서 불이익을 주고 있다는 것이다. 리저브 팀이 계속 우승하면, 다른 클럽들의 운영에 문제가 생길 것이라면서.

당연히 벌금과 징계를 동시에 받았다. 그는 스페인 주관 모든 대회에서, 두 경기 출전 금지를 당했고, 천 유로를 벌금으로 내야했다.

돈은 사실 덜 아까웠다. 문제는 벤치에 앉지 못하게 된다는 점. 이 덕분에 파본이 이끌고 코파 델 레이를 치러야 했다.

이 경기에 이겨야 진짜 코파 델 레이에 참가할 수 있었다. 지금까지 가짜 코파 델 레이는 아니었지만, 10월 말에 치르는 64강부터가 진정한 코파 델 레이라고 사람들은 말하고 있었기에.

상대가 약한 게 다행이었다. 전반전에 반디가 한 골, 페드로가 한 골로 2-0 쉽게 갔으니. 후반전에는 같은 자리에서 더그와 그렌스가 뛰었다.

역시 이들도 한 골씩 집어넣으며, 4-0으로 경기를 끝냈다.

이렇게 코파 델 레이에서 한숨을 돌린 카스티야. 그런데 세군다 리가 경기에서는 녹록지 않은 상황이었다.

카스티야는 25연승 신기록 후에, 세군다 리가에서만 2연패를 당하고 말았다.

이번에는 스포르팅 히혼에 패배한 것이다.

못해서 진 것에 변명은 없다지만, 뭔가 이상했다. 상대했던 스포르팅 히혼은 거의 지난번 누만시아가 가져간 승리 공식 그대로 카스티야와 싸웠던 것이다.

거친 반칙으로 일삼았던 그들의 플레이. 심지어 페널티 에어리어 안에서도 그러했다. 퇴장을 불사하지 않았던 반칙이었는데도, 심판은 살짝 눈감아주는 것 같았다. 아니면 선수들의 착각이었던가.

물론 심판이 눈감아준다는 것은 착각이 맞았다. 스테파노가 복귀하고 난 다음 라운드에서 같은 방식으로 싸운 테네리페의 선수 두 명이 퇴장을 당했으니.

안타깝게도 반디는 이 경기에서 부상을 당했다. 두 명의 퇴장을 시킨 것도 그였으니, 어찌 보면 자랑스러운 부상이라고 해야 할까?

절대 아니다. 그의 팀 내 비중을 생각한다면, 다음 경기에서 카스티야의 손해는 이만저만이 아니었다.

'다행히'라는 말이 여기에 어울리지 않았지만, 그래도 크게 다치지 않았다. 약, 2주간의 부상. 그 기간에는 국가대표 대항전까지 있는 상황이라서, 그는 단 한 경기만, 결장했다.

이때쯤 이상한 이야기가 나돌았다. 중소 클럽들이 뭉치고 있다는 말도 안 되는 소문.

빅클럽, 즉, 레알 마드리드와 바르셀로나가 그들의 타겟이 되었으며, 이를 무너트리기 위해서 1주일에 한 번씩 전략 분석관들이 뭉친다는 소문이 스테파노의 귀에 들어왔다.

그것을 전달한 사람이 아구스틴이었다. 스테파노는 잘 알고 있었다. 그가 언젠가 다시 돌아올 것이라는 걸.

비록 아구스틴이 야인(野人)으로 남아 있지만, 최근 자주 자신을 찾아온다는 점에서 그와 같은 예측을 했다.

어쨌든, 그의 이야기를 믿을 수 없던 스테파노. 아무리 레알 마드리드가 싫다고 하더라도, 그와 같은 행위는 충분히 협회에 제소할 수 있었다. 그래서 자신의 귀를 의심하며 아구스틴에게 물었다.

"어디서 들으신 이야기입니까?"

"자네 같이 깨끗하고 바르게 사는 사람은 절대 알 수 없는 곳에서 들었지."

이건 또 무슨 뚱딴지같은 소리인지. 도무지 영 모르겠다는 얼굴로 다시 한 번 아구스틴의 얼굴을 똑바로 바라보았다. 헌데, 아구스틴은 물어본 말에 대한 대답 대신 이렇게 말했다.

"어차피 이 시대에 축구는 돈 아닌가? 그런데 레알 마드리드와 바르셀로나가 이들의 돈을 강탈한 셈이나 다름없네. 코파 델 레이를 생각해 보게. B팀의 참여… 저들로서는 받아들이기 힘든 결정이었네."

"하지만 그것은 대중들의 외침에 협회가 결정한 사항입니다."

"그러니까 그 대중들의 생각을 바꾸려는 시도를 하고 있지. 레알 마드리드 카스티야, 바르셀로나 B팀이 최근 들어 두 번 경기에서 졌네. 시즌 초라서 순위가 금세 밑으로 떨어지더구먼. 안 그런가?"

틀린 말이 아니었다. 두 팀이 똑같이 6승 2패. 현재 1위를 달리고 있는 엘체가 7승 1패였다. 그 뒤로 6승 1무 1패의 레알 사라고사가 있었고. 3위가 카스티야, 득실 차이로 바르셀로나 B가 4위였다.

"저들은 B팀이 코파 델 레이에서 뛸 자격이 없다는 것을 증명하려 하네. 다시 카스티야와 바르셀로나를 강등 위기까지 몰려고, 그래서 그 대의를 위해서 뭉친 것이네. 일종의 동맹관계가 수립된 것이지."

"그게 말이 됩니까? 그런다고 뭐가 달라집니까?"

"지금 달라지고 있지 않은가? 거친 경기. 비록 퇴장을 당할 수도 있고, 항상 승리를 보장하는 것도 아니지만, 카스티야와 바르셀로나의 전력 누수는 꾸준히 생길 수 있네."

물론 아구스틴의 말처럼 실제로 하위 팀들이 공작한 것은 아니리라. 이것은 일시적으로 마음이 통한 상황이라고 볼 수 있었다.

중소 규모의 클럽은 앞으로 더 거칠어질 수 있었다. 자신이 1위를 하지 못해도, B팀이 그 자리에 앉는 것은 더 바라지 않기 때문에.

경기가 거칠어지면 현재 스쿼드가 얇아진 카스티야는 타격을 입는다. 벌써 반디도 단기간이지만, 부상을 당하지 않았는가?

거기다가 두 번이나 이긴 팀의 방정식은 다른 팀들이 1번으로 채택할 전술이 되었다. 즉, 앞으로도 비슷한 경기 운영으로 카스티야를 맞이할 가능성이 높았다는 이야기였다.

스테파노는 답답했다. 자연스럽게 그의 발걸음은 실바에게 갈 수밖에 없었다. 그를 맞이한 실바와 미구엘. 그런데 뜻밖의 말을 했다.

"당연한 현상이라고요?"

"나는 그들이 동맹했다고는 보지 않네. 그들로서 생존을 위한 방식을 채택했다고 보는 게 더 옳은 시각이지."

실바는 이 상황을 작년에 겪었다. 그 이전에 3관왕을 했던 후베닐 A는 공공의 적이 되어 있었다. 상대는 거칠었으며, 초반에 부상 선수가 많이 나왔다.

"그럼 그때 어떻게 극복하셨습니까?"

스테파노는 침을 꿀꺽 삼키면서 비법을 전수받으려고 애썼다. 빨리 듣고 싶어하는 그의 얼굴을 보며 실바는 싱

긋 웃었고, 대답은 오히려 미구엘이 했다.

"필드에서 뛰는 것은 우리가 아닙니다. 극복은 당연히 선수들이 했죠."

"······."

선수들이 극복해야 한다. 스테파노의 입장에서 미구엘의 조언은 들으나 마나 한 답변이었다.

그래서 여전히 그의 마음은 무거웠다. 잔정이 많은 감독. 아마도 반디가 겪은 지도자 중에서는 그가 최고일 것이다.

차라리 아구스틴이었다면, 선수들은 더 극복하기 쉬웠을 것이다. 알아서 자신의 몸을 조심하려 할 테니까. 심지어 알폰소여도 그 특유의 냉정함 때문에, 선수들이 각자 조심할 게 분명했다.

하지만 선수들을 챙기는데 늘 꼼꼼한 스테파노였다.

11라운드, 오사수나와의 경기.

스테파노의 걱정하는 마음이 전해져와서 그런가?

선수들은 더욱더 열심히 뛰었다.

그게 부상의 원인이 되는 것 같아서 스테파노는 마음을 졸이고 경기를 지켜보았다.

다행히 부상자는 없었다. 아니 최근 몇 경기에서 나오지 않았다. 참 신기했다. 설마 실바의 말대로 진짜 선수들이 알아서 극복하는 중이란 말인가?

경기가 끝나고 난 후에 유심히 선수들을 살펴본 스테파노. 먼저 반디의 이야기가 들렸다.

"오늘 밤 몸 뜨겁게 만들어. 뜨거운 물 받아서 푹 담그면 몸이 잘 풀린데."

"그 소리 또 하냐? 그나저나 너 아까 페널티 지역에서 너무 들이댔어. 수비수들이 다 너를 쳐다보고 있더라. 안 그래도 거친데, 집중 마크당하면 다친다. 조심해."

빅토르가 그의 말을 받으며 조언을 했다. 반디는 그 말에 웃으며 이렇게 변명했다.

"네가 잘 몰라서 그러는데, 일부러 동작을 크게 한 거야."

"그게 무슨 소리야?"

"아, 내가 말 안 했구나. 내일 안토니오에게 이야기해야지. 아무튼, 필요 이상으로 동작을 크게 하면, 주변에 움츠려서 들어오게 돼. 우리만 부상 걱정하겠어? 상대도 인간인데 본능적인 두려움이 있잖아."

즉, 일부러 그랬다는 말이다. 이 말을 들은 페드로가 눈을 빛내며 머릿속에 입력하듯이 말했다.

"오오, 좋은 방법이다. 다음에 나도 그래야지."

"넌 드리블할 때 발바닥을 너무 사용해. 네 기술이기는 하지만, 자꾸 그거 밟다가 상대 몸싸움에 넘어지잖아. 부상당하기 딱 좋아."

이번에는 마리오였다.

듣고 있던 스테파노는 놀라고 말았다. 이들은 다치지 않는 방법을 스스로 체득하고 있었던 것이다.

이게 끝이 아니었다. 다음 날에 좀 더 선수들의 목소리에 귀를 기울여보니 골키퍼와 수비수들 역시 여러 방안들을 찾아냈다.

예를 들어 반디가 동작을 크게 하는 방법은 골키퍼도 차용할 수 있었다.

수비수들은 그 방법보다는 다른 방안을 사용했다.

태클하다가 다치지 않는 방법.

이들의 숙제는 바로 그것이다.

또는 같이 점프하다가 착지할 때 조심하는 것.

서로 자신이 몸으로 체득한 것을 알려주고 있었다.

심지어 안토니오는 이렇게 말했다.

"심판의 성향을 자주 봐야 해. 어차피 요즘 우리에게 집중적으로 거칠게 하는 상대편인데, 퇴장이나 경고를 빨리 당하게 하려면, 자주 항의해야지."

"맞아. 저번에 그래서 오히려 경기가 쉬워졌잖아. 한 명 내보냈더니, 우리의 마음이 여유가 생겨서, 더 안 다칠 수 있었어."

그동안 스테파노가 어떻게 하면, 이들이 부상 당하지 않을까 고심했었다.

그런데 그럴 필요가 없었다.

어찌 되었든, 이들도 이렇게 항상 상의하고 있었으니까.

운동할 때 다치지 않을 수는 없었다.

심지어 상대방과 부딪쳐서가 아니라, 다른 이유로 다칠 때가 있었으니.

스테파노도 어렸을 때, 발톱이 빠져서 고생한 게 생각이 났다. 그때에는 누가 도와줄 수도 없었다.

결국, 극복해야 하는 것은 선수들 본인이다. 그것을 일부러 사서 고민한 스테파노가 너무 걱정이 많았던 것이다.

그렇다고 앞으로 걱정하지 않을 스테파노도 아니었다.

잔정이 많은 성격은 절대 어디 가지 않는다.

하지만 그는 또 이것을 알아야 했다.

선수들도 이미 그의 정을 느끼며, 그를 걱정하기 시작했다는 것을.

그래서 그를 걱정시키지 않기 위해서라도 몸조심을 하려 한다는 것을.

성장이라는 게 사실 별것 없었다. 갑자기 뚜렷하게 급진전한 선수도 있었지만, 차례차례 경험을 통해서도 선수들은 성장하게 된다.

카스티야의 선수들이 한마음 한 데로 더 뭉치게 된 계기가 바로 이때쯤이었던 것 같았다.

이제 더그와 그렌스도 애매한 사이가 아닌 한 뜻을 가진 동료가 되었다. 공동의 목표와 공동의 적은 그래서 중요했다.

상대가 강하면 강할수록 더 뭉치는 힘이 커졌다.

그리고 바로 오늘.

카스티야는 그 힘이 가장 커진 상태가 되었다.

드디어 프리메라리가 팀과 코파 델 레이 32강전을 치르게 되었기 때문이다.

다행일까? 아니면 불행일까?

32강전에서 만난 라스 팔마스.

이제는 프리메라리가의 팀이라는 딱지를 붙이고 나타났다.

그렇다고 거들먹거리지는 않았다.

그들에게는 복수전이라는 타이틀이 오늘 경기에 붙어있었으니 말이다.

더구나 한 가지 더 있었다.

요소요소에 보강이 필요한 선수를 포지션에 박아 놓으며, 더 강해진 라스 팔마스가 되었다.

이제부터 쉬운 싸움은 절대 없다고 선언하듯이, 심판의 호루라기가 울렸다.

라스 팔마스는 올 시즌 초반 프리메라리가에서 고전하고 있었다.

역시 승격 팀의 한계라고 봐야 하는지 모르겠지만, 열한 경기를 치르면서 고작 1승만 올린 상태였다.

참담했다..아무리 승격했다지만, 자신들의 실력과 가능성이 이것밖에 안 된다는 사실에.

그나마 1승도 최근에 거둔 것이다. 열 경기 연속 무승으로 감독은 사임했고, 새로 온 감독이 분위기 전환을 했다.

라스 팔마스에 새로 온 감독은 가리타노.

그는 서른셋의 젊은 나이로 감독에 선임되었다.

이전에 AS 파르마를 지도했으며, 바로 프리 시즌에 카스티야와 맞붙어 승리를 이끈 감독이었다.

감독으로 부임하자마자 그는 라스 팔마스의 선수들이 실력 면이 아니라, 심리적인 면에서 큰 상처를 입었다고 생각했다.

그래서 결정했다. 주요 선수들의 심리 치료를 하기 위해서 외부의 정신과 전문의를 초빙하기로.

효과는 만점이었다. 그는 선수들의 근원적인 문제점을 파악하고, 그것을 치료하기 시작했다.

치료과정에서 알게 된 사실.

전문의는 그에게 말했다. 선수들의 자신감 저하에는 근원적인 시작점이 있을 거라고.

그리고 조사 결과 그 출발점이 밝혀졌다.

바로 지난 시즌 마지막 경기였다.

라스 팔마스 선수들은 세군다에서 우승하지 못하고 승격한 팀이다.

준우승도 잘한 것인데, 이들은 조롱을 당했다.

같이 승격한 베티스가 2무 9패에 있는 이유도 마찬가지 트라우마 때문일 것이다.

지난 시즌 세군다에서 5위로 마감한 베티스는 B팀들이 더 좋은 순위였는데도 불구하고 플레이오프를 거치지 않고 바로 승격했다.

오히려 지난 시즌 플레이오프를 거친 폰페라디나가 더 잘했다.

폰페라디나는 행운의 팀이었다.

지난 시즌 세군다에서 9위에 머물렀지만, B팀들의 상위권 점령으로 인해 간신히 플레이오프 티켓을 따냈다.

그리고 하늘이 도와주었는지 모르겠지만, 끝끝내 승격을 이루어냈다.

라스 팔마스와 베티스가 집단 슬럼프에서 헤매고 있을 때, 폰페라디나는 오히려 4승을 거두며 프리메라리가 중위권에 있다.

다시 라스 팔마스의 이야기로 들어오면, 가리타노 감독은 근원적인 치료를 위해서 카스티야와 맞붙기를 바랐다.

카스티야를 무시해서가 아니었다.

트라우마는 정면으로 도전해야 죽이 되든, 밥이 되든, 성과를 거둘 수 있다는 전문의의 말을 들었기 때문이다.

소망이 간절하면 하늘이 들어주시는가?

드디어 코파 델 레이 32강에서 카스티야와 만났다.

그런데 초반 공방전은 없었다.

쉴 새 없이 라스 팔마스가 밀리고 있었다.

이들의 머릿속에는 상대 팀 선수에 대한 잔상이 아직도 남아서, 플레이가 위축되었다.

공격 전개 작업은 아예 시도하지 않았다.

양쪽에서 뚫고 들어오는 페드로와 더그의 측면 돌파에 여지없이 뚫렸고, 마리오의 천재적인 킬패스는 순식간에 실점위기를 만들어 냈다.

라스 팔마스 선수들의 머리에는 이것밖에 떠오르지 않았다.

- 지난 시즌보다 더 강해졌다!

정신은 육체를 지배한다.

이것이 라스 팔마스에만 해당한다면 차라리 괜찮았을 텐데, 문제는 카스티야에도 영향을 끼치기 시작했다.

아무리 프리메라리가 팀이라고 해도, 카스티야의 선수들은 지난 시즌 마지막 경기에서 승리한 경험이 있었다.

이게 자신감으로 승화했다.

결국, 첫 번째 득점이 세바스티안의 슛에서 나왔다.

이 과정도 특이했다.

반디만 막아선 선수들. 아마 득점 루트의 최종점은 그라고 생각했기에, 밀집 수비가 그를 중심으로 일어난 것이리라.

그러다가 빈틈이 생겼다.

이제 카스티야는 반디 하나만 막으면 되는 팀이 아니었다.

여기저기서 데일리 스타가 탄생한다.

오늘의 스타는 세바스티안이 되려나 보다.

반디가 수비수를 끌고 간 틈을 타서, 침투한 그의 발에 더그의 낮은 크로스가 걸렸던 것이다.

통쾌한 득점을 거둔 그에게 선수들이 모여들었다.

"역시! 역시… 아무것도 아니에요. 하하하. 지난 시즌 우리한테 밀려서 올라간 팀이잖아요. 킥킥킥."

"그러게, 그러게. 네 말이 맞다. 하하하."

페드로의 말에 오랜만에 득점한 세바스티안이 크게 웃었다.

스트라이커 포지션이 아닌 이가 득점하면, 기분이 매우 좋다. 그리고 플레이에 영향을 미친다.

이것은 라스 팔마스 입장에서 엎친 데 덮친 격이 되어버렸다. 그나마 전반전에 더 실점하지 않은 것이 다행일 정도로.

전후반 휴식 시간. 라스 팔마스의 라커룸은 고요했다.

가리타노가 화를 참는 중이며, 다른 선수들은 그의 분노를 기다리는 것일까?

아니었다. 가리타노는 그런 타입의 감독이 절대 아니었다.

그는 선수들의 심리를 어루만지는 데 일가견이 있었다.

잠시 생각했다. 어떤 말을 해야 라스 팔마스 선수들의 자신감이 올라올지에 대해서.

"내가 선수였을 때… 난 잘하지 못했다. 지금 돌아보면, 그것이 너무나 후회된다. 그래서 말이다."

"……."

"너희가 나중에 후회하지 않을 오늘이 되었으면 좋겠다. 그게 비록 지는 게임이 될지라도."

비슷한 말을 지난 경기에서 했던 것 같았다. 그때 선수들은 후반전에 후회가 남지 않을 경기를 했으며, 결국 팀을 승리로 이끌었다.

과연 오늘도 통할까? 해답은 그의 다음 설명에 있었다.

"카스티야 선수들은 자신감을 느끼고 있다. 언제라도 라스 팔마스를 이길 수 있다는 게 플레이에서 보인다. 하지만 그렇기에 그들의 플레이에 허점이 생겼다."

이제 선수들의 눈에 호기심이 떠올랐다. 가리타노가 본격적으로 적을 해부할 시간이었다.

전술에 밝은 감독이라고 볼 수는 없었다. 하지만 소속팀 선수의 심리도, 상대 팀 선수의 심리도 잘 읽는다는 평가가 잇따랐다.

물론 라스 팔마스에 와서 단순히 한 경기만 치른 상태였다. 하지만 전에 지휘했던 이탈리아의 AS 파르마는 올 시즌 10연승을 달렸다. 비록 세리에 B에 속해있다지만 훌륭한 지도였다.

사실 지난 시즌부터 AS 파르마의 수석코치로 있었다. AS 파르마는 감독에 대한 급료를 지급하지 못했다. 돈이 부족해서였다.

당연히 감독은 떠날 수밖에 없었다. 올 시즌은 그래도 스폰서 체결로 인해 자금에 숨통이 트였다. 그럼에도 불구하고, 여전히 팀의 급료가 제대로 지급되지 않았다.

결국, 가르티나도 자신에게 손짓해온 라스 팔마스의 제의를 거절할 수 없었다.

이제 라스 팔마스에서 자신의 능력을 보여 줄 두 번째 시간을 맞았다.

그는 선수들에게 설명했다. 카스티야의 약점은 수비에 있다고.

"수… 수비라고요? 올 시즌 카스티야의 실점은 세군다 최저입니다."

오늘 공격의 한 축을 맡은 고메즈가 감독이 틀렸다는 말투로 이렇게 강조했다. 그 말을 듣고 가르티나는 미소를 지었다.

"고맙다. 드디어 말을 해줘서. 난 오늘 너희가 벙어리가 된 줄 알았다."

어색한 웃음을 짓는 선수들. 그들을 향해 미소를 지우고 다시 진지한 얼굴로 가르티나가 입을 열었다.

"AS 파르마를 지도했을 때, 연습 경기에서 카스티야와 싸운 적이 있었다. 그때 우리는 이겼다. 수비를 두텁게 하고 역습을 하면서."

이 말을 듣자, 선수들은 더 이해할 수 없다는 표정이 되었다. 상대의 수비가 약하다는 말을 했는데, 오히려 밀집 수비와 역습 이야기를 했다. 그럼 카스티야의 공격을 막고 역습을 하겠다는 말일까?

"지금 1-0으로 이기고 있는 카스티야는 후반전에 더욱 공격적으로 나올 것이다. 수비의 핵, 안토니오 역시 마찬가지다. 그는 발이 빠르며, 롱패스가 정확하다. 그러니…"

"……"

"그를 페널티 에어리어 안으로 유도해라. 그럼 틈이 생길 것이다."

레알 마드리드 카스티야의 공수전환은 빠르기로 유명하다. 이것은 연계 플레이와 관계가 있는데, 선수 구성원이 오랫동안 발을 맞추어 왔었기 때문에 가능한 일이었다.

사실 말이 필요 없는 관계가 이 안에서 큰 힘으로 작용했다. 자신에게 패스가 올 것을 차는 발의 각도와 습관으로 눈치챌 수 있었다. 그래서 상대의 허를 찔렀지만, 정작 동료들은 제대로 된 움직임으로 공수전환의 맥을 잘 이었다.

카스티야의 구성원 중 누구 하나 이 연계 플레이에서 중요하지 않은 선수는 없었다. 최전방부터 공을 빼앗기자마자 실시하는 압박 플레이가 종 방향으로 운반되지 못하게 한다.

문제는 이 압박에 실패할 경우다.

특히 이 전술은 '후퇴 수비'라고 불리는 전술에 약하다. 수비 진영에서 공을 쫓지 않고 곧바로 돌아오는 스타일을 만나면, 전방 압박의 의미가 없어지기 때문이다.

이탈리아의 세리에는 이런 '후퇴 수비'를 택하는 경우가 많은데, 이 때문에 속도감이 떨어져 보였다. 당연히 관중들은 재미없는 경기에 불만을 토해냈다. 최근 세리에의 악순환은 여기서 발생했다.

그런데 종종 세리에 팀이 전방 압박을 잘하는 바르셀로나를 만나서 이기는 경우가 발생했다. 이는 공수 전환 시에 장점이 죽어 버린 바르셀로나가 제 실력을 발휘하지 못했기 때문에 일어나는 일이었다.

후반전 들어서 라스 팔마스는 완전히 바뀌었다. 전반전에는 술에 물 탄 듯, 물에 술 탄 듯한 이도 저도 아닌 전술을 사용했다. 그런데 지금은 완벽하게 후퇴 수비를 했다. 심지어 투 톱인 로케와 고메즈도.

카스티야의 수비수 안토니오는 전진했다. 또 다른 수비수인 크로치는 몬테네그로 출신 용병. 지난 시즌에 영입되며, 올 시즌 부상으로 자리를 비운 주축 수비수의 대타로 나왔다.

늘 그렇듯이 대타로 나왔을 때 잘해주면, 주전을 굳힌다. 크로치가 그런 케이스였다. 안토니오와 올 시즌 철벽을 자랑하며, 팀의 큰 버팀목이 되어주고 있었다.

크로치 역시 더 앞으로 나왔다. 그나마 안토니오보다 뒤에 쳐진 것은 그가 발이 느려서였지만, 그래도 평소보다 더 앞으로 나오게 된 것은 사실이었다.

파본의 지시에 따른 것이다. 최근 스테파노는 전술 지시를 파본에게 맡긴 상태였다. 물론 자기 생각과 다를 때에는 적극적으로 개입하지만, 그런 경우는 별로 없었다.

지금도 파본이 후반전 시작하자마자 밀물처럼 들이닥치는 전방위 공격을 주장했다. 그에 대해 스테파노 한 일은 아무 말 하지 않고 무언의 동의를 나타내는 것.

후반전 시작하자마자 카스티야는 5분 동안 끊임없이 밀어붙었다.

득점이 이루어지지 않은 것은 상대가 후퇴 수비를 했기 때문이다. 전반전에 어쩔 수 없이 한 수비와는 달리, 이들은 무언가 생각하고 나온 것 같았다.

심지어 수비수도 한 명 더 추가되었다. 그렇다고 포워드가 준 것은 아니지만.

이에 대해 필드의 사령관인 안토니오가 선수들에게 계속 주문했다.

"역습 조심해! 역습!"

상대가 뒤로 물러나서 수비한다는 것. 그것도 점수에서 차이가 나는데도 불구하고 이를 고집한다는 이유. 안토니오는 역습 이외에 떠오르는 게 없었다.

그래서 강조한 것인데, 이번에는 잘 먹히지 않았다. 다른 누구도 아닌 그 자신에게.

득점 욕심이 있었던 것은 아니지만, 공간이 보였다. 그 자리로 들어가니, 또 공간이 보였다.

그는 생각했다. 자신이 수비수였기에, 상대가 큰 신경을 쓰지 않았다고.

오늘 반디에 대한 적극적인 라스 팔마스의 압박. 그로 인해 다른 선수에게 기회가 많이 생길 것이라는 파본의 이야기도 있었다.

그래서 전반전에도 세바스티안이 득점하지 않았던가?

안토니오도 제법 득점력이 있는 수비수였다. 어차피 최

종 수비를 크로치에게 맡기면 큰 문제가 없을 것 같았다.

그래서 더 올라갔고, 이 또한 나쁘지 않았다. 퀸끄의 크로스가 왔을 때, 머리에 맞히기까지 했으니까.

다만 골문 안으로 들어가지 못했고, 골키퍼는 잡은 공을 앞에 있는 수비수에게 던졌다.

그리고 연결, 또 연결. 라스 팔마스의 선수들이 갑자기 연계 플레이가 좋아졌다.

아니 사실 카스티야가 일시적으로 흐트러진 것이다. 그것은 자리를 잡아야 할 안토니오가 잠시 부재했기 때문이다.

공은 고메즈까지 일직선 상으로 연결되었고, 이 발 빠른 공격수는 드디어 크로치까지 제쳐냈다.

크로치보다 더 당황한 목소리를 내는 스테파노.

그는 후방에 있는 선수들에게 부르짖었다.

"빨리, 빨리 복귀해라!"

그러나 소용없었다. 아무리 안토니오가 빨라도 이미 불붙기 시작한 고메즈보다 더 빠를 수 없었다.

오히려 최전방까지 들어갔던 안토니오보다 퀸끄가 더 빨리 근접했다.

하지만 이미 페널티 에어리어까지 들어간 고메즈.

골키퍼의 선방을 믿어야 하는 순간.

쾅… 하고 귀에 천둥이 울리는 소리처럼 들린 그의 강슛.

결국, 카스티야의 실점으로 이어졌다.

스테파노는 상대 팀 감독이 무엇을 생각했는지 이제야 알아챘다.

이른바 후퇴 압박. 2010년대 초중반, 극강의 바르셀로나를 막아낸 전술을 카스티야에 대응하여 사용하려 한 것이다.

"저 감독이 AS 파르마를 맡았지?"

"그렇습니다. 연습경기에서 카스티야에게 패배를 안겨주었던…."

파본이 다시 한 번 확인해주었다.

사실 그래서였나 보다. 스테파노가 꼭 이기고 싶었던 마음이 든 이유가.

물론 카스티야는 오늘 이겨야했다.

리그 경기가 아니므로, 지면 코파 델 레이에서 탈락한다.

코칭 스태프도, 선수들도 이 모든 것을 잘 알고 있었다.

그리고 그 누구보다도 반디가 잘 알았다.

왜냐? 코파 델 레이의 우승을 선언한 이가 바로 그였기에.

반디의 시선이 득점하고 다시 돌아오는 고메즈를 향해 있었다.

고메즈는 신기하게도 별다른 세레머니를 하지 않았다.

다만 반디와 시선이 마주쳤을 때…

그의 눈빛은 이렇게 말하고 있었다.

'오늘은 내가 이긴다!'

과연 그럴 수 있을까?

일단 공은 중앙선에 안착했다.

이제 1-1로 균형이 맞추어진 상황. 양 팀의 전술 변화가 어떻게 될지 지켜보는 것도 이 경기를 지켜보는 묘미가 있을 것이다.

일단 카스티야 선수들은 차분했다. 큰 충격을 받지는 않은 모습이었다. 그것을 보며 가르티나가 코치에게 말했다.

"아직 자신감은 떨어지지 않았습니다."

"이번 경기에서 져야 저 자신감이 없어질 겁니다."

그 말을 듣고 가르티나는 고개를 살짝 흔들었다.

"아니요. 그렇지 않을 겁니다."

"……."

자신의 말을 부정하는 가르티나. 수석코치는 살짝 무안해했다. 곧이어 가르티나가 그 이유에 대해서 설명하기 시작했다.

"바르셀로나가 한창 극강이라고 평가받았을 때, 그 팀을 이긴 팀들이 어땠을까요?"

"당연히… 자신감이 상승했겠죠."

"맞습니다. 그럼 바르셀로나는요? 다시 상대해서 질 것으로 생각했을까요?"

말문이 막히는 수석코치. 그렇지 않았다. 한두 경기 진다고 바르셀로나의 선수들이 갑자기 하위권 팀이 되는 게 아니다.

선수들은 자신을 물 먹였던 팀을 향해 복수의 칼을 갈았다. 그리고 끝끝내 리턴 매치에서는 승리하는 모습을 보여주었다.

그런데 수석코치는 부정하고 싶었다.

지금 라스 팔마스가 상대하는 카스티야는 바르셀로나가 아니라고. 생각은 곧 그의 목청을 뚫고 입으로 표현되었다.

"하지만… 카스티야는…."

"바르셀로나가 아니죠."

"네, 그렇습니다. 카스티야는 카스티야일 뿐이죠."

수석 코치가 그 말에 고개를 끄덕였다. 드디어 감독이 인정하나 보다.

그래서 그다음 말을 기대했다. 카스티야는 바르셀로나가 아니기에, 앞으로 라스 팔마스를 만난다면 트라우마에 시달릴 것이라고. 전반전에 라스 팔마스가 카스티야를 만나서 그랬던 것처럼.

그러나 예상과는 다른 말이 가르티나의 입에서 튀어나왔다.

"그런데 지금의 카스티야는 바르셀로나와 닮아있습니다. 그래서 전 오늘 이긴다면, 라스 팔마스의 운이 좋았다는 것으로 평가할 수밖에 없네요."

수석 코치는 눈을 크게 떴다. 매우 놀란 표정이었다.

바르셀로나와 닮아있다니? 레알 마드리드가, 그것도 B팀이?

수석 코치는 필드를 바라보았다. 진짜 감독의 말이 맞는지 확인하기 위해서.

지금도 바르셀로나는 강팀이지만, 몇 년 전에는 아예 적수가 없다는 점에서 비교하기가 힘들었다.

심지어 레알 마드리드도 적수가 되지 않았다. 당시 바르셀로나를 이기기 위해서 인테르의 감독으로 있는 쥬제뉴까지 데리고 왔지만, 0-5라는 허탈한 패배를 당했었다.

이 경기를 두고 쥬제뉴의 전술에 대해 말이 많았다.

바르셀로나를 상대로 수비를 강화하고 역습을 펼쳤던 다른 팀과는 달리 정면 승부를 꾀했기 때문이다.

이는 그가 인테르에서 바르셀로나를 꺾었던 경기력과는 차이가 있었던 전술이었다.

그래서 전문가들은 선수들의 팀플레이를 위해 충격 요법이 필요했다는 식의 논평을 하곤 했다.

다시 말해서, 쥬제뉴의 말을 듣지 않는 스타 플레이어들이 개인적인 플레이가 아닌 팀플레이를 하게 하려면, 일종의 큰 패배를 당해 봐야 통제할 수 있었다는 말이다.

실제로 이 경기에서 0-5의 충격적인 패배를 당한 레알 마드리드는 심기일전해서 바르셀로나와의 경기에서 선 수비 후 역습의 카드를 내세웠다.

그리고 자신의 기술만 믿고 있었던 선수들은 쥬제뉴의 지시를 잘 따르는 착한 아이가 되었고.

또한, 그때부터 레알 마드리드의 기조는 수비를 단단히 한 후 공격을 강화하는 전술을 사용했다.

라 데시 마, 즉, 챔피언스 리그를 열 번 제패한 것도 가공할 공격력이 사람들의 뇌리에 박혔지만, 그만큼 탄탄한 수비진의 공도 무시할 수 없는 일이었다.

그런 레알 마드리드가 바르셀로나와 닮았다는 가르티나의 말.

특히, 측면보다 중앙이 강하다는 이야기가 마찬가지였다.

그 중앙에, 미래에 어디서 뛰어도 유망주 딱지를 금방 떼어낼 반디가 있었다.

반디의 가장 큰 장점은 역시 멘탈이다.

그를 대변해주는 퍼스트 터치, 그리고 헤딩 능력, 마지막으로 어느 곳에서 뛰더라도 제 몫을 할 수 있는 전천후 능력이 있긴 하지만, 역시나 정신력을 빼놓고는 반디를 설명하기 힘들었다.

오늘 경기에서도 마찬가지였다. 어떤 상황에서라도 무너지지 않을 것 같은 강력한 의지는 심지어 잠시 멘붕이 왔던 안토니오를 일으켜 세웠다. 바로 이 말과 함께…

"들어와요! 뭐하는 겁니까? 설마… 겁먹으신 거예요?"

카스티야의 코너킥 상황. 약간 뒤로 물러난 안토니오를 향해 반디가 웃으면서 농담조로 이렇게 말했다.

안토니오는 겸연쩍은 표정이 되었다.

아까 실점한 장면.

겉으로는 꼭 크로치가 상대 공격수를 막지 못해서 고메즈가 1대1 상황을 맞게 한 것처럼 보였다.

하지만 완벽한 안토니오의 실책이었다. 그의 마음이 살짝 위축될 수밖에 없었다.

공격할 때 들어오지 않았다는 의미는 아니었다. 여전히 그는 세군다에서 가장 빠른 발을 가지고 있는 수비수였으니까.

하지만 마음은 이미 후방에 가있었다.

언제든 시작할 수 있는 고메즈와 로케의 빠른 발 조합은 위협적이지 않을 수 없었기에.

그게 반디의 눈에 보였다.

그래서 들어오라는 말을 듣고 더 전진한 안토니오.

때마침 페드로가 찬 코너킥이 꺾여 들어왔고, 안토니오는 힘차게 점프하며 그 공을 맞히려 애썼다.

그래서 맞히기는 했다. 그러나 상대 수비의 방해로 정확히 맞지 않았다.

문제는 그럴 경우 아예 골라인 아웃이라도 되면 좋은데, 골키퍼가 공을 수습했다는 점이다.

더구나 수습한 공을 골키퍼가 멀리 차내는 것을 보고 마음속으로는 큰일 났다 싶었다.

그의 시야에 고메즈와 로케가 보이지 않아서 더더욱 당황했다.

아니나 다를까 그쪽으로 달려가는 두 선수의 등이 보였다.

아니 자세히 보니 세 선수였다. 그중 하나가 바로 페드로였다. 세군다에서 속도 경쟁을 하면, 그가 가장 빠르다는 말이 있었다.

스페인 육상 대표로 나가야 한다는 말까지 들은 페드로.

그의 스피드가 불을 뿜었다.

그리고 고메즈와 로케 역시 빨랐지만, 가장 먼저 공에 도착한 것은 바로 페드로였다.

빠르게 골키퍼에게 백 패스하는 페드로.

고메즈와 로케의 전진압박으로 골키퍼는 멀리 공을 걷어낼 수밖에 없었다.

그런데 그게 끝이었다. 사실 걷어내기만 하면, 공 소유권을 되찾아 오는 것은 카스티야에게 일도 아니었다.

유기적인 조합. 작년 구성원이 그대로 남아서 뛰는 이 팀에는 말 그대로 눈빛만 봐도 알 수 있는 선수들이 함께 했다.

그랬기에 공을 빼앗아서 다시 점유하는 게 어렵지 않았 다.

"자, 안토니오! 공 한 번 만져 봐야죠!"

마리오는 심지어 가끔 안토니오에게 공을 차 주었다.

카스티야의 자신감은 실점했음에도 불구하고 전혀 줄어 들지 않았다.

"고맙다… 한 골 넣어서 이기자!"

이제 안토니오도 다시 제정신을 수습했다. 동료들의 도 움이 컸다. 자신이 실수해도 안정적으로 지원해줄 많은 동 료가 있다는 느낌. 그것이 가지고 온 여유 있는 플레이는 자연스럽게 좋은 기회로 이어질 수밖에 없었다.

사실 이 두 팀의 경기는 처음부터 접근 방법이 달랐다는 점에서 승리와 패배 팀이 정해져 있었다.

승리에 대한 의지가 더 강한 팀은 당연히 카스티야였다.

그 의지는 일종의 목표부터 시작되는데…

첫째, 어떤 결과를 장기적인 목표로 삼는가?

둘째, 장기적인 목표를 위해 단기적인 목표, 즉, 과정은 어떻게 접근할 것인가?

에 승리에 대한 해답이 있었다.

아무리 라스 팔마스가 프리메라리가에서 뛰는 팀이라도, 카스티야가 이 팀을 과정 안에 묶어 버리면, 선수들에게는 넘어야 할 장애물 정도로밖에 보이지 않는다.

반면, 라스 팔마스 입장에서는 상대가 최종 지향점이었다. 문제는 이겨서 트라우마를 치유하겠다면, 더 좋은 결과를 만들어 낼 수 있었지만, 그게 아니라는 점이다.

물론 팀은 당연히 승리를 원한다. 그게 가장 큰 치유제로서 역할을 하니까.

그러나 다시 맞붙어 보고 최소한 자신감 정도는 추슬러 간다면, 소기의 목표를 달성하는 것이다.

라스 팔마스 선수들이 가진 소기의 목적은 바로 동점, 즉, 한 골이었다.

끌려가던 상황에서 한 골을 만회한 것, 그래서 동점을 이루며 상대에게 위협을 주었다는 것이 이들의 자신감에 실낱같은 희망을 주었다.

'겨우 이 정도로….' 라고 말한다면, 그것은 라스 팔마스의 처지가 되어 보지 못한 사람들이 할 수 있는 말이었다.

리그 10연패를 하고 바로 전 경기에서 겨우 승리를 올린 팀이었다.

기적은 두 번 연속 일어나지 않는다. 거기다가 신임감독이 할 수 있는 일이란, 이런 멘탈을 강화하는 것 이외에는 없었다.

아직은 주어진 시간이 부족했으므로.

그래서 중앙으로 들어가는 반디와 페드로를 보면서, 가르티나는 후반전 가장 큰 위기이자, 이번 경기에 패배를 부르는 마지막이 될 것을 감지했다.

수비진영의 다수가 반디에게 붙었을 때, 그 예감은 확신이 되었다.

당연히 페드로에게 기회가 났고, 그런 기회를 날릴 만큼 요즘 페드로의 컨디션이 나쁜 것도 아니었으니…

텅!

강슛은 아니지만, 정확한 오른발 슛으로 골키퍼의 타이밍을 빼앗아 버렸다.

2-1이자 오늘 승부를 결정짓는 득점을 거두며 신 나게 달려가는 페드로.

가르티나는 좌절하지 않았다.

경기에 끝나고 나서 하는 말을 들으면 더더욱 그의 의지를 느낄 수 있었다.

"오늘은 졌다. 하지만 다음 경기에서 너희는 이길 수 있다. 나와 같이 한 시간이 적었다. 한 달만 더 늦게 만났다면, 우리는 카스티야를 이길 수 있었을 것이다."

선수들에게 가르티나의 말은 허풍처럼 느껴지지 않았다.

그들도 알고 있었다. 지금 이 감독과 함께하면 현재의

부진을 일시적인 것으로 만들 수 있다는 것을.

그래서 졌다고 자신감을 잃지는 않았다.

지난 시즌 패배가 완전히 바닥이었고, 오늘은 그것을 확인한 듯 보였지만, 실제로는 카스티야를 인정할 뿐이었다.

로케는 선수들의 이런 마음을 대변하는 말을 했다.

"만약 카스티야가 프리메라리가에서 뛰었다면, 마드리드나 바르셀로나는 몰라도 다른 팀들은 결코 쉽게 이기지 못했을 거야. 두고 보라고. 저들의 코파 델 레이 우승은… 어쩌면 현실이 될지도 몰라. 그럼… 그때가 되면, 우리가 진 것은 아무것도 아니야. 오히려 그 과정에서 저들이 꺾은 다른 팀들이 느끼게 될 테지. 라스 팔마스가 그나마 32강전에서 카스티야를 잘 상대한 팀이었다고."

승부의 세계에서 인간은 늘 패배의 책임을 누군가에게 돌린다. 때로는 그 누군가라는 대상이 없다면, 그때 인정한다. 내가 못해서 진 게 아니라, 상대가 잘해서 진 거라고.

만약 내가 못해서 졌다는 생각을 한다면, 자신감은 한도 끝도 없어 상실된다. 다시 추스르기 어려울 정도로.

하지만 상대가 잘해서 진 거라면, 그때부터는 상대를 응원하게 될 것이다. 그래야 위안을 받는다. 특히 상대에게 진 팀을 보면서, 그래도 나는 잘했다며 미소까지 짓는다.

그래서 코파 델 레이 16강전에서 카스티야가 1, 2차전 모두 에스파뇰을 꺾었을 때, 가르티나는 선수들에게 이렇게 말했다.

"저 카스티야의 선수들 다수가 아마도… 레알 마드리드에서 뛰게 될 것이다. 먼 훗날이 아니다. 어쩌면 가까운 그날에 다시 만날 것이니, 그때에는 너희가 저들에게 복수해라. 약팀이 강팀을 이기는 경험. 그때 그것을 저들에게 느끼게 해준다면, 그것보다 더 통쾌한 기분은 없을 테니까."

라스 팔마스의 선수들은 미소지었다. 그것은 믿는다는 표시였다.

감독에 대한 신뢰는 커져만 갔으니까.

12월 전반기가 끝났을 때, 라스 팔마스의 프리메라리가 순위는 20개 팀 중, 9위였다.

퍼스트
터치 FIRST TOUCH

Chapter 46

NEO SPORTS FATASY STORY

전반기가 끝났다. 이게 당연한 결과인지 모르겠지만, 카스티야는 세군다 리가 정점에 올라 있었다.

득점이나 어시스트, 그리고 각종 지표에서 카스티야의 선수들은 최상위권에 이름을 수놓고 있었다.

당연히 득점 1위는 반디였다.

전반기의 기록은 경기당 한 골, 즉, 반디의 세군다 리가 득점은 모두 스물한 개였다. 지난 시즌의 기록을 넘을 것이라는 확신을 안 하는 사람이 없었다.

세군다 리가 어시스트 1위에 올라있는 마리오의 어시스트 경쟁자는 세바스티안이었으며, 패스 성공률 또한 이 둘이 경쟁했다.

그런가 하면, 페드로와 빅토르, 그리고 그렌스와 더그는 치열한 경쟁을 통해 출장시간의 황금분할을 경험했다. 지금 이들이 애쓰는 것은 부상 방지. 만약 그 나락으로 떨어지기 시작할 때에는 상대에게 기회를 주는 것이라 여기면서, 몸을 다치지 않도록 조심했다.

각종 드리블 돌파와 페널티 에어리어 침투 횟수가 이들이 앞서거니, 그리고 뒤서거니 하는 것은 말하지 않아도 예상할 수 있는 일이었다.

이 정도면 이들의 자리가 A팀에 나야 할 텐데…

레알 마드리드는 사상 최고의 2018년을 보냈다.

현재 순위 1위. 놀랍게도 패가 없었다. 16승 3무.

거기에다가 챔피언스 리그에서도 마찬가지로 패가 없었다. 오히려 이쪽이 더 대단했는데, 예선 전승으로 16강에 올랐다.

상황이 이러니 카스티야의 선수들이 도저히 뚫고 나갈 수 없는 스쿼드가 되어 버렸다.

다만 카스티야 선수들의 몸값은 천정부지로 치솟고 있었다.

이적을 생각하지 않을 수 없는 일.

이제 그들을 지키는 일이 레알 마드리드 운영진의 화두가 된 것은 당연한 일이었다.

오늘 보드진의 회의가 잡힌 이유. 선거를 불과 6개월

남겨 놓고 하는 예비 대리전이나 마찬가지였는데, 사람들은 확신했다. 분명히 카스티야의 이야기가 오고 갈 것으로.

회장 하비에르를 필두로, 부회장 크레스피, 이사 로메오가 모였고, 그 아래에 있는 모든 간부가 함께 자리했다.

곧이어 보드진이 다 모인 것을 확인한 로메오가 하비에르를 바라보며 입을 열었다.

"레알 마드리드의 부채가 사상 최고가 되었습니다. 이에 대해서 해명을 듣고 싶습니다."

날카로운 질문. 아니 추궁이었다.

당연히 무거운 표정으로 대답해야 할 하비에르가 미소를 지었다.

곧 그의 입이 열렸는데, 시작은 기침이었다.

"콜록, 콜록… 아, 죄송합니다. 늙어서 그런지 감기가 낫지 않네요."

"오래가는군요. 병원에는 다니시는지요?"

로메오가 걱정스러운 표정으로 하비에르를 바라보며 입을 열었다.

아무리 정적이라지만, 하비에르가 아파서 쓰러지는 것을 원하지는 않았다. 그가 이기고 싶은 것은 살아있고, 건강한 하비에르였지, 병들고 죽기 일보 직전인 현재의 회장은 아니다.

"그러게요. 생각보다 오래갑니다. 늙으니까 병들고, 이러다가 죽는 것은 아닌지 걱정이 되는군요. 콜록콜록… 하지만 아시다시피 이 자리가 한가하게 병원에 다녀야 하는 자리는 아니지 않습니까? 하하하. 콜록콜록…."

중간중간에 기침을 계속하는 하비에르. 마지막에는 심하게 하느라 얼굴까지 붉어졌다. 그럼에도 불구하고 그는 할 말을 계속 이어갔다.

"아무튼, 제가 계속 이런 상태라서 회의 진행은 무리일 것 같습니다. 기침이 심해서, 정말 오늘은 병원을 가봐야 할 것 같네요. 콜록콜록…."

"그… 그러시죠. 오늘 회의를 이대로 취소…."

"아, 아뇨. 취소하자는 뜻은 아니고, 저 대신 다른 분을 모셨습니다. 조금만 기다리시면 올 거예요. 아까 공항에서 출발했다는 이야기를 들었으니, 조금만… 콜록콜록…."

회의를 중단시키려 했던 로메오를 제지한 하비에르. 그의 입에서 누가 도착한다는 말이 흘러나왔다.

사전에 다른 참석자가 있을 것이라고는 전달받지 못했던 로메오는 주변에 시선을 옮겨서 다른 사람들의 표정을 보았다.

지금 이 회의 석상에는 로메오를 따르는 사람들과 하비에르의 줄을 탄 이들이 섞여 있었다.

하비에르가 회장에 올라온 뒤, 그의 뒤에 줄을 선 많은 이가 존재했는데, 지금 보니 또 로메오를 따르는 사람들도 많았다.

이는 현재 하비에르의 입지가 불안하다는 것을 의미했다.

올 시즌 무리한다는 느낌을 잔뜩 받은 이사진. 돈은 물 쓰듯 썼고, 은행에 빌린 대출금 이자는 눈덩이처럼 불어났다.

이제 레알 마드리드의 내부인뿐만 아니라 언론에서도 점차 눈치채고 있었다.

하긴 이적을 시킨 선수가 별로 없었다. 방출은 몇몇 있었지만, 그것은 선수가 요구해서 계약을 상호 해지한 경우였다.

현재 수입은 입장 수입과 스폰서 등의 광고비인데, 최근에는 카스티야의 스폰서 광고비가 오히려 더 많다는 우스개 이야기도 나왔다.

반디가 한국을 넘어 일본, 중국 등에 이름이 알려지면서, 기업들이 투자하기 시작한 것이다.

이 때문에, 로메오는 강력한 카드 한 장을 지니고 있었다. 반디라는 이름의 카드.

그래서 특히 당당했다. 지금은 병에 걸렸는지, 진짜 감기가 심해졌는지 모를 하비에르를 압박하는 분위기까지 조성했다.

잠시 후, 문이 열리고 누군가 도착했다.

꽤 젊은 남자였다. 하비에르가 몸을 일으켰고, 기침하면서도 그와 악수를 하며 미소를 잃지 않았다.

"콜록콜록… 여기 소개하겠습니다. 오늘부터 레알 마드리드의 재정이사로 고용한 폴리 버펫입니다."

○

2018~2019시즌은 첼시의 고성장이 시장을 주도하고 있었다. 축구 성적에 국한 된 것이 아니었다. 가장 많은 수입을 올린 구단이 바로 첼시라는 의미였다.

맨체스터 유나이티드가 그 뒤였지만, 이는 명백하게 역전을 당한 상태였다. 스페인의 양대 산맥, 레알 마드리드와 바르셀로나는 스페인의 경제 상황과 함께 점점 내리막길을 걷는 것 같았다.

첼시의 재정이사, 토마스는 이를 두고 망조가 들었다는 말을 서슴없이 던졌었다.

"그런데 모르겠습니다. 레알 마드리드도 변화를 꾀하는 것 같네요."

"그렇게 대단한 친구인가? 그 폴리라는 사람이…."

쥬제뉴는 눈빛을 빛내며 토마스에게 물었다. 그가 아는 한 지금까지 가장 돈에 밝은 사람은 토마스였다. 그런 그가 인정한 사람이 있었다는 게 신기했다.

"그는… 천재입니다. 전 항상 그에게 그저 감탄했을 뿐입니다."

"흠…."

흥미롭다는 눈빛. 다만 그 정도였다. 왜냐하면, 레알 마드리드가 현재의 위기상태라는 것을 잘 알고 있었기에. 토마스의 지금 제안은 그것을 방증하고 있었다.

"그래도 너무 막차를 탄 것 같습니다. 그 친구가 경제학자로서는 훌륭하지만, 사람을 고르는 데에는 좀 아닌 것 같습니다."

"그 이야기는 나를 칭찬하는 소리로 들리네만…."

"하하하. 어떻게 아셨습니까? 사실 첼시의 구단주는 돈 쓰는 데 주저하지 않는 사람 아닙니까? 문제는 평생 첼시에 돈을 퍼주지는 않을 거고, 만약 그가 손을 끊는다면, 바로 성적이 추락할 겁니다. 그 안에 자립해야 하는 게 팀의 목표고, 그것을 실제로 감독님이 이행하실 줄은…."

감탄의 눈빛은 옛 친구를 이야기하다가 쥬제뉴에 옮겨 붙었다.

만약 주제뉴가 아니었다면, 첼시 역시 어떻게 될지 모르는 일이었다. 2014년부터 미국의 셰일 오일 개발로 석웃값이 계속 떨어졌고, 첼시의 구단주는 살짝 돈 쓰는 데 주저하는 상황이었다.

아무리 석유재벌이라도 싸게 팔리면 수입이 줄어드는 것은 당연한 일. 작년에 토마스를 추천하며 돈을 아낄 수 있다는 쥬제뉴의 말을 들었을 때, 구단주는 표정으로 대답했다.

결국, 첼시는 감독인 쥬제뉴가 돈을 경제적으로 쓰고, 재정이사인 토마스가 잘 벌어들인 덕분에 시장을 주도해 나갔다.

선수들을 잘 사고 키워서 더 큰 가격으로 파는 것. 어쩌면 거상 FC 포르투 출신인 쥬제뉴가 잘 보고 배워왔던 일일 수도 있었다.

알레한드로 역시 좋은 작품이 되었다. 지금 비록 임대가서 잘 뛰고 있기에, 그를 영입해 왔던 가격 이상으로 몸값이 책정되었다.

거기다가 첼시 출신이라는 꼬리표는 가격에 프리미엄을 얹어 줄 것이다.

다만 그를 임대 복귀시킨다? 아직은 모르는 일이다. 첼시에는 그보다 더 뛰어난 스트라이커가 두 명이나 있다. 그와 비슷한 수준의 스트라이커 두 명 역시 임대를 떠났다.

알레한드로와 더불어 세 명의 스트라이커 중 하나는 분명히 다음 시즌에 첼시에서 뛰게 될 것이다. 문제는 가장 앞서 있는 사람은 알레한드로가 아니라는 것.

오히려 토마스는 뜻밖에 말을 했다.

"겨울 이적 시장이 곧 열립니다. 그리고 어쩌면… 빚이 많은 레알 마드리드는 거절하지 못할지도 모릅니다. 저희가 더 높은 가격을 제시한다면 말입니다."

"자네는 그… 선수를 말하는 것인가?"

"그렇습니다. 전 아직도 포기하지 않았습니다. 에스테반은 제가 분석한 최고의 고효율 선수입니다. 이미 경제효과가 드러나고 있습니다. 아시아의 기업들이 레알 마드리드에 투자하기 시작했으니까요. 그래서 더 서둘러야 합니다. 제가 레알 마드리드의 회장이라면, 결코 에스테반을 팔려고 하지 않을 거니까요."

단정적인 어투. 그 안에 갈증이 숨겨 있었다. 첼시에 와서 많은 것을 바꾸어 놓았지만, 토마스는 아직 더 해야 한다는 의무감에 사로잡혀 있었다.

하지만 그의 말을 듣고 나서 쥬제뉴는 납득이 안 된다는 눈빛이 되었다.

"방금 자네가 한 말. 레알 마드리드의 회장이 에스테반을 안 팔 거라는 그 확신. 그런데 어떻게 영입할 텐가?"

그 질문에 토마스는 미소를 지으며 이렇게 말했다.

"바로 폴리 버펫. 예전의 그 친구라면 좋은 가격에 에스테반을 충분히 팔고도 남을 겁니다."

로메오는 규모를 줄이기 위해서 새 영입을 자제해야 한다는 폴리의 말을 듣고 나름대로 흡족해했다.

이제야 하비에르가 제정신을 차렸다는 생각에, 잠시 생각해 보았다.

지금의 이 위기를 타개해서 하비에르가 재선에 성공한다면 레알 마드리드의 뒷날은 어떻게 될지에 대해서.

'모르는 일이다. 저 사람이 다시 회장에 선출된다면… 다시 예전으로 돌아갈 수 있다. 지금도 금세 빠져나갔다. 아까 내가 질문한 것에 대해서.'

생각 따로, 남의 이야기를 따로 듣는 구조가 인간의 뇌에는 자리잡혀 있었다.

로메오는 폴리에게도 감탄했지만, 하비에르에게도 경탄하는 중이었다. 어쩌면, 아까 그 기침이 연기였을지도 모른다. 일단 로메오의 곤란한 질문에는 피하고, 새로운 사람을 들여서 이곳의 보드진을 설득하고 있었다.

정치적인 면에서 보자면, 확실히 자신이 하비에르에게 뒤졌다. 그러나 팀을 위한 애정과 열정이라면, 결코, 뒤지지 않을 자신이 있었다.

여전히, 폴리는 길게 레알 마드리드의 단점에 대해서 말했고, 그것을 개선하기 위해서 어떤 노력을 해야 하는지에 대해서도 설명했다.

"…올림피크 리옹의 예를 들어보겠습니다. 2000년경까지만 해도 리옹은 영화로 유명한 동네였지, 축구와는 전혀 관련 없는 도시였습니다. 축구 도시가 되기에는 지나치게 부유한 곳이었죠."

그가 말하는 올림피크 리옹이 프랑스의 전성기, 더 나아가서 유럽 5대 리그 사상 최고의 연속 우승을 이루는 팀이 되기 시작한 것은 현재의 구단주가 팀을 인수하기 시작하면서였다. 그가 바로 올리스였는데, 그의 원칙은 아주 간단했다.

첫째, 뛰어난 선수를 제값보다 낮은 가격에 사온다.

둘째, 선수의 활약으로 팬들이 늘어나고, 이로 인해 돈을 번다.

셋째, 번 돈을 다시 투자하면, 더 나은 선수를 사올 수 있다. 하지만 원칙은 지킨다. 제값보다 낮은 가격에 사온다.

넷째, 돈을 버는 방법은 관중 수입도 있지만, 낮은 가격에 사온 선수들이 더 큰 이적료를 안겨줄 수 있다.

"이 간단한 원칙을 지키려 그는 절대 혼자 결정하지 않았습니다. 늘 다수의 집단으로 선수를 골랐고, 편견이나 아집을 멀리했습니다. 이것을 다중 지성 원칙이라고 하는데, 올림피크 리옹은 현재 프랑스에서 가장 많은 팬을 가진 구단이 되었습니다."

"파리 생제르망으로 알고 있는데…."

"역전당한 지 꽤 되었습니다."

중간에 크레스피가 자신의 상식을 이야기하자 거두절미, 폴리는 냉정한 얼굴로 자신의 데이터를 확인시켜 주었다.

곧이어 그가 준비한 프로젝트 안에 각 나라의 대표 클럽과 매출, 이익, 관중 등이 그래프와 표로 일목요연하게 정리되어 있었다.

폴리는 이 자료를 만들기 위해서 며칠 밤을 새웠다. 더군다나 뉴욕에서 이곳으로 바로 올 동안 비행기 안에서는 그 자료를 외웠고.

"그래서… 신임 재정 이사님이 말씀하시고자 하는 바는 무엇입니까?"

로메오는 슬슬 이상한 생각이 들었다. 특히, 돈을 버는 부분에서 그의 예감을 자극하는 그 무언가가 있었다.

"선수단 규모를 줄이는 것입니다. 영입한 선수들은 팀의 성적을 유지하는 시기에 적절한 선수, 그리고 적당한 가격으로 시장에 내놓으면 되고, 레알 마드리드 산하 리저브 팀들과 유소년 팀들의 정리가 필요합니다."

"그건…."

드디어 로메오가 자신의 예감을 자극한 그 무엇을 찾았다. 폴리는, 아니 그 뒤에서 미소를 짓고 있는 하비에르는 로메오가 지켜왔던 것들을 정리하려고 한다.

"아아, 지금 바로 하자는 것은 아닙니다. 이번 시즌 레알 마드리드의 성적은 매우 좋습니다. 거기다가 카스티야의 선수들까지도 잘해주고 있죠. 다음 시즌이 시작되기 전에 잉여 인력을 구분해서 처분하고, 리저브 B팀과 C팀을 통합하는 것. 그게 저의 제안 사항입니다."

그의 제안 사항과 여러 의견.

긴 시간이 흐르고 회의가 끝이 났다. 결론은 나지 않았다.

하비에르는 이제 자신의 맘대로 일을 추진하기가 상당히 버거웠다.

다만 보드진 중 다수가 이번에 새롭게 온 재정 이사의 말에 상당히 감명을 받았다는 눈치였다. 특히 로메오 쪽의 사람들도 흔들리는 것 같았다.

로메오 역시 폴리의 방법이 합당할지도 모른다는 생각을 했으니, 폴리의 오늘 프레젠테이션이 얼마나 설득력이 있었겠는가?

하지만 로메오는 깨달았다.

레알 마드리드라는 이름은 단순히 경제 논리에 의해서 좌우되지 않는 '정신'이 있다는 것을.

그렇기에 그가 지키려고 한 것이다. 빚으로 이루어진 클럽의 암울한 미래가 더는 나락으로 떨어지지 않게 하려고.

그래서 차를 잠시 세운 로메오. 창문을 열고 밖을 내다 본 이유는 클럽의 미래를 보기 위해서였다.

필드에서는 반디와 카스티야의 선수들이 열심히 훈련하고 있었다.

절로 미소가 지어질 만큼, 훌륭한 슛이 반디의 왼발에서 뿜어졌다.

몇 분을 그렇게 지켜보았던 로메오에게 비서가 어렵게 말을 걸었다.

"…저, 이사님…."

"응?"

"이 뉴스를 보셔야 할 것 같습니다."

로메오는 비서가 내준 태블릿 PC를 받아들었다.

그리고 무엇을 발견했는지 그의 눈이 매우 커졌다.

그것뿐만이 아니었다. 운전사에게 다급한 목소리 또한 그의 심정을 반영했다.

"어서 병원으로…."

그가 이렇게 서두르는 이유는 들고 있는 태블릿 PC 화면에 나타났다.

『하비에르 회장 위독』

로메오도 깜짝 놀랄만한 소식.

하비에르 회장이 폐암 진단을 받았다는 뉴스는 반디에게도 전해졌다.

인생에서 가장 중요한 것이 건강이라는 것을 그가 몸소 증명했다.

그래서 아직 어렸지만, 반디는 생각했다. 몸은 건강할 때 지켜야 한다고.

반디가 생각한 대상은 본인의 이야기가 아니다. 자신의 부모, 조금 더 나아가서 민선까지를 대상으로 둔 것이다.

자신을 입양한 부모님께 받은 은혜. 잘 길러준 것은 그가 평생 갚아도 갚을 수 없는 것이리라.

심지어 민선에 대해서도 반디는 낳아준 고마움을 느꼈다.

대단히 긍정적이었다. 버려진 것보다 태어난 기쁨을 더 위에 두는 성격이라니…

그런데 사실 성격보다 지금의 환경 때문에 더 그런 생각이 들은 것 같았다.

아만다가 눈물을 펑펑 흘리는 그 모습에, 자신의 친인에게 더 잘해야겠다는 마음이 더 강해진 것이다.

아직도 슬프게 우는 아만다는 병실 앞에서 반디와 함께 앉아 있었다. 할아버지의 얼굴을 볼 수가 없다며, 그녀는 계속 자책했다.

그녀가 자책하는 이유는 간단했다. 한 마디로 있을 때 잘하지 못했다는 것.

사실 인간이라면 누구나 그렇다. 그것을 오히려 지금 깨달은 아만다는 그의 어머니에게 더 잘할 기회가 생겼을지도 모른다.

어쨌든, 자책하는 아만다를 향해서 반디가 할 수 있는 위로는 거의 없었다.

"그만 울어, 아만다. 응? 괜찮아지실 거야."

괜찮아진다? 그럴 수도 있었다. 폐암 2기는 생존율이 50%이니 말이다.

항암 치료를 받는 과정이 끔찍하다는 이야기가 있었지만, 그래도 생명을 존속할 수 있다면, 무언들 못하겠는가?

다만 하비에르의 입장에서 담배를 사랑했지만, 이제 끊어야 하는 현실이 좀 문제였다.

어쨌든, 반디는 병실 안까지는 들어가고 싶지 않았다. 그 안에 발을 들여놓는 순간 자신과 아만다는 특별한 관계가 될 것 같았다.

아만다가 싫지는 않았지만, 아직은 뭔가 결정하기 힘들었다.

이제 열여덟. 한 번도 여자 친구를 사귀어 본 적이 없는 반디.

페드로는 이를 트라우마 때문이라면서 항상 걱정스러운

표정을 지었다.

빅토르와 마리오, 그리그 페드로 자신이 예전에 학교에서 반디의 성인식을 잘 못 해주었다고 자신들을 탓했다.

심지어 페드로는 그때 들은 인종 차별적인 말로 반디가 분명히 큰 연애 트러블에 걸린 것 같다면서 정신병원을 추천해주기도 했다.

말도 안 되는 소리에 반디는 그저 웃음밖에 나오지 않았다.

반디는 건강했다. 아무 문제 없었다. 단지 지금은⋯

"아만다, 미안한데. 이제 가봐야 할 것 같아. 이해해줘."

우는 여자를 뿌리치고 갈 만큼 축구가 중요했다.

퍼스트 터치 FIRST TOUCH

Chapter 47

FIRST Chapter 47 TOUCH

겨울에 맞는 휴식기에는 자신의 약점을 메울 수 있는 적
기라고 생각했다.

아직 미완성인 드리블과 좀 더 연마해야 하는 무회전 킥
등. 그것이 반디의 머릿속에 꽉 들어차 있었다.

그래서 이적이니 뭐니 하는 이야기는 전혀 관심이 없었
다.

어차피 훌리안이 알아서 처리했다.

이적은 하지 않는다. 다만 수틀리면 이적의 냄새까지는
풍겨달라.

그게 훌리안에게 반디가 주문한 모든 것이었다.

실제로 반디에게 제의가 온 것은 이제 두 손에 있는 손가락과 두 발에 있는 발가락을 합쳐 놓은 것의 두 배쯤 되었다.

그만큼 인지도가 쌓였다는 것이다.

대부분 스페인 팀이었다. 그리고 그중 반 이상이 임대를 문의했다.

스페인 팀 중, 반디의 이적료를 감당할 팀은 많지 않았다. 그나마 반디의 바이아웃 금액이 적어서 프리메라리가 팀들은 살짝 기웃거릴 정도였지만.

유럽 스카우트가 더 많이 출현한 시기도 이때쯤이었다. 후반기 개막전에서 그들은 카스티야의 선수들을 유심히 관찰했다.

이미 퇴짜를 맞은 올덴부르크의 스카우트, 살루스타노. 그 역시 팀에 반디에 대한 재도전을 이야기해 보았다.

그런데 몸값이 살짝 부담스럽다는 말이 나왔다. 예전에는 해볼 만했지만, 천만 유로로 올라간 반디의 몸값은 아직 중소구단인 올덴부르크가 감당하기 쉽지 않아 보였나 보다.

그는 입맛을 다시며 다른 선수들을 관찰했다. 대부분 카스티야의 선수들이 스카우팅 보고서에 올릴 선수들이었다. 그의 기억에 이 정도로 완벽한 B팀은 처음인 것 같았다.

예전 리오넬이 바르셀로나 B에서 뛰었을 때에도 이러지는 않았다. 그때도 강했지만, 지금은 단순히 강하다는 말로는 부족했다. 세군다 리가의 신계에 속해있다고나 할 까?

아무튼, 살루스타노가 제대로 평가한 것 같기는 했다. 오늘 개막전에도 카스티야는 승리의 찬가를 울렸다.

사실 카스티야에 있어서 세군다 리가의 우승은 이제 부차적인 목표에 지나지 않았다. 세군다를 우습게 보는 것은 아니지만, 가진 바 역량을 코파 델 레이에 다 쏟아부으려고 했다.

현재 8강에 올랐다. 상대는 아틀레틱 빌바오. 투쟁적이며, 순수 혈통주의를 고집하는 그 팀은 프리메라리가의 레알 마드리드도, 그리고 바르셀로나도 부담스러워하는 팀이었다.

빌바오에서 뛰기 위해선 바스크 혈통을 지니고 있어야 했다. 현재까지 그 전통이 이어지고 있었다. 팀에서 뛴 외국인 선수들 역시 바스크인의 혈통을 지녔다. 그것도 아니면 바스크 지역 영향권에서 유년기를 보내며 성장해야 하거나.

이 같은 기준으로 매 시즌 선수단 변화의 폭이 크지 않았다. 즉, 자체 육성 선수들을 기반으로 팀을 구축한다.

"조직력이라는 게 바로 여기서 생긴다. 너희도 오랫동안 손발을 맞춰왔지만, 빌바오는 그 정도가 아니다. 이들은 마치 전쟁에 나가서 승리해야 한다는 일념으로 똘똘 뭉친 것 같다."

파본은 자신의 경험을 이야기하는 것 같았다. 선수 시절에 빌바오와 맞서던 그 순간. 매우 힘들었던 그 시절 그 경험을 선수단에 쏟아냈다.

사실 조직력이라는 것은 일관성과 밀접한 관련이 있었다. 빌바오는 지속해서 같은 전술, 같은 유형의 선수들로 시즌을 치러냈다.

힘과 높이를 갖춘 원톱, 작고 기술적인 2선, 부지런한 중앙 미드필더와 조직력이 강조된 수비라인은 빌바오의 특성을 이야기하는 데 빼놓을 수 없다.

원톱과 2선 공격수를 보면 알 수 있지만, 긴 패스와 티키타카가 적절히 혼합된 스타일이다. 아르헨티나 출신 비엘시 감독은 이 스타일에 창조성을 섞어 놓았다.

그리고 현재의 감독. 바르데. 그는 조직력에, 그리고 창조성에 더해서 위닝 멘탈리티를 심어 놓으며, 팀의 전성시대를 열기 시작했다.

긴 설명이 끝난 후 선수단은 굳은 표정을 지었다. 도대체 다음 경기 상대에 대해서 끊임없이 칭찬만 늘어놓은 파본은 무슨 의도일까?

"그러나 아무리 강한 팀이라도 늘 약점은 존재한다. 화면을 보고 이야기하자."

바로 상대 팀의 약점을 분석하기 위해서 긴 장광설을 쏟아부은 것이었다.

상대를 얕보지 않게 하고, 정확히 알아야 약점을 설명하는 데 집중력을 얻을 수 있다. 그런 의미에서 본다면 확실히 파본은 좋은 전술가였다.

"일단 원정에 약하다. 우리 입장에서는 확실히 좋은 일이다. 첫 경기가 디 스테파노에서 하니까. 다만 그 좋은 기회를 날린다면, 두고두고 후회할지도 모른다. 왜냐하면, 몇 년 전 새로 건설된 빌바오의 홈구장에서 바스크 인들의 엄청난 야유와 맞서야 하기 때문이다."

전술적인 부분이 아닌 전략적인 부분부터 물꼬를 트기 시작한 파본. 사실 전술적인 것은 큰 틀에서 변하지 않을 것이다. 시즌 중에 자주 전술을 바꾸는 것은 꽤 위험한 생각이기에.

더구나 현재 카스티야는 잘 나가고 있는 팀 중 하나였다. 코파 델 레이에서 카스티야만큼 잘 나가는 B팀은 존재하지 않았다.

바르셀로나 B팀도, 발렌시아나 아틀레티코 마드리드 B팀도 이미 다 탈락의 고배를 마셨다.

그럴 수밖에 없었다. 지난 시즌에 뛰었던 상당수 B팀의 주축 인원들은 A팀으로 승급하거나 이적을 택했으니까.

다시 말해서, 카스티야가 이렇게 잘 나갈 수밖에 없는 이유는 역설적으로 현재의 레알 마드리드 A팀에 자리가 없어서였다.

어쨌든 전술보다 전략에 초점을 맞춘 파본. 그런데 그보다 더 전략적인 사람이 있었다. 아니 전략이라기보다는 사실 꼼수에 가까웠다. 아구스틴이 요즘 자주 스테파노를 방문했는데, 그는 이 말을 던졌다.

"그냥 빌바오팀의 누구누구한테 관심이 있다고 언론에 말해버려. 그럼 흔들릴 수밖에 없을 거야."

"그게 무슨….."

"최근 몇 년간 빌바오가 키워낸 유망주와 주축 선수들은 이적 러시를 했어. 당연한 일이지. 빌바오가 그들을 감당할 수 있는 성적과 자금을 가지고 있지는 않잖아. 순혈주의를 고집할수록 한계는 늘 깨트리기 힘들지."

그의 말이 맞았다. 순혈주의는 늘 장단점이 뚜렷한 색을 지녔다.

일단 팀으로서 뭉치는 데에는 순혈주의만 한 것도 없었다. 같은 핏줄이라는 이 말이 얼마나 사람들의 뇌리에 자극적으로 뿌리박히겠는가?

하지만 그것의 부작용도 간단했다. 도태, 외부배척, 배신 등등. 이 중 최근 몇 년은 팀을 박차고 나간 선수들의 배신이 자주 회자하였다.

팀으로서는 챔피언스리그까지 진출했는데도, 그곳에서 명성을 쌓은 선수들은 이적의 유혹을 뿌리치지 못했다.

아구스틴이 지금 제안하는 게 그 함정을 사용하라는 것이었다. 실제로 몇몇 감독들은 빌바오의 누가 마음에 든다고 말한 적이 있었다. 그리고 놀랍게도 그 경기는 치열하게 진행되며, 빌바오가 승점을 잘 가져가지 못했다.

그 말을 들은, 지목된 선수들이 흔들려서 그런 것이다. 그들이 이적에 대한 욕심을 가졌기 때문이 아니다.

언론에 나오는 '이적할 것이다,' '그렇지 않을 것이다.'의 말은 모두 '최악의 흔들기' 였다. 멘탈이 불안정한 젊은 선수에게는 더더욱.

스페인의 언론은 당연히 그럴 수 있었다. 오죽하면 스페인의 언론에 시달린 쥬제뉴가 첼시에 복귀한 뒤 '영국 언론은 아무것도 아니었다.' 라는 말을 했을까?

아무튼, 아구스틴은 몇몇 선수의 이름까지 거론했다. 그들의 멘탈이 꽤 불안정하니, 이 방법을 사용하라고 하면서.

하지만 스테파노는 그럴 수 없었다. 그가 가지고 있는 성격 중, '바른 생활 사나이' 의 틀을 깨기 힘들었으므로.

아구스틴은 참으로 안타까워했다.

사실 요즘 그는 다시 복귀하고 싶은 마음이 굴뚝같았다. 이제야 자신의 정체성을 찾은 느낌이었다.

처음에는 혼란스러웠다. 위에서 내려오는 압박. 외부영입과 내부에서 키운 유망주 기용문제의 충돌. 그 과정에서 반디가 우승 선언을 해버렸고, 이기기 위해 자신이 지휘봉을 잡고 있다는 것을 깨달았다.

그동안 그의 정체성은 무엇이었는가? 잘 키워서 레알 마드리드의 재정에 보탬이 되는 것이었다. 욕을 먹더라도 그것을 잘했기에 레알 마드리드가 발전했다고 여겼다.

그런데 이게 우승이라는 욕심이 생기니까 다 소용없었다. 잘 팔기 위해 가격을 매겼던 선수들은 일단 판매 중지가 되어 우승이라는 명예로운 자리에 같이 앉고 싶었다.

그때 깨달았다. 이러니저러니 해도 결국은 레알 마드리드를 위한 마음은 같다는 것을. 어떤 방법을 쓰든지 간에 소속된 지도자는 레알 마드리드를 위한 방법을 선택한 것이다.

방법적인 게 다르다고 틀린 것은 아니다. 다만 '차이'에서 비롯된 상대방과 자신 사이에 존중이 없어지니, 비난만 오고 갔을 뿐이었다.

이제는 좀 더 편안한 마음으로 레알 마드리드에 도움이 될 수 있다고 생각했다. 오히려 자신이 더 생겼다. 양쪽을 중재할 수 있다는 느낌.

그런데 하비에르가 쓰러질 줄이야!

아구스틴이 선수와의 의리를 저버리기로 유명하지만, 그렇다고 한 번 충성한 사람에 대한 의리를 버리는, 그런 막무가내 사람은 아니었다.

이 점은 오늘도 병문안을 간 것을 보면 알 수 있었다.

병실 안에는 발다노와 폴리가 있었다. 자신까지 포함해 낙동강 오리알이 된 사람들. 특히, 폴리는 더더욱 낙동강 오리알이다. 재무이사로 임명된 날 하비에르가 쓰러졌으니.

어쨌든, 아구스틴이 병실에 들어가자 항암치료를 병행하는 하비에르가 웃음으로 맞이했다.

"아구스틴, 이거 출근부를 만들어야겠어. 허허허."

"아이고, 당연히 이렇게 해야죠. 사실 할 일도 없는 백수입니다."

아구스틴이 넉살 좋게 웃으며 하비에르의 말을 받았다.

그런데 잔뜩 미소를 지은 하비에르의 표정과는 달리 발다노는 꽤 기분이 나쁜 얼굴이었다. 폴리 역시 마찬가지다. 아니 폴리는 기분이 나쁘다는 얼굴보다는 냉정한 표정이 살아있었다.

"그럼 저는 이만 나가보겠습니다."

"그러게. 그동안 고생 많았네."

폴리의 인사에 여전히 미소를 짓는 하비에르.

영문을 모르는 아구스틴은 발다노에게 눈짓을 했다.

곧이어 발다노의 음성이 노기를 실어 그의 궁금증을 해결해 주었다.

"저 새끼가… 우리를 배신한다더군!"

"잉? 그게 무슨 소리야?"

배신이라는 단어. 그것은 아구스틴이 오늘 스테파노를 만나서 잔뜩 했던 말이다. 빌바오의 선수를 자극해서 '배신자'의 개념으로 혼란스럽게 하려던 전략. 그 말을 여기서 듣게 될 줄이야?

그런데 하비에르의 미소지은 얼굴이 갑자기 굳었다. 그는 목소리를 좀 더 키워서 발다노를 향해 이렇게 외쳤다.

"발다노! 그만하게! 듣기 싫으니까…."

"네? 네, 알겠습니다."

대답은 했지만, 나중에 아구스틴에게 말을 하지 않을 리가 없는 발다노.

배신의 의미는 갈아탔다는 말이다. 즉, 여기서는 폴리가 하비에르라는 배에서 크레스피라는 배로 옮겨갔다는 의미와 동의어였다.

이제 하비에르는 회장직을 수행할 수 없었다. 아픈 사람을 위해서도 그래서는 안 되지만, 레알 마드리드를 위해서도 빨리 그의 자리를 대신할 수 있는 사람이 필요했다.

당연히 부회장인 크레스피가 회장 대행이라는 중책을 맡을 수밖에 없었다.

그러면서 다음 회장 선거에는 하비에르가 아닌, 크레스피와 로메오의 2파전 양상이 벌어질 것이라는 신빙성 있는 주장이 대두되었다.

폴리의 선택은 당연히 크레스피. 자신을 끌어들인 것은 하비에르였지만, 앞으로 자신을 키워줄 사람은 크레스피였다.

이것을 모를 리가 없었다. 당연히 폴리는 작별을 고하러 왔고, 그게 바로 오늘이었다.

하비에르는 병상에 누워있는 지금 이 순간에도 약한 모습을 보이고 싶지 않았다. 그래서 자신의 앞에서 '배신'이라는 말을 언급한 발다노에게 큰소리를 쳤던 것이다.

한편, 로메오는 자신의 사무실에서 헤수스와 이야기를 나누고 있었다.

외부에서 로메오의 회장직을 지지한다는 말을 했던 헤수스는 그의 강력한 동반자였다.

더구나 이번 선거는 그에게 유리하게 작용했다. 크레스피가 현재 전권을 맡아 회장직을 수행하고 있지만, 여론은 이미 로메오의 편이었다.

레알 마드리드의 회원들은 하비에르도 지지했지만, 로메오도 지지했었다. 둘 사이를 적대관계로 보지 않고, 함께 레알 마드리드를 이끌어가는 쌍두마차로 보았기 때문이다.

가끔 언론에 둘 사이가 안 좋다는 기사가 낫지만, 원래 스페인 언론이라는 게 갈등을 더 부각해서 보도하는 곳이다. 그래서 예전에 쥬제뉴가 하비에르와 사이가 벌어져서 감독에서 쫓겨났다고 보도했던 기사도 대중들은 많이 믿지 않았다.

아무튼, 하비에르의 원천은 레알 마드리드 A팀이었다면, 로메오에게는 현재 카스티야가 그 원천이었다.

진짜 반디의 말대로 코파 델 레이에서 우승이라도 한다면, 그것은 '개벽'에 가까운 효과를 낼 것이다.

헤수스는 로메오에게 카스티야가 이길 수 있다고 말했다. 그 이유는 첫 경기가 디 스테파노에서 한다는 점 때문이었다.

"8강 전이 그나마 홈에서 먼저 하는 게 다행이네요."

"그래도 빌바오는 참 부담스러운 상대입니다."

"아니죠. 앞으로 4강전 결승전에서는 더 부담스러운 상대를 만나게 될 텐데, 빌바오는 쉽게 꺾을 수 있습니다."

'쉽게'라는 말을 함부로 내뱉을 상대는 아니었다. 당연히 헤수스 입장에서는 덕담식으로 한 말이었다.

이 덕담이 실현된다면 얼마나 좋을까?

일단 경기를 치러봐야 아는 법.

그래서 로메오와 헤수스가 나란히 앉아 오늘 치러지는 카스티야와 빌바오의 경기를 관전하러 왔다.

귀빈석에는 꽤 많은 인사가 참석했다.

신기한 일 때문이었다. B팀이 8강까지 오르는 일을 다시 보게 된 사건.

그래도 이들의 머릿속에는 4강까지는 아니라는 생각이 들었다.

과연 이 추측이 맞을까?

그것은 뚜껑을 열어봐야 알 수 있었다.

경기가 시작되기 전, 아틀레틱 빌바오의 감독, 바르데는 오늘 선수단에 특명을 내렸다. 매우 당연한 이야기지만, 기필코 승리해야 한다는 말을 했다.

"그 이유를 아나?"

"알고 있습니다."

수비형 미드필더, 이마놀은 바르데의 특별한 설명이 없어도 다 이해하는 것처럼 보였다. 가끔 감독이 할 말을 대신하는 것만 봐도 잘 알 수 있었다. 물론 바르데가 그렇게 하도록 했다. 선수들이 생각하면서 플레이하기를 좋아했기 때문에.

이마놀의 장점은 전술 이해도다. 안타까운 것은 그 뛰어난 전술 이해도와 비교하면 멘탈이 불일치한다는 점이고. 다시 말해서, 멘탈이 불안정하다는 것이었다.

지금은 전술보다 전략을 알아차렸다. 영리하고 축구 지능이 좋은 젊은 선수의 성장은 빌바오에 있어서 고무적인 일이다. 선수 수급에 한계가 있기에 더더욱.

아무튼, 바르데는 그에게 어서 말해보라는 눈빛을 던졌고, 약간 쑥스러운 듯이 이마놀이 자기 생각을 밝혔다.

"패배하고 나서 홈에 오면 무슨 일이 일어날지 모르기 때문입니다. 홈에서 경기하는 것보다 어웨이 경기가 덜 부담스럽기도 하고요."

"훌륭하다. 좋은 대답이다."

그래서 그가 말할 때마다 바르데는 이렇게 칭찬하고 나섰다. 이마놀은 이렇게 해서 기를 살려줘야, 제 기량을 발휘하는 스타일이기도 했다.

바르데와 다른 선수들은 이마놀의 대답에 고개를 끄덕였다.

그런데 패배하고 나서 홈으로 갈 경우 무슨 일이 일어날지 모른다는 말. 이것은 무슨 영문일까? 더군다나 어웨이 경기가 덜 부담스럽다는 것도 쉽게 이해할 수 없는 말이다.

예전부터 아틀레틱 빌바오의 홈은 순혈주의가 강하기로 유명했다.

카스티야의 선수들은 동양인도 있고, 흑인 계열인 더그도 존재했다. 그들에게 인종차별적인 발언을 팬들이 하기라도 한다면, 피곤한 일이 발생한다.

최근 FIFA의 인종차별 규정은 더 강화되었고, 이는 무관중 경기와 같은 제재를 하도록 만들었다.

그런 인종차별적인 사건이 아니더라도, 바르셀로나도, 레알 마드리드도 아닌 B팀에게 질 경우 팬들의 집단행동을 맞이하게 될지도 몰랐다.

"그런데 카스티야는 일개 B팀이 아닙니다. 정말 부담스럽습니다."

"맞습니다. B팀의 가면을 쓴 프리메라리가 팀입니다."

"솔직히 요즘 스페인 리그에서 마드리드 팀들과 바르셀로나, 그리고 발렌시아 다음에 카스티야라는 말도 농담처럼 하고 있습니다."

선수들이 각각 한마디씩 했다. 마치 많이 참았다는 것처럼.

올 시즌 순위표의 1위가 레알 마드리드, 2위는 아틀레티코 마드리드였다. 그다음으로 바르셀로나와 발렌시아가 자리해 있었다.

그런데 많은 사람이 그다음 자리는 카스티야일지도 모른다는 말을 했다.

실제로 유럽 전역에 카스티야의 명성은 퍼지지 않았지만, 스페인의 대부분 지역은 이제 잘 알고 있었다. 카스티야는 그냥 카스티야가 아니라는 것을.

이제 이들은 웬만한 프리메라리가의 중위권 팀보다 더 높은 몸값을 자랑하는 선수들로 구성되어 있었다. 반디의 바이아웃 금액이 천만 유로라는 게 푼돈으로 여겨질 정도로.

사실 코파 델 레이에서 최근 프리메라리가 팀이 가장 싸우고 싶지 않은 팀이 카스티야였다. 이겨봤자, 체면치레. 지면, 속칭 '쪽' 팔린다.

그래서 아틀레틱 빌바오는 재수가 없었던 것이다. 그 이전에 16강에서 패한 에스파뇰도 마찬가지였지만, 하필이면 카스티야를 만나게 될 줄이야!

차라리 레알 마드리드나 바르셀로나를 만나는 게 더 나았다. 그 팀들이 카스티야보다 못한다는 게 아니었다. 최소한 그 팀들과 싸우면 아틀레틱 빌바오는 그 팀들에게 도전하는 모양새가 되었다.

그러나 카스티야와 싸울 때는 달랐다. 오히려 도전자의 모습은 카스티야 선수들이 가지고 있는 것 같았다. 실제로는 전력이 비슷하다고 느끼는 아틀레틱 빌바오 선수들이었는데.

"그래서 차라리 원정이 낫다. 난 그렇게 생각한다."

바르데는 선수들이 각각 힘들다고 주장할 때, 눈빛을 빛내며 다음과 같이 주장했다.

원정이 나은 첫 번째 이유는, 수비 위주로 전술을 짤 수 있다는 점이다. 만약 홈에서 할 경우 일개 B팀과 싸우는데, 공격적인 전술을 취하지 않는다고 야유를 받을지도 몰랐다.

둘째, 첫째 이유와 약간 관련이 있지만, 상대 팀, 즉, 카스티야는 공격적으로 나오게 될 것이다.

카스티야도 홈에서 승리를 해야 원정에 대해 계산을 할 수 있다. 만약 비기거나 진다면, 그들은 막다른 골목에 몰리게 된다. 그 상황에서 끔찍한 빌바오 원정을 가는 것은 절대 원하지 않을 것이다.

"그 기분을 경험하게 해주는 게 우리의 목표이다. 알겠나?"

선수들의 결의에 찬 대답. 바르데는 이들을 믿었다. 잘해줄 것으로 의심치 않았다.

물론 그 믿음을 배신하는 경우도 가끔 생겼다. 특히, 특정 팀에서 빌바오의 누가 탐이 난다는 말을 했을 때…

그런 이야기를 들으면 당사자는 이적하는 경우가 몇 차례 있었다.

바르데는 그때마다 마음이 아팠다. 챔피언스 리그에 올랐을 때, 더 그랬다. 기껏 팀을 만들어 놓았더니 선수가 떠난다는 말을 했다.

빌바오에서는 선수를 키우기가 힘들다. 한정된 자원으로만 성장시킬 수 있었다. 외부 영입은 고르고 골라서 바스크인의 피가 섞여 있는 이들만 가능했다. 이런 관계로 팀을 구성하는 것에 심혈을 기울이지 않을 수 없었다.

그의 마음을 알아챘던가? 수석 코치인 세란테스는 그를 격려했다.

"너무 걱정하지 마십시오. 잘해낼 것입니다."

그 말을 듣고 미소를 짓는 바르데. 자신보다 열 살이나 많은 수석코치였다. 항상 따뜻한 형제처럼 자신을 보듬어

주었고, 아껴주었다.

그렇다. 자신도 그도 바스크 인이다. 선수들도 바스크 인의 피가 흐르고 있다. 최소한 스페인에서 이들만큼 단단한 결속력을 가진 감독과 수석코치도 없을 것이다. 선수들도 마찬가지다. 하나의 대형 패밀리라고 해야 할까?

확실히 그것이 아틀레틱 빌바오를 강하게 해주는 것이라는 말이 흘러나왔다.

그리고 그 유대감을 바탕으로, 경기장에 나서는 아틀레틱 빌바오 선수들의 눈에 투쟁심이 잔뜩 깃들었다.

바르데는 카스티야를 상대하는 데 있어서 바르셀로나의 동영상을 반복 시청하게 했다. 그것도 올 시즌 바르셀로나와 두 번 싸운 아틀레틱 빌바오의 동영상을.

두 번 싸워서 1승 1패. 이겼을 때의 동영상으로 선수들에게 집단 최면을 걸듯이 계속해서 재생했다.

이 말은 카스티야를 바르셀로나 대하듯이 플레이하라는 의미였다.

하필이면 레알 마드리드도 아니고 왜 바르셀로나의 플레이를 참고하라고 했을까?

올 시즌 레알 마드리드 카스티야의 플레이에서 바르셀로나의 냄새가 난다는 이야기가 계속해서 흘러나왔기 때문이다.

원래 레알 마드리드 A팀은 강력한 측면 공격수를 바탕으로 유럽을 지배해왔다.

그런데 같은 계열인 카스티야가 세계 최강의 중앙 공격력을 가진 바르셀로나의 플레이를 펼치다니 의외가 아닐 수 없었다.

정확히 말하면, 카스티야는 측면도 강했지만, 중앙이 더 강하다는 말로 설명이 가능했다.

예전부터 유럽의 대다수 팀은 중앙이 강해야 승리한다는 믿음을 지니고 있었다.

센터백과 중앙 미드필더, 그리고 센터 포워드로 이어지는 중앙 포지션. 이들이 살아야 게임을 지배할 수 있다는 믿음.

스테파노도 마찬가지 생각이었다. 그래서 그는 지금 카스티야를 지도한다는 것 자체가 행운이라고 여겼다.

안토니오와 마리오, 그리고 반디로 이어지는 중앙 라인은 세군다를 넘어서 프리메라리가의 중위권 팀과도 해볼 만하다고 예상했으니까.

그렇다고 빌바오의 감독, 바르데의 분석처럼 바르셀로나의 플레이를 지시한 적은 한 번도 없었다. 이번에는 우연히 맞아 떨어진 것이다. 스테파노 역시 레알 마드리드의 지도자이며, 현재 A팀의 기조는 측면 공격수가 중앙을 넘나들며, 게임을 지배하는 것이니.

바르셀로나의 플레이와 비슷하다는 이 평가는 반디라는 존재가 가장 큰 이유였다. A팀 칸제마의 임무를 수행하면서도, 비록 세군다에서였지만, 더 나은 득점력을 지니고 있어서 상대 팀을 곤경에 빠트렸다.

오늘 반디를 견제하는 아틀레틱 빌바오의 수비형 미드필더는 이마놀. 철저한 대인방어를 위해 칼을 빼 들고 온 모습이었다.

이마놀은 멘탈이 약하다는 것 빼고, 출중한 실력을 지니고 있었다. 그런데다가 자신의 약점을 제대로 알았기에, 오늘은 더 투지 넘치게 상대하려고 마음먹었다.

바르데 감독도 많은 격려를 했다. 오늘 반디를 막는다면, 프리메라리가의 최고 수비형 미드필더로 발돋움할 수 있다는 말로.

감독의 신뢰의 화답하는 길은 당연히 상대 선수의 득점 봉쇄였다. 당연히 반디가 가는 길에는 반드시 이마놀이 있었고, 쫓아다니는 것뿐만이 아니라, 미리 차단하고 클리어하며 진드기처럼 달라붙었다.

반디의 멘탈은 이마놀과 정반대였다. 요즘 전문가들은 그의 장점으로 강한 정신력을 꼽았다. 기술적인 부분에서 퍼스트 터치가 최고 수준이라고 말하지만, 그것보다 정신력이 강하기에 세군다 리가에서 최고 수준의 골잡이가 되었다고 평가했다.

그런 반디도 이빨을 꽉 물고 덤벼드는 이마놀을 따돌리기가 쉽지 않았다.

무엇보다도 카스티야의 좌우 공격수에게도 대인방어가 들어왔다.

"젠장!"

"아, 미치겠네."

오늘 동반 출전한 페드로와 빅토르는 찰거머리 같은 상대 풀백에게 완전히 봉쇄당했다. 그들은 경기가 마음대로 풀리지 않자, 입에서 안타까운 심정을 배출했다.

이런 상황인데 반디가 패스를 줄 수도 받기도 어려운 일이 계속 진행되었다.

심지어 마리오와 세바스티안, 그리고 올 시즌 이들의 짝으로 중용되는 베가에게도 여지없이 대인 마크가 펼쳐졌다.

즉, 중앙 미드필더 셋과 공격수 셋에게 대인방어를 붙였다는 이야기다.

이는 2011~2012시즌 라 리가 12라운드에서 빌바오가 취했던 전술과 매우 흡사했다.

그리고 당시의 맞상대는 바로 바르셀로나였다.

그때 비엘시는 빌바오 선수 중 센터백 한 명만을 제외하고 나머지 전부를 맨마킹하며, 대인방어를 선택했다.

만약 그 경기에서 졌다면, 엄청난 비난에 시달렸을 텐

데, 빌바오는 승리했고, 비엘시는 그때부터 희대의 전술가로서 이름을 얻기 시작했다.

바르데는 오늘 그 경기를 참고해서 선수들에게 특명을 내렸다.

대부분 감독은 맨투맨 방어를 펼치면, 자기 수비 진영에 틈이 생기기 때문에 싫어했지만, 이상하게도 아틀레틱 빌바오의 감독을 맡으면 이를 종종 실천했다.

올 시즌도 이 방법으로 바르셀로나라는 대어를 낚았다.

사실 빌바오 선수들의 투지 때문이다. 수비의 틈이 생겨도, 그 투지 넘치는 플레이로 메웠다.

마리오와 세바스티안이 중앙에 버티고 있었지만, 좁은 공간에서 수적 우위는 더 많이 띈 빌바오의 우세였다.

그러자 오늘 준비한 파본의 전술이 봉쇄되고 오히려 빌바오의 빠른 압박에 공을 빼앗기는 사태가 연출되었다.

이것은 문제가 아닐 수 없었다. 공을 빼앗았을 때, 빌바오의 선수들은 1선에 있는 센터포워드에게 긴 패스를 하곤 했으니까.

다행히 안토니오가 특유의 빠른 발로 이를 커버했다. 센터포워드가 아쉽다는 듯 그를 보았을 때, 이 카스티야의 주장은 전방을 향해 이렇게 외치고 있었다.

"똑바로 안 봐? 다들 지금 뭐 하는 거야? 앞쪽에서 더 빠르게 발을 놀리란 말이야!"

그는 이렇게 말할 자격이 되었다. 안토니오 덕분에 실제로 오늘 몇 번의 상대 역습을 막아낼 수 있었다. 전반 내내 가장 높은 평점을 받은 사람은 바로 그였을 것이다.

이렇게 전반전에 아무것도 못 해본 것은 매우 오랜만이었다.

특히 반디도 황당한 눈빛으로 상대를 볼 수밖에 없었다.

그는 자신을 끈질기게 따라다녔다. 그렇게 해도 반디는 공을 받을 수 있었지만, 문제는 자신의 동료들이었다. 그들 역시 맨마킹에 시달리며, 전반전 내내 공을 제대로 받아내거나 돌리지 못했다.

위협적인 장면은 오히려 아틀레틱 빌바오가 더 많이 만들어냈다.

그래서 안토니오가 전반전의 수훈갑이라고 말하는 것이다.

벤치에서는 스테파노와 파본이 한참 동안 전술에 골몰하며 대화했다. 하지만 전반전이 끝날 때까지 이들은 해답을 얻어내지 못했다.

라커룸으로 들어가는 반디의 눈빛이 빛났다. 그의 시선은 자신을 막아낸 이마놀을 보고 있었다.

오랜만에 만난 호적수에 감탄하는 것일까?

아니면 후반전에는 다른 모습을 보여주려고 다짐하는 것일까?

우두커니 서 있는 그의 어깨에 세바스티안의 손이 올려졌다.

"들어가자. 네가 못한 게 아니라, 우리가 상대의 플레이를 예측하지 못했다. 프리메라리가 팀이, 일개 B팀을 상대로 이렇게 맨 마킹을 할 줄은 전혀 알지 못했으니까. 아마감독님이나 코치님이 방법을 찾아 주실 거야."

그 말을 듣고 반디가 웃었다. 그리고 세바스티안은 보았다. 그 미소 뒤에 숨겨진 강한 자신감을.

어쩌면 후반전에는 무언가 달라진 모습을 볼 수 있을지 모르는 일이다.

그런데 정작 라커룸에서는 별다른 대안을 마련하지 못했다.

차라리 이렇게 0-0 무승부로 끝나는 게 다행으로 여길 만큼, 벤치에서도, 선수들도 속수무책인 전반전.

이렇다 할 해법도 마련하지 못한 감독과 코치는 상식의 궤를 달리하는 상대의 투지에 원론적인 이야기밖에 못 했다.

- 너희도 투지는 남 못지않았다. 그러니 같은 투지로 맞받아쳐라.

스테파노의 다소 실망스러운 지시. 선수들은 어디서부

터 어떻게 시작해야 할지 고민스러웠다.

그렇게 라커룸에서의 전술 지시가 끝났다. 대략적인 지시는 했지만, 전반전과 대동소이해서 상대 전술에 대한 해법 같지는 않았다.

선수들이 먼저 라커룸에서 나가고, 남은 반디가 스테파노와 파본을 보면서 이렇게 물었다.

"오늘 경기의 최선책은 무엇인가요?"

"최선책? 최종 목표 말이냐?"

"네, 그렇습니다. 당연히 승리인가요?"

"그렇…."

'다'로 끝내려고 하다가 스테파노는 그만두었다.

늘 그렇지만 이 감독의 장단점은 명확했다. 선수들을 자식이나 동생처럼 품고 간다는 것. 그리고 정정당당한 것을 좋아하며, 솔직한 것도 나름대로 스테파노의 장점이었다.

옆에서 보고 있던 파본은 대신 말하고 싶었다. 당연히 승리할 것이라고. 승리를 위해 투지를 불태워달라고.

그러나 그가 개입하는 것은 일종의 월권행위였다. 잘못하는 것이 아니라, 감독이라는 위치를 깎아내리는 것이나 마찬가지의 언행이었으니.

갑갑해하는 마음은 반디도 마찬가지였다. 그는 듣고 싶었다. 승리하게 해달라고. 당연히 오늘 목표는 승리라고.

그런데 스테파노의 동공이 심하게 흔들리더니 솔직한 마음을 표현하기 시작했다.

"미안하다. 솔직히 말하마. 이기고 싶다. 아주 간절하게. 감독 자리를 지키고 싶어서가 아니라, 너의 웃는 모습을, 잘 되는 모습을 계속 지켜보고 싶어서다. 그래서 너에게… 이기라고 하고 싶다. 하지만…."

"……."

"난 그럴 수 없다. 이기지 말라는 이야기가 아니라, 솔직히 지금 아무 대안을 마련하지 못했다. 난…."

'무능한 감독이다.' 라고 말하려고 할 때, 갑자기 반디가 치고 들어왔다.

"아, 그렇죠? 감독님! 그럼 두 번째 목표, 즉, 차선책은 무엇인가요? 혹시 비겨도 되나요?"

"응?"

"오늘은 일단 비기고, 대책을 마련해서 어웨이에서 이겨도 되는지, 사실 그게 궁금했습니다."

세상에 비겨도 되는 경기가 있을까?

있었다. 토너먼트 대회에서는 그게 가능했다. 아니, 그냥 토너먼트가 아니라 홈과 어웨이로 하는 토너먼트 경기는 전략적인 부분이 큰 영향을 끼쳤다.

그래서 스테파노는 갑자기 생각이 났다. 오늘 경기를 무리하는 것보다, 차라리 현실적인 목표를 달성하는 게 나을 지도 모른다는 아이디어.

"그래, 비겨라. 아니, 이길 수 없다면, 일단 비겨야 할 것 같구나. 우리는 빌바오와의 경기를 90분이 아닌 180분으로… 다시 불러라. 선수들을 다시 불러!"

급하게 스테파노는 라커룸으로 나간 선수들을 불렀다. 아직 시간이 남아 있었다. 라커룸에서 있었던 전술 지시가 워낙 짧았기 때문에.

목표가 선 후에 전달하는 것은 표정과 어감에서 달랐다. 비록 이기는 게 아니라 비기는 것을 목표로 하라고 말했지만, 스테파노의 표정은 아까와는 달리 자신감에 차 있었다.

"0-0이다. 우리의 목표는! 다른 말 필요 없다. 공격하다가 득점하면 더 좋겠지만, 그렇지 못할 경우 실점은 절대하지 마라. 실점하면 원정이 부담스러워진다. 그리고 0-0이 되면, 초조한 마음은 상대 팀이 가지게 될 것이다."

스테파노의 예측은 맞았다. 그렇지만 경기의 양상은 변화가 없었다. 당연한 일이었다. 심리적인 부분에서 선수들에게 말한 것이지, 전술적인 지시는 따로 하지 못했으니까.

후반전도 마찬가지로 치열한 공방전이 펼쳐지고 있었다. 그런데 전반전과 비슷하지만 약간 달라졌다고 해야 하나? 아틀레틱 빌바오 선수들의 투지가 두 배쯤 증가하였다.

이 말은 몇 가지 요소를 포함하고 있었다. 그 첫째가 카스티야의 선수들이 더 싸우기 힘들어졌다는 의미였다. 그리고 두 번째로는 빌바오 선수들은 0-0의 결과를 원하지 않는다는 뜻이기도 했다.

서로가 바라보는 방향이 비슷하면서도 달랐다. 최선책은 물론 상대를 누르고 승리를 쟁취하는 것이지만, 차선책은 비기는 것이다.

빌바오 입장에서 원정 경기에서 비기는 것만 해도 소기의 성과를 거둘 수 있었다. 상대를 홈에서 맞이할 수 있을 테니 말이다.

다만 그냥 비기는 것은 원하지 않았다. 점수를 내고 비겨야 부담이 덜했다. 0-0은 원정경기 다득점 원칙에 의해서, 잘못하면 빌바오의 부담으로 다가올 수 있었다.

더구나 그렇게 홈까지 가면, 홈팬들의 원성을 들을 가능성도 존재했다. 가뜩이나 '카스티야 유치원생'이라 부르며 레알 마드리드 B팀을 무시하는 발언을 했던 홈팬이었기에.

그래서 점수라도 내고 돌아가는 게 제일 나은 선택이었다. 그러다 보면 승리도 따라오게 될 것이라고 바르데가 말했기에, 선수들은 투쟁심을 한계치까지 끌어올렸다.

그렇다고 빌바오의 선수들이 거칠게 플레이한 것은 아

니었다. 투지가 넘치는 것과 더티한 플레이를 한다는 것은 다른 말이었으므로.

경기는 0-0이었지만, 그래서 내용은 매우 알찼다. 카스티야의 선수들 역시 후반전에는 심기일전했기에.

투지에는 투지로 맞받아쳤다. 최전방 반디에서부터 최후방에 골키퍼까지.

심각한 체력 소모가 양 팀 선수들에게 이어졌고, 관중들은 점수가 나지는 않았지만, 흥미로운 경기 내용으로 즐거워했다.

사실 돈이 아깝지 않은 명승부와 같았다. 뛰고 있는 선수들은 가슴을 졸이고 있었지만.

반디도 오늘 많은 활동량을 바탕으로 경기에 임하고 있었다. 그가 상대 팀 미드필더에게 꽁꽁 묶인 것처럼 보였지만, 이 때문에 상대도 꼼짝하지 못했다.

반디가 수비 진영으로 내려오면, 그 역시 따라서 내려와야 했다. 원래 계획대로 움직이지 않는 사람의 체력이 더 안 좋은 법이었다.

지금도 그랬다.

반디는 페널티 에어리어까지 들어갔다가, 다시 나오며 카스티야의 문전까지 달려갔다. 물론 그의 주변에 공은 없었다. 공과는 전혀 상관없는 곳에서 둘이 속도 경쟁을 하는 모양새였다.

반디는 생각했다. 비록 0-0의 차선책을 지향하기는 하지만, 결코 승리를 놓쳐서는 안 된다고. 세상은 계획이나 예측대로 돌아가지는 않는다. 오늘만 해도 빌바오가 대인 방어를 할 것이라고는 전혀 예상하지 못했다.

그래서 이마놀의 체력을 소진시켜야 했다. 몸이 안 되면 말이라도 시켜가면서.

"헉, 헉. 힘드네요. 안 힘들어요?"

이마놀은 대답하지 않았다. 아니 대답할 수 없었다. 그는 솔직히 너무 힘들었다. 말 한마디 받지 못 할 정도로.

또한, 말을 섞기 시작하면 반디에게 말릴 것 같았다. 이마놀도 잘 알고 있다. 자신의 멘탈이 늘 약하다는 것을. 상대에 대한 연구도 해왔다. 자신과 다르게 멘탈이 강하다는 평가를 들었다.

이때 말을 섞기 시작하면 흔들릴 수도 있었다. 일부러 청각 세포를 관중석으로 올려보낸 이유가 바로 그 때문이다.

엄밀히 말하면, 이마놀은 그의 인생에서 최고의 경기를 하고 있었다.

감독의 믿음에 보답한다는 것. 거기다 반디를 막으면 최고의 수비형 미드필더로 거듭날 것이라는 감독의 말에 완전히 꽂혀버렸다.

그래서 심장이 터질 것 같아도 간신히 부여잡으며 반디

를 쫓아다녔다.

그러나 정신이 신체를 지배하지 못할 때, 결국 인간은 한계를 맞이한다.

막판 체력이 약해진 이마놀.

이것을 알아챈 반디는 자신의 불꽃을 태웠다.

역시 그가 가야 할 곳은 페널티 에어리어다. 아니 굳이 그곳이 아니라도 좋았다. 근방, 또는 중거리 슛을 날릴 수 있는 장소에 있기만 해도 충분히 위협적이었으니 말이다.

지금도 안토니오의 정확한 긴 패스를 받아서 공을 원하는 방향으로 보내고 뛰었다. 정확한 퍼스트 터치는 늘 반디가 원하는 방향으로 공이 나아갔다.

이게 상대의 예측 방향이 아닐 때, 그리고 상대가 지쳤을 때, 더 효과를 볼 수밖에 없었다.

"젠장!"

이마놀이 그의 속도를 쫓아가지 못했다. 욕 한마디와 속도를 바꿀 수 있다면, 그렇게 하겠지만, 입에서 나오는 비속어를 듣지 못할 정도로 반디는 질주했다.

예전과는 많이 달라졌다. 2년 전만 해도 체력이 약하다는 말을 듣곤 한 반디였는데.

이제는 아니다. 상대의 체력을 떨어트린 지금의 기회를 잡아서 자신의 비축된 힘을 쏟아 부었으니 말이다.

대인방어의 기본은 놓치면 대안이 별로 없다는 의미나 마찬가지였다.

이마놀은 워낙 뛰어난 수비형 미드필더였기에, 반디를 놓친 대가를 톡톡히 치를 수밖에 없었다.

결국, 중앙에서 반디의 슈팅을 허용했다. 모두가 보는 가운데 그 슈팅이 들어가지 않기를 간신히 바랐다.

골키퍼가 다이빙한 그곳, 오른쪽 위 끝. 공의 속도보다 빨라서도 안 되고, 늦어서도 안 되는 그 타이밍에…

텅!

골키퍼가 간신히 쳐냈다.

그런데 제대로 쳐 낸 것이 아니었다. 힘이 실린 반디의 슈팅을 말 그래도 간신히 쳐냈기 때문에, 공은 골대를 맞았다.

텅! 다시 한 번 명쾌한 소리가 들렸고,

"으아아아…"

누군가의 안타까운 목소리가 나왔다.

반디였다. 골대에 튕긴 다음 공이 바깥으로 퉁겨져 나왔기 때문이다.

그만 안타까운 목소리를 낸 것은 아니었다.

지금 이 숏을 바라본 관중들은 더 안타까운 목소리를 냈다.

디 스테파노 구장에 그 탄성이 멀리 퍼져 나갈 정도로.

이게 마지막 기회였다.

경기는 0-0. 이들은 승부를 가리지 못했다.

무승부의 무게는 양 팀에게 차이가 있었다.

먼저 아틀레틱 빌바오의 팬들은 난리가 났다.

사실 축구팬이 무서운 것은 언제라도 팀을 응원하던 이들이 비난 세력으로 바뀔 수 있다는 점이다.

– 카스티야 유치원생들에게 무슨 수모를 당한 거냐?

카스티야는 많은 격려와 응원을 받았다.

괜찮다고. 프리메라리가 팀과 싸웠는데도 불구하고 훌륭한 플레이를 했다면서.

오히려 계속 이슈화되는 카스티야의 진격이 스페인 전역을 강타하고 있었다.

자연스럽게 여론이 형성되면, 언론이 관심을 둔다.

이제 반디의 인터뷰는 스테파노가 두 손, 두 발을 다 들어 올린 상태. 쉽게 말해서 포기였다.

그런데 오늘 이런 말까지 할 줄은 정말 예상하지 못했다.

자신을 거의 전후반에 꽁꽁 묶어낸 아틀레틱 빌바오의 이마놀 선수를 어떻게 뚫겠느냐는 질문에 반디는 이렇게 대답했다.

"이마놀 선수, 대단하죠. 정말 대단합니다. 그 선수에게 제 에이전트를 소개해드리고 싶네요. 어차피 많은 팀이 관심을 기울이는 것 같은데…, 저번에 저도 레알 마드리드가 살짝 관심이 있다는 말을 들은 것 같기도 하고… 기억이 가물가물하네요. 하하하. 점점 저도 늙어가나 봅니다."

퍼스트
터치 FIRST TOUCH

Chapter 48

퍼스트 터치

매일은 아니지만, 일주일에 두 번 이상 하비에르를 보러
오기.

이게 아만다가 요즘 하고 있는 일이었다. 자신에게 약속
했다. 항암 치료하고 있는 외할아버지의 건강이 회복될 때
까지, 이렇게 하자고.

하비에르는 요즘 주치의가 집으로 방문하고 있었기에,
보통 집에서 생활했다.

그는 부자다. 레알 마드리드의 회장이라서가 아니라, 알
아주는 건설회사의 CEO였다. 그 건설회사도 거의 자수성
가한 것이다.

세간에 몇몇 정적(政敵)들이 그를 공격할 때, 레알 마드

리드를 망쳐 놓았다는 말을 했지만, 실제로는 그렇지 않았다는 평가를 더 많이 받았다.

과거 훈련 용지를 용도 변경한 후에 팔아서 갈락티코 멤버를 구성한 것을 시작으로 현재까지, 그는 레알 마드리드를 세계 최고 구단 중 하나로 굳건히 했다.

라 데시마도 그의 작품이었다. 챔피언스 리그 열 번 우승. 화려한 지구 방위대의 몸값은 세계 최고였다.

그런 그가 지금 집에만 박혀 있으니 얼마나 답답하겠는가? 그의 소일거리인 신문을 보는 것이 유일한 낙이었다. 물론 요즘 부쩍 자주 들르는 외손녀와 함께.

"허어, 이거 에스테반이 제 감독보다 더 낫구나. 안 그러냐?"

"왜요? 전 잘 모르겠는데…."

신문을 보던 하비에르의 말에 아만다는 눈빛을 빛내며 말했다. 반디의 이야기를 하니 더더욱 귀를 기울이게 되었다.

아만다는 축구계에서 오가는 전술전략을 전혀 모르고 있었다. 그녀가 축구에 빠진 것은 몇 년 전, 반디에게 마음을 주고부터였다.

사실 다른 경기는 보러 다니지도 않는다. 그녀에게는 반디의 경기와 그의 플레이가 최고였고, 그 이외에는 전혀 눈에 들어오지 않았다.

"이것 봐라. 빌바오 선수를 직접 흔들고 있다. 이 녀석은 선수 생활을 은퇴해도, 지도자로서 성공할 게 분명하구나. 아니지, 꼭 지도자가 아니더라도, 상대의 심리와 약점을 꿰뚫고 있으니, 사업가로서 대성할 스타일이다. 정말 대단한 녀석이야. 하하하."

"그래요?"

"그렇고말고. 정말 누가 데려갈지 모르겠지만, 이놈을 사위로 맞는 사람은 늘 기분이 좋을 것 같구나. 항상 밝은 데다가, 축구도 잘하고. 하하하. 내가 너무 축구에만 초점을 맞추나?"

자신을 칭찬하는 것도 아닌데, 그리고 반디가 자신의 남자 친구도 아닌데, 하비에르 회장이 그를 칭찬하자 기분이 좋아진 아만다. 배시시 웃는 그녀의 표정에 하비에르도 같이 웃었다.

그는 잘 알고 있었다. 자신의 외손녀 딸이 반디를 마음에 두고 있다는 것을. 언제나 이 둘이 맺어질지 마음으로 응원하는 중이었다.

하지만 굳이 조급하게 둘 사이를 이어주려고 하지는 않았다. 그 부작용을 이미 잘 알고 있었기 때문이다.

그의 딸 세실의 이혼. 표는 내지 않았지만, 마음이 아팠다. 서로 사랑하는 사이라고 생각해서, 이어주는 과정에서 과하게 개입했었다. 그런데 좀 더 신중했어야 했던 그때의 일이었다.

딸은 결혼해서 크게 행복을 느끼지 못했던 것 같았으니까.

거의 80년이 다 되어가는 인생인데 아직도 더 배울 것이 남았나 보다. 지금도 아만다에게 빨리 가서 반디를 낚아채라고 조언하고 싶지만, 참는 이유가 바로 그 때문이다.

아무튼, 아만다는 하비에르에게 반디에 대한 이야기를 듣자 그가 보고 싶었다.

그래서 하비에르의 집을 나와 방향을 튼 길. 그녀의 빨간 자동차가 훈련장을 향하고 있었다.

오랜만에 반디를 보러 가려고 했다. 어차피 원정을 나서면 같이 따라가지도 못한다. 예전에는 보러 갔지만, 지금은 일단 외할아버지의 병간호가 먼저였다.

물론 그녀가 직접 병간호를 하는 것은 아니었다. 하비에르를 시중드는 개인간호사도 있었고, 집 안에 고용된 사람은 무척이나 많았으니.

하지만 하비에르의 가장 많은 사랑을 받는 아만다가 오는 것만으로도 그는 기뻐했다. 병이 회복되는 것 같다는 말도 아만다가 더 자주 와야겠다는 결심을 하게 만들었다.

그녀에게 요즘 두 가지 소원 중 하나. 바로 외할아버지의 회복이었다.

그리고 또 하나는…

반디가 자신의 남자가 되는 것이다.

○

이마놀은 상당히 곤란한 시선을 받고 있었다. 그렇지 않
아도, 비기고 와서 팬들이 많은 비난을 했는데, 이적 이야
기가 불쑥 튀어나왔다.

관심은 늘 받았다. 그를 원하는 팀은 있었고, 그만한 기
량은 항상 지니고 있었으니까.

그렇다 할지라도 레알 마드리드의 관심은 처음이었다.
아니, 그게 사실일지 아닐지 확인도 안 된 상황에서 저렇
게 언론이 떠들어대니 미칠 노릇이었다.

다행히 그의 동료들은 믿지 않는 눈치였다. 당연한 일이
었다. 그는 계약 기간이 끝날 때까지 팀과 함께하고 싶다
는 말을 해왔으니까.

그런데 인간인 이상 솔직히 흔들리지 않을 수 없었다.
올 시즌 레알 마드리드는 최강의 선수들만 모아놓은 것 같
았다.

압도적인 프리메라리가 1위. 유럽 챔피언스리그 8강 진
출. 코파 델 레이에서 8강 1차전에서 바르셀로나를 3-1로
꺾고 준결승에 유리한 위치를 선점했다.

이 기세라면 레알 마드리드의 3관왕이 현실화할지도 모르는 일이었다. 그런 팀에서 자신에게 관심이 있다는 말을 했다니. 흔들리지 않고는 못 배긴다.

이 때문에 카스티야와 2차전이 시작되어 필드로 나갔을 때, 관중들이 자신을 보는 시선이 의식되었다. 마치 이제 떠날지도 모르는 사람을 보는 것처럼.

물론 아닐 수도 있었다. 사실 아닐 것이다. 그런데 이마놀이 의식한다는 게 문제였다.

그리고 그의 눈앞. 자신을 향해 미소를 짓는 반디가 서 있었다.

눈살을 찌푸릴 수밖에 없었다. 괜한 말을 해서 자신의 가슴에 불을 질렀으니.

오늘 더 철저히 막아주겠다는 다짐. 경기가 시작되었을 때, 그렇게 열심히 뛰어다녔다. 지난 경기보다 더 뛰어다닌 것 같았다. 잘 막고 잘해준 덕분에 상대의 득점은 당연히 없었다.

헌데…

"이마놀! 뭐 하는 거지?"

전반전을 마치고 라커룸에서 감독의 추상같은 음성이 그의 귀를 찔렀다.

그는 아무 말 하지 못했다. 뛰다 보니 살짝 잊었다. 오늘 그는 대인 방어를 담당하지 않았다.

반디의 대인 방어를 담당하는 이는 따로 있었고, 대체로 오늘의 방어는 지역 방어였다.

이 말은 곧, 홈경기에서 다소 공격적인 전술을 펼친다는 이야기였다.

지난번 그가 반디를 잘 막았다고 해서, 이번에 또 그 임무를 부여하리라는 예상은 분명히 카스티야에서 하고 나왔을 것이다.

심지어 언론은 그것을 기정사실로 여기고, 반디가 어떻게 하면 이마놀의 집중마크를 벗어날 수 있을지에 대해서 해법까지 기사화했다.

즉, 이 경기를 반디 VS 이마놀로 규정하는 세간의 시선. 그 예측을 깨트리고 싶었던 바르데였다.

상대가 예상한 대로 움직이지 않으면, 허를 찌르게 된다. 거기다가 좀 더 공격적으로 준비했으니, 분명히 결실이 있을 것으로 생각했다.

하지만 이마놀이 자신의 계획을 망쳐놓았다. 감독이 이렇게 분노하는 것도 무리는 아니었다.

선수들은 뛰다 보면 가끔 그럴 때가 있었다. 경기마다 컨디션이 좋지 않을 때. 그게 몸 상태일 수도 있었고, 정신 상태일 수도 있었다.

심지어 인지하고 있을 때조차, 자신의 자리를 찾지 못해서 헤매는 경기가 가끔 발생했다.

오늘 이마뇰이 그랬다. 이럴 때 동료의 도움이 절실했다. 옆에서 일깨워주고, 그가 못 하면 보조해야 하는 게 정답. 전반전에도 그래서 원래 반디를 대인마크 할 선수가 지역방어로 빠지고 말았다.

시야가 좁아지고 귀가 잘 안 들리는 상태. 마음의 문이 일시적으로 차단되어있는 그 상황을 이마뇰이 맞이했다.

그의 장점은 전술 이해도였다. 지난 경기에서 대인 방어라는 극단적 카드를 쓴 감독의 지시에 가장 큰 활약을 했던 남자.

하지만 그의 단점은 약한 멘탈이었다. 말 한마디에 제 실력을 내지 못하는 선수.

실제 신체적인 기술이나 실력보다는 정신력이 강한 이들이 성공한다. 그런 의미에서 그는 더 멘탈을 단련해야 할 것이다.

지금도 감독의 말을 하나도 듣지 못하고 있었다.

"내 말 듣고 있나?"

목소리는 점점 더 커졌다. 라커룸의 분위기는 더욱 삭막해졌고, 선수들은 애써 그를 보지 않았다. 물론 곁눈질은 어쩔 수 없었지만.

"네? 네, 알겠습니다."

"뭘 알았다는 거지?"

"저…."

듣지 못했으니 대답할 수 없었다.

결국, 인상을 쓰는 바르데.

그는 다시 한 번 경고했다.

"정신 못 차리는구나. 마지막 경고다. 후반전에는 네가 전반전에 그렇게 원했던, 9번 선수의 대인 방어를 해라. 꽁꽁 묶어라. 그렇지 않으면 교체 아웃을 경험하게 될 것이니까. 알았나?"

"네, 알겠습니다!"

감독의 목소리가 정도 이상으로 크다는 것을 느꼈을까? 이마놀 역시 목소리가 커져 있었다.

바르데는 눈살을 찌푸렸다.

그는 잘 알고 있었다. 이마놀의 멘탈이 약하다는 것을.

그래서 될 수 있는 한 칭찬으로 그를 통제하고 성장시켰다. 하지만 이게 항상 선수에게 좋은 것은 아니었다.

지금도 그랬다. 과연 후반전에 그가 잘해줄 수 있을지 확신이 없었다. 교체하기에는 또 그의 재능이 너무 아쉬웠다.

애초에 그 재능을 공격에 사용하려고 마음먹었던 게 자신의 실수였던가?

그래서 후반전에는 차라리 반디를 대인 방어하라고 지시했다. 그것마저도 못 한다면, 어쩔 수 없었다. 바르데는 이마놀을 교체해야 할 것이다.

그렇게 맞이한 후반전.

어차피 전반전에도 반디를 따라붙었기에, 똑같은 일만 하면 되는데…

이마놀은 그렇게 하지 못했다. 그의 멘탈은 계속 불안정의 연속성을 가지고 있었다. 더불어 체력이 크게 떨어지기 시작했다.

전반전에 너무 맹목적으로 쫓아다닌 것이다.

단 한 명이 팀에 영향을 준다는 것. 매우 위험한 일이다. 특히나 빌바오같은 팀에 있어서.

능력이 발군이지만, 정신력이 약하면 어떻게 된다는 것도 몸소 알려주는 이마놀이었다.

이제 반디는 발동을 걸 때가 왔다고 생각했다.

체력적으로 그는 문제가 없었다. 이제 언론에서도 그의 약점 중에 체력이라는 항목은 제외하기 시작했다.

오늘은 지난 경기보다 더 빨리 발동을 걸었다. 생각한 것 이상으로 이마놀의 체력을 빼놓았다고 확신했기에.

달려가는 그의 발걸음이 더 빨라 보이는 것은 이마놀이 쫓아가지 못했기 때문이리라.

그리고 기가 막힌 마리오의 중앙 킬패스에, 반디의 눈부신 퍼스트 터치가 나왔다.

수비수의 뒷공간에 공을 보내고, 가속도로 달려와서 골문을 향해 강슛!

터졌다. 드디어 터졌다!

반디는 팀 동료들에게 달려갔다.

"고마워! 하하하. 정말 고마워!"

"이 자식아, 알면 됐어! 킥킥킥. 네가 올 시즌 내 어시스트 대부분을 만들어주었으니까, 나도 고맙다. 하하하."

마리오가 반디의 말을 받았다. 그리고 속으로 품고 있는 말을 내뱉었다.

그 말은 사실이었으니까. 자신의 킬패스를 가장 성공률 높게 완성해준 사람은 반디였으니까.

멀리서 보는 이마놀의 눈에는 암담함이 짙게 깔렸다. 이제 정신력도 체력도 모두 반디를 이기기 힘들게 생겼다.

절망은 늘 가장 좋을 때 찾아온다. 지난 경기에서 최고라고 찬사를 들었던 이마놀은 아마도 이번 경기를 마치면, 최악의 플레이어로 선정될지 모른다.

그것도 두렵지만, 다른 한 명도 두려웠다. 아니 후자가 더 두려웠다. 그래서 그는 시선을 돌려서 감독을 바라보았다.

바르데는 후회하기 시작했다. 이마놀을 계속해서 내보내는 게 아니었다. 그 징조를 느꼈지만, 그래도 선수를 더 성장시키고픈 욕심이 실수를 불러왔다.

실점하고 그 빌미가 된 선수를 바꿔주는 것은 지도자로서 어려운 일이다.

'기회'라는 말. 그것을 한 번 더 주는 지도자가 인내심이라는 덕목을 잘 수행하는 사람이었으니.

그렇다고 꼭 인내심이 좋은 사람이 좋은 지도자가 된다는 법은 없었다.

감독은 냉정해야 했다. 바르데가 스테파노와 다른 점은 그 냉정함을 잘 실천한다는 부분이었다.

결국, 감독의 냉정함으로 실점 후에 바로 교체 아웃당한 이마놀.

그래도 같은 바스크인으로서 바르데는 그를 위로했다.

"이번에는 운이 없었다. 너무 울적해하지 마라. 늘 말하지만, 넌 멘탈 수습이 필수다. 알겠나?"

힘없이 고개를 숙인 이마놀. 그는 깨달았다. 이런 멘탈로 언감생심 레알 마드리드에서 뛸 수 없다는 것을. 자신을 가장 잘 아는 사람은 바로 지금 지도하고 있는 바르데라는 것을.

자신도 모르게 욕심이 생겼던 것 같았다. 선수라면 빅클럽에서 뛰고 싶은 게 당연한 것 아닌가?

그러나 이제 그 마음을 접었다. 자신과 같이 멘탈이 완성되지 못한 사람은 뛰던 데에서 더 큰 활약을 하는 게 나았다.

사실 그에게는 좋은 기회였다. 유리멘탈은 경험을 통해서 극복할 수 있으니까.

그런 의미에서 반디는 그에게 고마운 선물을 한 셈이었다. 그 선물 뒤에 쓰라린 고통까지 수반해서 안타까웠지만.

반디의 결승골.

1-0으로 승리한 뒤 반디에게 또 인터뷰 세례가 있었을 때, 그는 그답지 않게 겸손한 말을 했다.

"지난번에는 이마놀 선수의 컨디션이 좋았던 것이고, 오늘은 제 컨디션이 좋았습니다. 이마놀 선수가 훌륭한 선수라는 것은 변함없습니다. 그리고 그가 뛰는 아틀레틱 빌바오 역시 매우 훌륭한 클럽입니다. 아마 제가 이마놀의 입장이라면, 자신을 아껴주는 팬과 감독을 절대 떠나기 힘들 정도로."

병 주고 약 주는 반디. 그래도 얄밉지가 않았다. 다만 다음에 만날 때에는 반드시 갚아주리라고 다짐한 이마놀이 한 편에서 그의 인터뷰를 지켜보았다.

퍼스트
터치
FIRST TOUCH

Chapter 49

FIRST Chapter 49 TOUCH

카스티야는 드디어 준결승에 올랐다.

이번 코파 델 레이는 B팀이 다시 참여한 것으로 화제성
을 불러온 대회였다.

가장 두드러진 B팀은 당연히 카스티야.

준결승까지 오르자 스페인이 환호했다.

축구에 살고, 축구에 죽는 사람들이었다.

도대체 카스티야가 어디까지 갈지 궁금해 미칠 것 같은
표정으로 관심을 기울였다.

당연히 여론은 언론의 취재를 불러왔고, 카스티야의 구
성원들은 연습 이외에 기자들의 인터뷰 공세에 시달렸다.

그래도 기분이 나쁘지는 않았다.

마치 프리메라리가에서 뛰고 있는 것처럼…

많은 사람이 그렇게 봐주고 있었기에…

다만 마드리드에서, 특히 레알 마드리드에서는 이 같은 좋은 일 이외에도 다른 큰일이 눈앞으로 다가왔다.

바로 회장 선거가 초읽기에 들어갔다는 것.

그래서 이 선거 운동 과정도 스페인의 눈이 쏠리고 있다는 점은 당연한 현상이다.

항상 그렇지만, 레알 마드리드의 회장은 단순히 한 클럽의 수장이 아니었기 때문이다.

크레스피와 로메오.

둘 중 하나가 앞으로 4년간 클럽을 이끌어 갈 것이다.

사실 클럽뿐만 아니라, 프리메라리가, 더 나아가서 스페인 축구계에 영향력을 행사할 회장 후보 중 하나, 크레스피.

그가 오늘 놀라운 발언을 했기에 더 많은 사람이 관심을 기울이고 있었다. 바로 이렇게 말이다.

- 레알 마드리드의 유소년 시스템을 전면 개혁하겠습니다.

유소년 시스템을 전면 개혁한다?

처음에는 빚이 많아 정리한다는 뜻인 줄 알았다.

그런데 그 의도와는 완전히 상반된 이야기를 하고 나섰다. 오히려 유소년에 배정된 예산을 더 늘리겠다는 뜻이었다.

이에 대해 여러 전문가가 그의 공약에 대해 논평을 내놓았다.

『선거의 핵심, 유소년 투자.

레알 마드리드의 회장 선거가 코앞으로 다가왔다. 다른 군소 후보들을 제외하고, 로메오와 크레스피가 가장 앞서 나가는 것은 부정할 수 없는 사실이다.

다만 이번 선거에는 유소년에 대한 투자가 화두가 되고 있다.

많은 팬이 알다시피, 레알 마드리드의 유소년은 점점 병들어가고 있었다. 이제 레알 마드리드의 유스팀은 매력적이지 않기 때문이다.

그 이유는 성장이었다. 아무리 성장하고, 그 연령대의 선수 중 최고라고 일컬어져도, A팀에 자리가 없는 한, 그들은 임대와 이적을 해야 하는 현실에 마주 서 있다.

현재 레알 마드리드 B팀이 사상 최고의 구성원을 가진 것도 사실은 슬픈 자화상일 뿐이다. 이들의 미래는 상당히 불투명하다. 내년에도 어쩌면 이들의 자리가 없을지도 모르기 때문이다.

지금까지 유망주들은 유스 시스템에서 성장한 후, 임대나 이적을 선택했다. 팬들은 안타까워했지만, 이들의 이적이나 임대를 한다는 게 꼭 비난할 수는 없었다. 19세까지 성장해 이적과 임대를 전전해야 한다는 사실이 유망주에게는 견디기 힘든 미래였을 것이다.

그래서 로메오와 크레스피 둘 다 유소년 시스템을 들고 나왔다. 이들은 선거에 이기기 위해서 유소년 시스템을 반드시 손봐야 할 필요성을 잘 알고 있다.

결국, 누가 되든 2019~2020시즌은 일부의 카스티야 선수들이 프리메라리가를 밟을 것 같다는 사실에, 레알 마드리드의 팬으로서 기분이 좋다 …(후략)…

스페인 축구협회 집행위원 헤수스 카벨라』

원래 선수들은 특정 후보를 지지하지 않는다. 할 수 없는 게 아니라, 하지 않는다는 의미였다.

굳이 그럴 필요도 없었고, 매우 위험한 행동이었다. 따라서 카스티야의 선수들 역시 매우 입조심을 했다.

물론 외부로 나가는 입을 조심한다는 뜻이었다. 연습이 끝나고, 또는 자유시간에 이들끼리 모여 화제성이 있는 대화를 하지 않을 리가 없었다.

카스티야 내에서 가장 말 많은 존재는 페드로. 항상 물꼬를 그가 틀었으니, 오늘도 마찬가지였다. 훈련 후에 옷을 갈아입으면서 이야기를 툭 던져냈다. 그래야 직성이 풀리는 것처럼.

"난 개인적으로 로메오가 회장이 되었으면 좋겠어. 갑자기 크레스피가 유소년을 지원한다는데 믿을 수도 없고, 원래 하비에르의 사람이었잖아."

"킥킥킥…."

안토니오는 요즘 페드로가 말만 하면 웃겼다.

"왜 웃으세요?"

"그냥 요즘 네가 무슨 말만 해도 웃겨서. 저번에도 웃겼다. 네가 반디보다 더 뛰어나다고 하는 말 듣고…."

"제가 골 넣는 거라고 안 했잖아요. 단지 스피드에서 '만' 이라는 말을 기자가 안 붙였을 따름이죠."

페드로는 살짝 반디의 표절 냄새가 나기 시작했다.

반디가 몇몇 인터뷰로 유명세를 탄 것은 다 자신감에서 비롯된 그의 허풍 때문이라 여기고, 그 역시 비슷하게 대처했다.

그래서 얼마 전에 인터뷰에서 팀 내에서 가장 뛰어난 사람이 누구라고 생각하느냐는 기자의 질문에 자신이라고 대답했던 것도 다 그 발상에서 나왔다.

"킥킥킥. 아무튼, 그 말을 듣고 애들이 얼마나 황당한 표정을 지었는데."

"아니, 그 기자가 잘못한 거라니까요. 분명히 스피드 '만'이라는 것을 제가 표현했었는데…."

"알았다, 알았어. 킥킥. 알았다고. 아무튼, 로메오를 지지한다는 말은 하고 다니지 마라. 그러다가 크레스피가 회장되면 넌 정리 1순위가 되니까."

이제 본격적으로 회장 선거 이야기에 돌입한 라커룸 분위기. 선수들은 압도적으로 로메오를 지지했다. 사실 여론도 비슷하다. 로메오를 지지하겠다는 회원들의 숫자가 더 많았다.

스페인뿐만 아니라, 세계적으로 유명한 바르셀로나와 레알 마드리드는 대표적으로 잘 알려진 쏘시오 구단이다. 회원제 운용을 특징으로 하는 이 두 구단에서의 회장선거는 매우 중요한 행사였다.

올해에도 6월에 진행되는 투표. 이제 두 달 앞으로 다가왔다. 당연히 선거전이 치열할 수밖에 없었다.

반디 역시 로메오가 회장이 되었으면 좋겠다는 생각을 지녔다. 당연한 일이었다. 그의 스승들은 다 로메오 계파였다.

미구엘은 아마 그가 회장이 되면 레알 마드리드의 일대 개혁이 일어날 것이라고 말했다.

상황이 이렇게 되자 크레스피는 계속해서 여론을 살필 수밖에 없었다.

요즘 회원들의 심리는 무엇일까? 그것에 표의 행방이 달려있었다.

사실 아주 간단했다. 레알 마드리드가 세계 최강 자리에 계속 있어 주는 것. 그런 의미에서 하비에르가 존재했다면, 로메오도 벅차했을 것이다.

원래 하던 사람이 더 잘한다고, 아무리 하비에르가 과도한 지출로 욕을 먹었을지라도 그가 레알 마드리드에서 이룩한 업적은 절대 폄하되지 말아야 한다는 사람들이 많았기에.

어쩌면 크레스피가 여론을 잘못 살핀 것일 수도 있었다. 로메오가 더 많은 지지를 받을 것으로 예측해서, 그 또한 유소년을 강화한다고 했으니 말이다.

차라리 차별성을 두어서 하비에르의 갈락티코 정책을 계승하는 게 나았을지도 모른다.

특히, 이번 발표로 더 지지율이 떨어졌다는 보고를 듣고 깊은 후회를 했다는 소문도 퍼져나갔다.

그렇다고 주워담을 수 있는 말도 아니지 않은가? 그래서 찾아간 하비에르의 집. 도와달라고 했다. 하비에르가 자신을 지지하는 발언을 해준다면, 지지율을 높일 수 있을 것이라는 기대감에.

"아, 물론 저는 부회장님을 지지합니다. 하지만 제가 몸이 이래서 기자들과 이야기를 할 수 없네요. 죄송합니다."

"……."

크레스피의 표정이 굳었다. 예상은 했지만, 이렇게 단칼에 거절할 줄이야.

그래서 뒤돌아서는 그에게 예의란 없었다. 그것을 보고 하비에르 역시 과히 기분이 좋지 않았다.

어려울 때 확연히 드러나는 법이었다. 사람과 사람의 관계가.

그런 의미에서 요즘 로메오는 또 다른 의미로 하비에르에게 다가왔다.

오늘도 그는 찾아왔다. 헤수스와 함께.

"몸은 괜찮으십니까?"

"괜찮습니다. 너무 자주 오셔서 제가 미안하네요."

"당연히 와야죠. 사실 회장님이 저의 철학과 맞지 않은 분이셨지만, 미워해 본 적은 단 한 번도 없습니다."

하비에르는 미소를 지었다. 그의 솔직함이 느껴져서였다. 처음에는 그가 왜 자주 오는지 몰랐다. 아니 사실 색안경을 끼고 바라보았다. 자신에게 지지를 원하는 것은 아닌지.

그러나 조금만 생각해 보아도 그럴 리가 없다는 것을 알게 되었다. 대중들도 이미 하비에르와 로메오가 노선이 다르다는 것을 잘 알고 있었다. 괜히 이 상황에서 하비에르의 지지를 받다가는 오히려 지지율이 떨어질지도 몰랐다. 그래서 하비에르는 이렇게 말했다.

"자꾸 오시다가 기사에라도 나면 곤란해지실… 텐데요."

"그게 뭐 대수입니까? 사실 제가 회장이 되고 싶다는 것도 다 부질없는 짓입니다. 다만 또 레알 마드리드의 빚을 늘려놓을 사람이 나오면 안 된다는 생각에 출마한 거죠."

고개를 끄덕이는 하비에르. 그의 생각에 동의하지 않았지만, 그래도 로메오에게 감탄했다는 눈빛은 지우지 못했다.

지금 생각해보면 다 허무했다. 갈락티코 정책은 절대 후회하지 않지만, 자신의 주도하에서 이루어지는 것보다는 흐름에 맡겨야 하는 게 더 좋을 것만 같았다.

처음 그가 여러 선수를 막대한 자금으로 영입했을 때가 떠올랐다. 시장을 어지럽힌다는 소리를 들었다. 그리고 지금은 레알 마드리드보다 더 돈을 많이 쓰는 유럽의 구단들이 참 많았다. 시작은 레알 마드리드였는데, 그게 부메랑으로 돌아왔다.

이제 웬만한 자금으로 특급 스타들을 영입하기가 힘들었다. 상대하는 이들은 세계의 갑부들. 그들보다 더 돈을 많이 쓰기 위해서는 레알 마드리드의 클럽 시스템, 즉, 쏘시오 체제가 바뀌어야 한다.

그럴 수는 없었다. 그것은 레알 마드리드의 정체성이었기에. 그런 의미에서 바르셀로나의 모델이 나쁘지는 않다고 생각했다. 그들은 최소한 키운 선수들과 외부 영입을 절충하려고 한다.

자신도 중간에는 그러려고 했다. 유망주 갈락티코 정책도 그 일환에서 나왔다.

그러나 시간은 늘 자신의 편이 아니었다. 지금 와 생각해보면 그것도 자신의 조급증 때문에 착각한 것이었지만.

"휴우… 다시 그때로 돌아갈 수 있다면….…"

사람이 후회 없는 인생을 살 수 있을까? 절대 그렇지 않았다. 아무리 잘해도 후회는 남는 법. 하비에르도 특정 시기로 돌아가고 싶었나 보다.

로메오와 헤수스가 자신의 집에서 나간 뒤에 쏟는 한숨.

그리고 그 내용을 듣고 아만다는 살짝 이해할 수 있었다. 그녀는 비교도 할 수 없는 짧은 인생을 살았지만, 반대로 나중에 지금을 후회하기 싫었다.

그래서 간 곳이 바로 반디의 집이었다. 이곳은 처음 와보는 것 같았다.

막상 오고 나서는 또 떨렸다. 충동심리로 결정해서 그랬나 보다. 더 계획적이고 더 생각해야 했을지도…

아니면 최소한 전화라도 하고 올 걸 그랬다. 지금이 비록 저녁 식사 시간이 훨씬 지난 8시경이라 하더라도, 반디가 훈련하고 있을 가능성도 있었다. 전화를 받지 않는다면, 그렇게 눈치챌 텐데, 이렇게 무작정 찾아오니 갑자기 또 후회되었다.

그때 그녀의 귀에 들리는 누군가의 목소리가 들렸다.

"누구세요?"

"아…."

뒤돌아서니 중년 여성이 자신을 바라보고 있었다. 아만다는 그녀가 누구인지 알았다. 바로 반디의 어머니, 벨라였다.

벨라 역시 아만다를 알고 있었다. 세상에 어떤 어머니가 자식 일에 관심이 없을까? 특히, 여자에 관한 일이라면, 그녀는 꼼꼼하게 기사를 챙겨 봤다.

가끔 벨라는 생각했다. 반디가 여자에게 관심이 없는 것은 아닌지. 그렇지 않고서야 지금까지 여자를 한 번도 사귀지 않을 리가 없지 않은가?

그렇게 이상한 생각도 해보았기에, 가끔 나는 스캔들이 반가웠다. 지금 매우 자주 스캔들 기사에 등장한 여인 하나가 찾아오니 더욱더 환한 미소로 그녀를 반겼다.

"아만다 맞죠? 들어와요. 반디가 안에 있을 거예요. 초인종을 눌러보지 그랬어요?"

"아… 네."

아만다는 다 각오하고 온 일인데, 갑자기 망설여졌다.

그러다가 다시 마음을 먹은 듯, 벨라가 열어준 문으로 발을 들여 놓았다. 또한, 벨라가 자신을 대신해 반디를 불러주었을 때에는 고마워서 무슨 말을 해야 할지 몰랐다.

"반디야, 나와 보렴. 네 여자 친구 왔다."

여자 친구라니? 자신에게 언제 여자 친구가 생겼을까?

이런 생각으로 나와보니 아만다가 있었다. 얼굴을 살짝 붉힌 채로.

훈련을 매일 남아서 할 수는 없었다.

특히, 시즌은 막판으로 흐르고, 아무리 체력이 좋아졌다 시만, 지금은 몸을 더 아낄 때였다. 더군다나 원정 경기를 대비해서 무조건 집에서 쉬라는 스테파노의 엄명이 있었다. 옆집에 사는 감독이라 말을 듣지 않을 수도 없었다.

그래서 집에서 쉬는 것인데, 참으로 할 게 없었다. 민선은 이미 한국에 들어가 있었고, 다시 나올 때에는 아버지에 관한 이야기를 들을 수 있을 것 같았다.

지금은 반디가 원하지 않았다. 좋은 스토리이든, 나쁜 이야기이든 이번 시즌을 잘 마무리하고 싶었기에.

사실 반디가 멘탈이 좋은 이유는 정신이 분산될 사건을 시즌 중에 별로 만들지 않으려는 노력 때문이었다. 오로지 축구에 대한 몰입도와 집중력. 이것이 그의 멘탈을 보호해 주었다.

그런 반디에게 오늘 아만다가 방해가 될 줄이야. 이미 말을 꺼내기 전에 그녀의 눈빛에 각오가 서 있다는 것을 알아챈 반디. 올 게 왔다는 생각을 했다.

반디의 성격은 돌직구다. 그렇게 보이지 않았지만, 실제는 매우 직선적으로 자신의 감정을 표현했다.

그래서 항상 그의 주변에 당황하는 사람들로 넘쳐났다.
그가 대중에게 하는 인터뷰는 그나마 자제하는 편이었다.

지금 이 순간도 마찬가지였다. 자신의 방을 구경하고 싶
다면서 들어온 곳. 뜸을 들이는 그녀에게 반디는 이렇게
말했다.

"내 여자 친구가 되고 싶구나."

아만다는 늘 당황했다.

이 말을 듣고도, 아니 사실 반디가 무슨 말을 하더라도
놀랐을 것이다.

반디의 앞에서 그녀의 마음은 늘 작아졌으니까.

반디는 그녀를 바라보았고, 아만다는 고개를 떨어트려
긴 머리로 자신의 얼굴을 숨겼다.

순식간에 정적이 찾아왔다.

햇살을 머금은 작은 먼지들만이 반딧불처럼 반짝이며
떠다닐 뿐이었다.

하지만 그 침묵도 잠시.

아만다가 고개를 들어 올려 반디를 똑바로 바라보았다.

그녀의 양손에 힘이 바짝 들어갔다.

얼굴이 화끈거리고 심장이 뜨겁게 두근거렸다.

이내 앙다문 그녀의 입술이 열렸다.

"응, 내 남자친구가 되어줘."

남자 친구가 되어달라는 말.

아만다에게 그것을 듣는 순간 마음이 둥실둥실 떠다니는 것 같았다.

그래서 반디는 아무 말도 못 했다.

상대의 감정을 잘 배려하는 반디.

멋쩍지 않게, 어색하지 않게 해주는 그의 성격.

이 모든 것이 그 말을 듣고 당황하는 순간 공중 위로 부웅… 떠버렸다.

마치 예측하지 못한 상대의 태클에 공을 빼앗긴 것처럼.

아무 말도 하지 못한 것은 아만다도 마찬가지다.

더 감정을 쏟아 내야 하지만, 결국, 그녀는 반디의 집을 나섰다.

그리고 그 날 둘은 공황사태를 맞이했다.

또한…

정신적인 공황은 잠을 이루지 못하게 했다.

감정을 꾹 눌러 담는다.

이게 사실 못 할 것 같지만, 가능했다.

반디의 이야기였다.

지금 그렇다는 게 아니라, 예전에 그랬다는 말이다.

그런데 이렇게 눌러 담으면, 부작용이 생긴다.

사람의 감정은 스프링과 같아서 끝까지 눌러서 압박하면 언젠가 튀어나온다. 그리고 강하게 누르면 누를수록, 나중에 더 튀어나오게 되어 있다.

반디는 발렌시아 원정으로 떠나는 길에 그 감정을 확인했다.

어느새 자신의 마음속에 아만다가 있었다.

그 자신도 몰랐다. 그녀가 꽤 작은 비중이 아니었다는 것을.

그녀에게 고백받은 순간부터 느꼈다.

하지만 느낌과 반응이 달라서 한참 고민했다.

그동안 눌러왔던 감정 때문에, 반디도 자신의 감정을 전혀 눈치채지 못했던 것이다.

늘 말하지만, 반디의 멘탈은 강하다.

다른 감정들로부터 보호받았기 때문이다.

더 정확히는 다른 감정들로부터 잘 방어해왔기 때문이다.

그래서 지금 반디는 두려웠다. 생경한 이 감정이 자신에게 어떤 영향을 미칠지 몰랐으므로.

세상은 늘 계획대로 돌아가지 않는다.

계획대로 잘 돌아갈 것같이 생각되는 때는, 계획을 세웠던 바로 그 순간뿐이다.

애정과 관련된 반디의 첫 계획은 프리메라리가를 정복하고 첫 사랑을 만나는 것이었다.

그렇게 계획한 이유는, 앞에서 언급했던 바와 같이 자신의 멘탈을 보호하기 위해서였다.

계획을 세웠던 첫 순간은 탄탄대로였다.

아니 그랬다고 생각했다. 사실 많은 여자가 그에게 애정을 표현했지만, 직접 자신의 앞에서 표현한 경우는 없었으니까.

그것은 반디가 상대의 감정을 읽고, 미리 대처해서 늘 멘탈을 탄탄하게 방어해왔다.

지금까지 그 방어막을 뚫고 들어온 여인은 없었다.

가장 근접한 사람은 아만다, 두 번째는 빛나였다.

그조차다 반디가 다 눈치채고 일부러 상대에게 부정적인 인식을 심어주었다.

다가오지 말라고. 이 선을 넘어와서는 안 된다고.

나름대로 성공해왔다.

그러나 그것은 착각이었다.

반디는 자신도 모르게 이렇게 말하고 있었다.

- '아직' 그 선을 넘어와서는 안 돼. 잠시만 기다려줘.

그 '아직'이라는 기준이 어느새 '적정시기'가 되었을까?

그건 반디가 재단할 수 없었다. 그래서 그게 들어왔을 때, 경기에 미치는 영향은 바로 오늘과 같았다.

"뭐지? 저 녀석?"

"완전히 날아다니는데?"

정말 믿을 수 없게도 소용돌이치는 감정의 확인은 발렌시아와의 어웨이 경기에서 눈부신 활약을 하게 했다.

한국에서 태어났지만, 스페인에서 유년시절을 보낸 청년의 가슴에 열정은 전혀 차갑지 않았다.

그 열정으로 뜨겁게 사랑하고, 폭풍같이 플레이했다.

물론 마음속의 언어로 그렇게 표현한 것은 아니었다. 그러나 자신도 모르게 에너지가 샘솟았다.

잠을 이루지 못했어도, 머릿속에 그녀에 대한 생각이 가득 찼어도, 축구는 축구였다.

발렌시아는 그를 막기 위해서 최선을 다했다. 그들은 코파 델 레이에서 운이 좋아 준결승까지 왔다는 소리를 듣지 않기 위해서 노력했다.

심지어 결승도 운이 좋아서 갈 거라는 말을 들었다. 그들의 상대가 바로 카스티야였기 때문에.

하지만 뚜껑을 열어보니 카스티야는 일개 B팀이 아니었다. 올 시즌 카스티야가 리저브 팀의 탈을 쓴 A팀과 같다는 말을 들었는데…

정말 사실이었다. 거기에다가 가장 최전방에서 고삐 풀린 망아지처럼 뛰고 있는 반디는 괴물처럼 느껴졌다.

전반전이 끝나고 스코어는 0-0.

'반디가 최선을 다했는데, 고작 이 점수야?' 라고 묻는 사람이 있다면, 경기를 보지 못했던 사람이나 마찬가지였다.

반디 때문에 그 점수가 된 것이다. 그가 아니었다면, 발렌시아의 전술에 무너질 뻔했으니.

발렌시아의 중앙에는 반디와 안토니오를 아주 잘 아는 선수 하나가 있었다.

그게 바로 투발이다. 청소년 내표에서 주장의 소임을 맡았던 그는 지난 시즌부터 발렌시아의 A팀으로 뛰기 시작했다.

첫 시즌부터 주전을 꿰차더니, 지금은 핵심 중 핵심으로 자리 잡았다.

그가 자리한 수비형 미드필더는 반디와 자주 맞부딪히는 자리였다. 또한, 오늘 그는 패스의 줄기를 관장하는 중앙에 포진되었다.

그런데 두 번째 임무를 제대로 할 수가 없었다. 반디를 막는데도 힘에 겨웠기에.

전반전 0-0의 의미는 바로 거기서 나온 것이다. 만약 오늘 반디가 최고의 컨디션이 아니었다면, 카스티야는 투발의 적재적소 패스에 무너졌을지도 모르는 일이었다.

이것은 분명히 카스티야에게 긍정적인 신호였다. 전반 내용이 스코어를 포함해서 백중세였다면, 후반전에는 더 탄력을 받을 이들이 카스티야의 선수들이었기 때문이다.

원정경기는 그렇다. 전반전이 중요했다. 발렌시아에게

꼬이는 느낌은 반대로 카스티야에게 잘 풀리는 느낌이었을 테니까.

다만 안토니오는 반디의 표정에서 의혹을 느꼈다.

평소답지 않다고 해야 하나? 지고 있을 때나, 심지어 비기고 있을 때의 반디의 표정은 늘 밝았다.

지금 밝지 않다는 것은 아니다. 뭐라고 말할 수 없을 정도로 애매모호한 표정을 짓고 있기 때문에 그의 현재 기분을 단정하기조차 힘든 얼굴을 하고 있었다.

그래서 다가갔다. 어깨에 손을 올리며 반디에게 밝은 모습을 종용하듯이 안토니오가 웃었다.

"반디야, 오늘 죽였어. 후반전에도 이렇게 해줄 수 있지?"

그제야 반디도 미소를 지었다.

사실 그는 빨리 후반전을 맞이하고 싶었다. 복잡한 심경에서 벗어나는 길은 축구공을 향해 달리고, 드리블하며, 상대를 제치는 게 유일하다고 생각했기에.

무엇보다도 시원하게 뚫고 싶었다. 골을 위해서. 그러면 어떤 마음의 결정을 할 수 있을 것 같았다.

○

스테파노는 정이 많은 감독이다. 그러다 보니 선수들을 일일이 챙기는 데 소홀함이 없었다.

처음에 선수들은 몇 가지 우려하는 게 있었다. 팔은 안으로 굽는다고 그가 반디를 감싸고 돌지 몰라 끙끙 앓았다. 그게 바로 더그와 그렌스였다.

하지만 기우였다. 최소한 그는 아구스틴 때보다 그들에게 기회를 더 주었다. 그들은 몰랐지만, 오히려 위에서 압박이 오지 않았는데도 불구하고 균등한 기회를 주려고 노력했다.

요즘 세군다 리가에서는 반디의 출전 횟수를 줄였다. 이는 점점 강팀과 격돌하는 코파 델 레이에 집중하겠다는 의미였다.

그래서 더그와 그렌스도 더 잦은 기회를 맞이했다. 그들의 기량이 급성장한 이유는 치열한 경쟁도 있었지만, 이렇게 출전 기회가 보장되었기 때문이다.

오늘은 반디와 함께 출전해서 삼각 편대를 이루었다. 그런데 자신들의 플레이에 불만이 있었다. 사실상 전반전은 반디의 원맨쇼였다.

스테파노가 이것을 못 알아챌 리가 없었다. 라커룸에서 이들에게 각각 이야기하는 이유는 바로 그 때문이었다.

"나는 오늘 게임을 너희에게 맡겼다. 지더라도 후회하지 않을 테니, 열심히 뛰어라."

'맡긴다.' 라는 의미는 교체가 없다는 것을 뜻했다. 진짜 교체 없이 끝까지 가겠다는 말을 하지 않은 이유는 만일의

사태에 대비해서 말을 아낀 것이다.

그래서 그들의 표정은 더욱 밝아졌다. 감독이 믿어준 만큼 더 노력해야겠다는 의지가 불끈 솟아올랐다.

그렇다고 그들의 경쟁자인 페드로와 빅토르가 실망한 눈빛을 보인 것은 아니었다. 로테이션으로 주중 경기에 나왔으니, 큰 불만은 없었다.

물론 더 높은 프리메라리가 팀과 경기에서 나오고 싶었지만, 스테파노의 결정을 따랐다.

스테파노는 전술가적인 기질을 보이지는 않았다. 그러나 선수들을 믿게 만드는 힘이야말로 그의 장점을 최대화시키는 것이었다.

이제 그의 눈은 반디에게 가 있었다. 오늘 뭔가 좀 다른 카스티야의 스트라이커.

팀 내에서 한 사람이 또 한 사람을 아주 잘 알고 있다는 것은 매우 바람직한 일이다.

스페인 클럽들이 다른 빅리그와는 달리 경질을 잘 하지 않는 이유가 바로 그것 때문이기도 했다.

스테파노는 어렸을 때부터 반디를 보아왔다. 그래서 무슨 생각을 하고 있는지는 알 수 없지만, 꽤 복잡한 상태라는 것은 알고 있었다.

이럴 때에는 교체를 해줘야 하건만, 그는 후반전에 반디를 내보냈다. 단순히 믿음이라고 하기에는 무모한 일일지도 몰랐다. 선수를 위해서라도 다른 이를 내보내는 게 나을 수 있었는데.

물론 파본은 옆에서 이렇게 흥분하고 있었다.

"정말 결승전에 갈 것 같습니다. 반디가 저렇게만 해준다면, 오늘 득점은 시간문제입니다."

스테파노도 그 의견에는 동의했다. 하지만 반대로 다른 것도 걱정되었다.

공만 쫓아다니는 반디. 다른 신경 쓰이는 것을 잊으려고 하는 것인지 모르겠지만, 저러다가 문제가 생길지도 몰랐다.

그 문제라는 것은 바로 부상이었다.

선수는 늘 공을 오래 가지고 있을 때, 문제가 생긴다. 공을 빼앗기거나, 아니면 반칙을 당하거나.

오늘 반디는 공 소유시간이 꽤 길었다. 거기다가 그를 향해 들어오는 태클과 몸싸움이 당연할 정도로 빼어난 활약을 펼치고 있었다.

하지만 그는 망설이지 않았다. 거침이 없었다. 마음이 가는 대로 몸을 움직였다. 공이 가는 대로 방향을 전환했다.

그러다가 그를 향한 태클이 들어왔다.

촤아아악!

오늘 최선을 다하여 반디를 막는 투발의 태클이었다.

안 좋은 예감에 스테파노의 눈이 커졌다.

그리고 발에 걸려 넘어지는 반디가 보였다.

심판이 달려와서 노란 카드를 꺼냈다.

투발도 인정했다. 그래서 반디를 향해 달려갔다.

분명히 태클해야 할 상황이었다. 페널티 에어리어에서 불과 몇 미터 떨어지지 않은 곳. 그가 태클하지 않았다면, 거의 무인지경으로 반디를 보낼 상황이었다.

그렇다 할지라도 마음이 불편했다. 혹시나 반디가 다치지 않았을까 걱정이 되어 다가갔다.

"괜찮아?"

대답이 없었다. 대신 반디는 눈을 감고 있었다.

고통스러운 표정은 전혀 없었다. 아니 자세히 보니 그의 입꼬리가 말려 올라갔다.

무엇이 우스운가?

넘어지는 순간에 떠오른 사람 때문에 미소가 지어졌다.

그게 바로 아만다였다. 지금 어디에선가 자신을 보면서 걱정하는 그녀를 위해 일부러 미소를 지었다.

아프지 않다고. 정말 아무 데도 아픈 곳은 없다고.

그게 반디의 신호였다. 그리고 눈을 떴다.

이때 아만다는 하비에르와 함께 반디의 경기를 보고 있었다.

여전히 반디는 잘했고, 오늘 컨디션은 지난 경기 때보다도 더 좋아 보였다.

그게 살짝 얄미웠다. 자신의 고백이 전혀 그를 흔들지 않았다는 느낌에 왠지 모르게 서글퍼졌다.

그러다가 하비에르가 혀를 차는 소리를 들었다.

"저거… 쯧쯧쯧. 열심히 뛰어다니더라니… 내가 반칙 당할 줄 알았다. 휴우, 많이 다치지 말아야 할 텐데…."

그 말을 듣고 아만다의 눈에 반디가 들어왔다. 카메라는 반디의 얼굴을 확대해 화면 가득히 보여주었다.

웃고 있었다. 아주 밝게.

눈까지 감고 있었다.

그리고 눈을 떴을 때, 그는 말했다. 아니 소리를 내지 않은 입 모양. 반디의 입 모양과 함께 아만다의 입도 같이 움직이고 있었다.

"아마르… 아만다…."

사랑한다는 그 말.

아만다의 가슴이 쿵쾅거렸다.

그러나 곧 제정신을 차리고 TV를 지켜보았다.

반디는 자신의 앞에 쌓은 인(人)의 장벽을 보고 있었다.

거의 정면이었기에 골대가 보이지 않았다.

하지만 이상하리만치 눈앞에 골대가 그려졌다.

신기한 일이었다. 이런 날은 컨디션이 매우 좋은 날이었고, 그럴 때에는 무엇을 해도 되는 날이었다.

그래서 반디가 잠시 호흡을 고르는 이유는 자그마한 실

수라도 하지 않기 위해서였는데…

"잘할 수 있지?"

그 모습이 고민으로 보였는지, 더그가 와서 물어보았다. 눈빛은 매우 아쉬움을 담아서. 그리고 혹시나 하는 마음도 살짝 보였다.

브라질 용병, 더그는 욕심 많은 친구였다.

물론 욕심이 없어서는 생존하지 못하는 스포츠의 세계지만, 그는 틈틈이 반디의 자리를 노리고 있었다.

더그 역시 최근 기량이 급성장했다.

드리블, 트래핑, 패스와 슛, 그 무엇하나 흠잡을 게 없었다.

단지 방금 열거한 그 모든 것이 반디에게 단 한끝 차로 밀리고 있다는 게 주전 경쟁에서 뒤지고 있는 이유였다.

한 가지 그가 잘하는 점은 바로 킥이었다.

프리킥, 페널티 킥. 이런 것들은 요즘 세바스티안보다 그가 더 잘했다.

그런데 오늘은 반디가 하겠다고 나섰다. 살짝 마음에 들지 않았지만, 어쩌겠는가?

반디가 얻은 좋은 기회였으니 그에게 맡기고 더그 자신은 상대에게 혼란을 주기 위해서 뒤로 물러서며 반디의 옆에 섰다.

누가 찰지 모르는 상황이란 바로 이런 때였다.

물론 발렌시아 입장에서였다. 늘 상대의 전담 키커를 생각하며, 세트피스의 방어를 준비해 오니까.

또 있다. 카스티야의 벤치에서도 의아해했다.

"반디가 차려는 것 같습니다."

"그러게. 저 위치를 알려준 적은 없는데."

파본의 예측에 스테파노가 동의하고 나섰다.

반디 역시 무회전 킥이 좋았다. 하지만 항상 성공하는 것이 아니었다.

컨디션이 좋은 날에 성공했다. 그것도 세바스티안이나 더그의 컨디션이 나쁠 때 그가 차곤 했다.

따라서 특별히 컨디션 난조를 보이지 않는 더그에게 양보하는 것이 먼저였다.

차라리 더그가 차고 그는 전방 쉐도우를 하는 게 나았다.

위치선정과 한 방으로 끝내는 필살기는 팀 내에서, 아니 세군다에서 반디가 최고였기 때문이다.

벤치에서도 더 확실한 득점 루트에 집중했다.

파본이 온 후에는 확률 높은 득점원을 더 지향하는 중이었다.

그런데 반디가 자신의 위치가 아닌 공을 향해 뒤로 물러서 있다는 이야기는…

그 자신이 해결하겠다는 것을 의미했다.

그래도 대부분 의혹의 눈빛은 없었다.

오늘 반디의 컨디션은 매우 좋은 편에 속했기에.

스테파노도 이제는 알았다. 반디의 흥분 상태는 멘탈이 불안정해서인 게 맞지만, 긍정적인 작용을 하고 있다는 것을.

[카스티야의 전담 키커는 더그 선수죠? 아마도 에스테반 선수가 상대에게 혼란을 주기 위해서 저렇게 뒤로 물러서 있는 것 같습니다.]

[그렇습니다. 올 시즌 세군다 리가에서 더그 선수는 프리킥으로 아홉 골을 뽑아냈습니다. 지난 시즌 바르셀로나 B팀의 카일 선수 기록에 두 골 차로 다가섰죠. 당연히 저건 페이크입니다. 분명히 더그 선수가 찰 겁니다.]

[자, 말씀드린 순간…]

[……]

[에스테반 선수네요…]

이렇게 아나운서와 해설까지도 더그의 킥을 예상하다가, 앞으로 뛰어가는 반디를 보며 잠시 말을 잊었다.

사실 예측을 빗나가서 말을 잊은 것도 있지만, 그보다도 숨을 죽이고 있는 게 더 정확한 표현일 것이다.

그들이 말하지 않는 그 순간, 반디는 전방에 디딤발을 내딛고 있었기에.

반디의 차는 발이 매우 부드럽게 휘둘러지고 있었다. 몸 중심의 이동은 자연스러웠고, 오른발이 공에 맞는 그 순간…

그 임팩트는 이미 위력적이라고 말해주는 것 같았다.

공을 찬 순간에도 느낄 수 있었다.

지금 이 킥은 지금까지 본 것 중, 최고의 슛이라는 것을.

관중들과 동료들, 심지어 발렌시아의 선수들까지 숨을 죽이고 지켜볼 수밖에 없었다.

공의 궤적은 완전히 아웃사이드로 빠졌다가 다시 들어오면서 골문 안으로 들어갔다.

골키퍼의 입장에서는 바깥으로 나갔다가 갑자기 시야 안으로 들어와서 이미 움직였을 때에는 공이 들어간 상태였다.

이른바 UFO 슛!

그것을 해냈다. 의도하고 차면 되는 것이 아니다.

차는 본인도 평생 한 번 있을까 말까 한 슛을 성공한 반디.

그는 벤치로 달려가고 있었다. 그 앞에서 하늘을 날았다.

그리고 스테파노를 덮치며 이렇게 말했다.

"아마르 스테파노! 아마르…"

오늘 사랑한다는 말을 그가 알고 있는 모든 사람에게 하고 싶었다. 곧이어 파본도, 다른 코치들도, 그리고 동료들도 그 말을 듣게 되었다.

"쟤, 미쳤나 봐."

"그러게. 아무래도 욕구 불만 아닐까? 자꾸 저러면 남자를 사랑하게 될지도 몰라."

"그 정도만 해라. 사람 하나 게이 만들고 있냐?"

빅토르와 페드로의 대화에 퀸끄가 끼어들었다.

오늘 이들은 벤치에서 대기하는 중이었다.

이들의 대화가 이상한 곳으로 빠지기는 했지만, 확실한 것 하나는 있었다.

그들마저도 오늘 반디의 컨디션이 최고라는 것을 느끼고 있다는 것. 다만 한 골밖에, 그것도 프리킥으로 뽑은 게 유일했지만, 상대는 발렌시아였다.

프리메라리가는 물론 유로파 리그에서도 꽤 좋은 활약을 펼친 팀이었다.

하지만 발렌시아는 늘 뒷심이 아쉬운 팀이기도 했다.

유로파 리그에서도 승승장구하다가 8강전에서 아쉽게 리버풀에 패배했으니 말이다.

현재 프리메라리가에서도 한 때 레알 마드리드에 이어 2위까지 치고 올라갔다.

그러다가 그 자리를 아틀레티코 마드리드에 빼앗겼고, 지금은 바르셀로나에 3위 자리를 내주면서 4위로 내려앉았다.

이제 유일하게 그들이 타이틀을 가지고 갈 수 있는 곳이 바로 코파 델 레이였다.

레알 마드리드와 아틀레티코 마드리드, 그리고 바르셀로나를 피해서 여기까지 왔다.

결승까지 올라가서 유로파 리그에서 떨어진 것, 그리고 프리메라리가에서 4위까지 내려앉은 것을 만회하고 싶었다.

그 심기일전이 눈에 보였지만, 하필이면 오늘 반디의 최고 컨디션 상태를 경험할 줄이야.

운이 나쁜 것이었다.

그러나 오늘 카스티야에게 0-1로 경기에 졌을 때에는 엄청난 팬들의 비난에 시달렸다.

반면 카스티야는 최고의 찬사를 계속 들었다.

온갖 매체에서도 카스티야의 결승 진출을 예상하고 있었다.

발렌시아와 카스티야의 경기 전에, 결승전은 레알 마드리드와 발렌시아의 구도로 예측했던 언론이었는데.

이로써 레알 마드리드의 A팀과 B팀의 맞대결이 점쳐졌다.

레알 마드리드 A팀이 만약 아틀레티코 마드리드를 준결승에서 꺾는다면 성사될 경기였다.

일찍이 반디가 팀 동료들에게 누누이 말했던 것.

레알 마드리드 A팀과 오히려 맞상대하고 싶다는 바람이 점점 현실화하고 있었다.

동료들은 애초에 이 말을 믿지 않았다.

그래서 반디 단속에 나선 것이다.

제발 언론에 그 말은 하지 말아 달라고.

반디는 그 부탁에 이렇게 답했다.

—아니, 도대체 우승하는 것과 A팀과 싸워 이기겠다는 차이가 어디에 있는데?

꿀 먹은 벙어리가 되었던 동료들. 그래도 이상하게 우승보다 A팀을 이기는 게 더 어렵다고 생각이 드는 것은 왜일까?

다만 발렌시아 원정을 다녀와서는 선수들은 인터뷰에서 서슴없이 우승을 언급했다.

특히, 페드로는 정작 반디에게 하지 말라는 말까지 입에 올렸다.

"누가 와도 자신 있습니다. 결승전에서 레알 마드리드 A팀이든, 아틀레티코든 간에 말입니다. 하하하."

한편, 반디는 마음의 정리를 했다.

'정리'라는 단어보다 마음이 시키는 대로 했다는 게 더 정확한 표현일 것이다.

FIRST TOUCH 285

그는 수화기를 들었다. 그리고 통화버튼을 누르고 잠시 기다렸다.

단 한 번의 신호음 뒤에 아만다의 음성이 들렸다.

"나 다 들었어! 네가 한 말."

그녀가 수화기를 들자마자 꺼낸 첫 마디가 바로 그것이었다.

미소를 짓는 반디.

드디어 그의 인생에서 첫 여자친구가 생겼다.

퍼스트 터치

FIRST TOUCH

Chapter 50

퍼스트 터치

마치아노 발렌시아 감독은 디 스테파노 경기장으로 가는 게 두려웠다.

0-1로 졌으니, 이제는 불리함을 안고 원정을 떠나야 했다.

사실 암울했다. 심기일전해서 이기면 된다는 말로는 절대 극복할 수 없는 멘탈이었다.

감독이 이럴지 언데, 선수들은 어떻겠는가?

용두사미라고 했다. 올 시즌 처음은 쾌속질주였지만, 점점 돌부리에 걸려서 넘어지고 있었다.

재정문제가 계속 발목을 잡았다.

스페인의 양대 거두 바르셀로나와 레알 마드리드를 제외하고는 항상 돈 문제를 생각하지 않을 수 없었다.

전통의 명문 발렌시아도 마찬가지였다.

실제로 바르셀로나와 레알 마드리드를 제외하고 스페인의 팀 중 그 어느 팀이 '셀링' 클럽의 이미지에서 벗어날 수 있겠는가?

없었다. 한때 말라가를 중동의 갑부가 사들이기는 했지만, 그 역시 한계를 느꼈는지 오히려 손을 놓아 버린 후에 더 큰 문제만 생겼다.

말라가의 선수단은 빠르게 정리되었고, 리그에서는 점점 상위권을 지키지 못했다.

그래서 출전한 챔피언스 리그에서 떨어진 후에, 다시 그 근처에도 가지 못했던 지난날의 교훈.

스페인 팀들은 타산지석으로 삼았다. 절대 돈을 함부로 쓰지 말자고. 그들은 레알 마드리드와 바르셀로나가 아니라는 것을 반드시 머릿속에 담고 있어야 했다.

그들이 되기 위해서는 우승을 경험해야 한다. 그것도 계속.

그게 절대 쉬운 일이 아니었다.

스페인의 국민들도 자신들이 응원하는 팀이 우승하지 못할 바에야 레알 마드리드나 바르셀로나가 우승하는 것을 더 원했다.

그들이 전국구 팀이라서 그런 것이 아니다. 각각 카스티야와 카탈루냐를 대변하는 대표성을 띄고 있어서 그런 것도 아니다.

그들이 챔피언스 리그에 나가야 스페인의 자존심이 세워지기 때문이다.

세리에 A의 몰락은 남의 일이 아닐 수 있었다.

프리메라리가의 관중 수는 점점 빠지고, 구단들은 적자에 허덕였다.

이런 상황에서 기댈 곳은 그나마 그 두 팀뿐이었다.

그렇다고 할지라도 발렌시아의 입장에서 카스티야에 져서 침몰하기에는 너무나 억울한 일이었다.

사실 발렌시아는 잘해왔다.

힘든 시기 잘 헤쳐 나오며, 끊임없이 좋은 선수를 배출했다.

요즘 팀의 에이스로 떠오른 투발만 하더라도 쑥쑥 자라나고 있었다.

이제 그의 나이가 불과 스물두 살밖에 안 된다는 것도 고무적인 일이었다.

더군다나 그는 말했다. 발렌시아에서 은퇴하고 싶다고.

끝까지 지켜봐야 하겠지만, 보기 드문 일이었다.

요즘 젊은 선수들은 조금만 잘한다 싶으면 프리미어리그를 선호하기 때문에.

투발은 나름대로 영리하게 생각했다.

레알 마드리드와 바르셀로나에서 뛰는 것도 좋았다.

하지만 현실적으로 레알 마드리드에서는 자리가 날 리가 없었고, 바르셀로나 역시 투발이 뚫고 가기에는 좋은 미드필더 자원이 워낙 넘쳤다.

그렇다고 투발이 그들에게 뒤처진다는 뜻은 아니었다.

투발은 발렌시아에 딱 알맞게 특화된 것만 같았으니까.

투발의 장점은 매우 다양했다.

포백 앞에서 플레이 메이커 역할을 하며, 때로는 터프한 수비로 상대의 첨봉을 꺾는다는 점.

그리고 황소 같은 체력과 피지컬로 포워드진이 득점을 올리지 못할 때, 직접 문전까지 돌파해 결정짓는다는 것도 또 다른 장점이었다.

이번 경기에서도 비록 공격적인 부분은 미흡했지만, 반디의 득점력을 봉쇄한 부분은 바로 투발의 공 때문이었다.

그래서 그가 마치아노를 찾아와서 이 말을 했을 때, 감독은 깜짝 놀랄 수밖에 없었다.

"반디를 막지 않겠습니다. 공격에만 신경 쓰게 해주십시오."

어쩌면 투발의 이야기가 맞을 수도 있었다.

팀 내 에이스를 상대 에이스를 막는 데 사용한다는 것.

이기는 경기가 아니라, 지지 않으려는 경기를 위한 전술이었다.

마치아노는 드디어 자신의 실책을 깨달았다. 지난 경기

에서 굳이 반디를 막지 말고 더 공격적으로 나갔다면, 어떤 결과가 일어났을지 아무도 모른다.

물론 가정법일 뿐이었다. 당시에는 카스티야의 패기가 두려웠다. 지면 안 된다는 생각이 머릿속까지 뿌리깊이 박혀 있었다.

최근 카스티야와 싸우는 프리메라리가 팀이 다 그랬다.

부담을 안고 가는 상황에서 지면 창피하다는 심리가 상대 팀의 득점 봉쇄를 돌파구로 생각한 것이다.

이제 와 생각해보니 비겨도 비난은 받는다.

차라리 이기려고 했다면, 억울하지도 않았을 텐데…

"네가 나보다 더 낫구나."

따라서 마치아노는 투발의 제안을 받아들일 수밖에 없었다.

힘없는 목소리로 투발의 명석함을 인정하면서.

이왕 체면이 구겨진 발렌시아.

이제 또 진다고 달라질 것도 없었다.

원정 경기에서 그가 선수들에게 말한 내용도 이와 맥락을 같이 한다.

"다들 알고 있지만, 레알 마드리드의 홈구장에서도 발렌시아의 응원가는 널리 울려 퍼진다."

산티아고 베르나베우.

원래 12만 5,000명까지 수용할 수 있었는데, FIFA의

요청으로 두 번의 개보수 공사 끝에 현재는 8만여 명이 들어올 수 있는 곳이다.

"아무리 홈팬이 많으면 뭐하나? 그들은 샌님일 뿐이다. 안 그런가?"

"맞습니다!"

베르나베우의 입장객들이 상대적으로 조용하다는 것을 뜻했다.

사실 레알 마드리드의 홈팬들이 열광적으로 응원할 것 같지만 그렇지 않았다.

그들은 스페인의 자존심이자, 귀족문화를 반영하기라도 하듯이 매우 조용했다.

어차피 그렇게 해도 레알 마드리드는 잘해주고 있었다.

굳이 골 장면이 아닌 한 크게 고함지를 필요는 없는 것이다.

베르나베우 경기장을 찾는 사람이나 디 스테파노 스타디움을 찾는 이들이나 매 한 가지다.

어차피 둘 다 레알 마드리드의 팬들. 조용하기는 똑같다는 의미였다.

"따라서 홈경기처럼 임해라. 될 수 있으면, 슈팅 가능한 지역에서 망설이지 말고, 최선을 다해서 점수를 빨리 내기를 바란다."

치열하게 점수를 뽑아내야 가능성이 있다는 그 말.

그래서 초반부터 발렌시아가 거세가 몰아붙였다.

세바스티안의 입에서는 시작한 지 5분도 안 되는데 이런 이야기가 나왔다.

"아, 젠장. 세게 나오네."

"그러게. 아예 실점을 각오하고 들어오는데, 수비 잘해야겠어."

안토니오가 그의 말을 받아서 목소리를 키웠다. 대답이 아니라 경각심을 일깨우려고 주변에 하는 말과 같았다.

베가와 마리오가 좀 더 내려왔다. 나름대로 더블 볼란치가 된 것이다. 그것도 싱글 볼란치인 세바스티안을 조금 위에서 보호하는 더블 볼란다.

쉽게 이야기하면 세 명의 미드필더 다 밑으로 내려왔다는 뜻이었다.

5분밖에 안 지난 상황인데, 벌써 수비 위주가 되었다. 이것을 따로 스테파노가 지시한 적은 없었다. 상황에 따라 선수들이 알아서 판단한 것뿐이다.

파본은 이를 보고 선수들을 칭찬했다.

"저들도 알고 있네요. 오늘 실점을 하면 안 된다는 것을."

"그렇기는 한데… 과연 저 방법이 좋을지는 모르겠어."

걱정 왕 스테파노. 이번에는 수비 위주의 전술을 선수들이 펼치는 게 우려된다는 표정으로 나갔다.

그는 수비의 선을 아래에서 잡아주었다.

보통 감독이 나갈 때, 작전 지시를 하러 간다고 사람들은 생각한다.

물론 그 목적도 있었다.

하지만 수비 위치를 잡아주려고 하는 의도가 더 많았다.

즉, 감독이 서 있는 자리를 기준으로 현재 카스티야의 포백이 움직였다.

한 명이라도 잘 못 움직이게 되면, 오프사이드 트랩이 실패한다. 따라서 가끔 곁눈질하며 감독이 어디에 있는지 살피는 것도 수비수들의 임무였다.

그러다가 한 명이 한눈팔기 시작하면, 트랩이 무너진다.

바로 지금 그런 상황이었다.

늘 그렇지만, 어느 팀이라도 약한 포지션이 존재했다.

카스티야의 약한 포지션은 왼쪽 풀백이다.

오른쪽은 퀸끄가 잘해주고 있지만, 왼쪽은 다르다.

고정 풀백이 없었다.

그 포지션에 벌써 몇 명째 부상인 것도 문제였다.

오늘도 올 시즌 후베닐에서 올라온 리오스가 그 자리를 맡았는데, 긴장한 나머지 감독의 사인을 보지 못했다.

투발이 그 기회를 놓칠 리가 없었다.

오른쪽에서 침투하는 팀의 윙을 향해 자로 잰 듯한 패스가 나왔다. 오프사이드 트랩을 완전히 무너트리는 킬패스였다.

아무리 안토니오의 발이 빨라도 이것은 어떻게 할 수가 없는 문제였다. 더구나 백태클도 불가능했다.

골키퍼에게 맡길 수밖에 없는 상황.

상대는 슛을 쏘았고, 골키퍼는 막지 못했다.

출렁!

먼저 득점을 올리는 발렌시아.

투발을 중심으로 선수들이 모여 골 세레머니를 했다.

발렌시아의 원정팬 목소리가 커졌다.

"나이스! 이긴다! 카스티야를 유치원으로!"

"카스티야를 유치원으로! 카스티야를 유치원으로!"

점점 커지는 원정팬의 목소리에 홈팬은 인상을 찌푸리면서도 아무 말 하지 못했다.

레알 마드리드의 팬들은 점잖은 편에 속했다.

한때 쥬제뉴도 팬들이 너무 조용해서 홈에서 뛰는 것 같지가 않다고 말할 정도였다.

오늘도 마찬가지다. 카스티야의 경기를 보러 온 팬들은 득점 장면에서만 큰 박수와 환호를 보낼 마음인가 보다.

따라서 이렇게 실점을 하면 고요함에 가까워지는 홈팬들.

오히려 원정팬의 목소리가 더 커져서 가끔 사기를 잃을 때도 잦았다.

그것에 편승해 자기 진영으로 가면서 페드로에게 관중들과 똑같은 말을 하는 이도 있었다.

"유치원 가라! 유치원에 가! 킥킥킥."

그가 바로 페드로와 오늘 자주 부딪힌 발렌시아의 왼쪽 윙백 카조였다.

아무튼, 이 실점의 의미는 매우 컸다.

카스티야 선수들의 멘탈이 모두 나가버린 것만 같았다.

하지만 추슬러야만 했다. 일단 감독부터.

"정신 차려라! 아직 우리가 더 유리하다. 단 한 점! 한 점만 만회하면 된다."

스테파노는 큰소리로 선수들에게 외쳤다.

이제 원정팬의 목소리도 잦아들고, 더 고요한 운동장이라서 그의 목소리가 더 또렷하게 들어왔다.

이게 좋아해야 할 일인지 모르겠지만, 감독의 말이 맞았다. 1-0으로 승리하고 왔기에, 한 점만 넣어도 합계 2-1이 되었다.

현재 상황에서는 1-1이니 만약 전후반 90분으로 이 점수가 유지될 때에는 연장에 돌입하게 된다.

서로 피곤한 일이다. 그 안에 승부를 보는 게 훨씬 나았다.

일단 발렌시아도 똑같은 생각인 것 같았다.

연장까지 갈 생각은 전혀 없는 듯, 그들은 또 한 차례 전진해 왔다.

아까와 같았다. 여전히 왼쪽 풀백을 노렸다. 그 지점이 약점이라는 것을 알았다.

영리한 투발이다. 확실히 프리메라리가에서 놀다 보니 경험도 풍부해졌다.

이렇게 전반전 20분까지 발렌시아의 공격 침투는 오른쪽 측면에 집중되었다.

[잠시 화면에 나온 공격 그래프를 보시면, 무려 73%의 방향으로 카스티야의 왼쪽 측면을 공략하고 있습니다.]

[네, 그렇습니다. 그쪽이 약하다는 것을 알고 일부러 공을 집중해서 공급하고 있어요. 역시, 투발 선수, 스페인을 이끌 차세대 중앙 미드필더답습니다.]

차세대 미드필더. 킬패스 마스터. 스페인의 들소 등, 그를 수식하는 많은 별명이 있었다.

다재다능함을 극찬하는 말이었다. 지난번 한국에서 열린 청소년 월드컵을 우승으로 이끈 팀의 주장이기도 했고.

지금은 발렌시아의 주장이 아니지만, 그것도 시간문제라는 이야기가 있었다.

지난 경기에서 발렌시아 선수들이 많은 비난을 받았지만, 투발만큼은 그 비난에서 빗겨나갔다.

경고를 받으면서도 반디를 꽁꽁 묶었기 때문이다.

사실 그 날 반디의 플레이는 시즌 베스트였다.

투발이 없었다면, 몇 번의 실점 위기를 맞았을 것이라는 평가가 뒤따랐다.

그래서 그 경기의 평점에서 당연히 반디가 가장 높았지만, 그다음으로 투발이 차지했다.

진 팀에서 차점으로 높은 평점 자가 나오는 것은 극히 드물었고, 그만큼 투발이 안정적인 실력을 갖추었다는 뜻이다.

그렇다. 투발은 안정적이었다. 웬만해서는 실수가 없었다.

그 장점을 바탕으로 오늘 경기도 잘 운용해 나갔다.

반면 반디는 부진해 보였다. 사실 할 게 별로 없었다. 패스연결이 잘 오지 않았기 때문이다.

그래서 전반전 25분쯤 드디어 밑으로 내려가기 시작했다.

매우 밀집된 진형에서 드디어 맹수가 나타났다.

이번 시즌에 반디는 밑으로 잘 내려오지 않았다. 그 힘으로 전방에서 상대에게 위협을 가하는 게 나았다.

어차피 현대 축구의 흐름은 전방 압박이었다.

반디도 공격진영에서 축이 되어 전방을 압박했고, 몇 차례 상대의 실수를 이끌어내기도 했다.

그렇게 올린 득점도 몇 개나 되었다.

그런데 오늘은 영 그 기회가 오지 않았다.

혼자만 전방 압박을 할 수는 없었다. 언제나 동료와 협업하여 상대를 압박하는 게 효율적이었으니까.

그런데 발렌시아의 거센 공격에 팀 구성원들이 좀처럼 올라오지 못하고 있었다.

어려운 경기였다. 밀리고 있었기 때문에 점유율에서도 현저하게 차이가 났다.

그 상황에서 그는 상대 팀의 핵심 미드필더, 투발을 상대하기 시작했다.

그냥 상대해서는 안 된다. 이미 청소년 월드컵에서 상대의 특성을 서로 잘 알기에, 동선을 파악하고 미리 차단하는 게 중요했다.

더구나 투발의 힘은 반디가 겨우 감당할 수준이었다.

오프시즌에 아무리 웨이트 트레이닝을 많이 했어도, 쉽게 근육이 불어나지 않았다.

그나마 지금도 많은 운동량의 결과였다.

턱!

둘이 한 번 몸을 부딪쳤다. 밀리는 사람은 반디였다.

거친 들소와 같았다. 단 한 번 부딪쳤는데도 그게 느껴졌다.

키는 반디가 더 컸다. 그게 꼭 유리한 것은 아니었다. 중심이 아래에 없으니 잘못하면 밀릴 가능성이 높았다.

그래서 조금 더 숙이고 투발과 맞섰다.

어차피 투발이 드리블하는 스타일이 아니었다.

2선의 앞뒤를 넘나들며 경기를 지배하는 유형이니, 그의 움직임을 둔화시키는 게 반디의 목적이었다.

소기의 성과를 달성했다.

계속 투발의 곁에 반디가 붙자, 발렌시아의 다른 선수들이 붙기 시작했다.

동서남북 사면에서 갑자기 들어왔다.

이것은 마치 바둑판의 바둑알과 같았다.

그런데 흰 돌이든, 검은 돌이든 특정 지역에 몰리면, 다른 쪽 지역이 문제가 생기는 법이다.

지금도 그랬다. 일시적으로 투발의 패스 공급이 중단되니, 공을 받으러 사면에서 들어왔고, 숨통은 당연히 카스티야의 다른 선수들이 트였다.

이게 빈틈을 만들 수 있었다.

다만 카스티야도 역습하기가 쉽지 않았다.

공격해야 할 반디가 아래로 내려왔기 때문이다.

그나마 전반전이라 반디의 체력이 왕성해서, 역습이 아닌 공격 빌드 업에는 잘 참여했다.

하지만 발렌시아도 그를 잘 연구해왔다.

몇 차례 반디의 드리블 돌파를 막아낸 발렌시아의 선수들이 재차 공격해왔다.

일진일퇴. 치열한 공방전. 이때부터는 중앙에서 쉽게 양측 진영으로 공이 옮겨가지 않았다.

그렇게 전반전이 끝났다.

카스티야 입장에서는 초반에 밀리다가 나중에 간신히 균형을 잡은 경기.

양 팀 라커룸에서는 상대가 예측할 수 없는 전술이라고 생각하며 열심히 선수들에게 전달했다.

하지만 오늘은 전술 싸움이 아니었다.

핵심은 누구를 막느냐에 달려 있었다.

발렌시아에서는 반디를, 카스티야에서는 투발을 막는 게 승리의 관건임을 모두 다 파악했다.

다만 카스티야의 중앙 미드필더 세 명은 잠시 자존심이 상했다.

그들 역시 실력이 넘치는 이들인데, 오늘은 투발 하나를 막지 못하고 밀리고 있었다.

그나마 전방에 있는 반디가 활약해서 미봉해 놓은 상태.

파본은 그들에게 주문했다.

만약 후반에도 똑같은 상황이면, 점수를 기대하기 힘들다고.

공격 일선에 반디가 뛰어 주어야 여러 위협적인 장면이

만들어진다.

이래서는 발렌시아에 끌려다니는 것밖에 안 된다는 강한 주장.

하지만 알면서도 그 실천이 힘든 게 바로 축구였다.

후반전 시작하자마자, 반디가 이상한 행동을 했다.

그는 사방을 둘러보며 박수를 쳤다.

여기서 말하는 사방이란 바로 관중석을 말했다.

심판의 호루라기가 울리고, 경기가 시작되었을 때에도 여전히 반디는 관중석에 틈틈이 호소했다.

"저희가 홈에서 뛰고 있다는 사실을 알려주세요! 더 크게! 더 크게 응원해주세요!"

조용한 구장.

반디의 목소리가 울려 퍼졌다.

그리고 드디어 반응이 오기 시작했다.

관중들의 소리가 메아리쳤다.

물론 디 스테파노 구장의 관중들이다. 거기다가 홈팬들이었다.

그들은 틈틈이 반디가 하는 박수를 따라서 했다.

지난번 청소년 월드컵 때, 반디는 한국의 관중들이 치는 손뼉의 박자를 자신도 모르게 기억해 놓았다.

짝짝짝 짝짝!

그 박자가 익숙했다. '왜?' 냐고 묻는다면 대답하기 어렵다.

아무튼, 그가 치는 손뼉 소리가 관중들에게 날아가기는 불가능했다.

관중들은 그의 모션을 보고 따라 하며, 자신도 모르게 흥을 돋우게 되는 것이다.

발렌시아의 원정팬도 가만히 있지 않았다. 그들도 발렌시아를 응원하며 힘차게 소리 질렀다.

그중에는 카스티야를 무시하는 소리도 있었다.

"카스티야~"

"유치원으로~"

일부가 선창하면, 다른 일부가 받아친다.

아까도 그랬지만, 상당히 기분 나빴다.

특히, 이 자리에는 반디의 가족도 와 있었고, 레오나르도도 당연히 좋은 기분일 리가 없었다.

"이것들이! 도대체 누구보고 유치원이라고 하는 거야?"

그의 나이도 벌써 예순이 다 되었다.

이제 거의 하얀 머리를 가지고 있었지만, 가슴 안에 열정은 여전히 붉었다.

그래서 자기 아들을 유치원으로 보내라는 상대의 응원에…

"발렌시아~ 요양원으로!"

라고 맞받아쳤다.

"하하하. 그거 좋은데요?"

"좋으면 너도 해!"

"네? 네, 네. 하하하."

옆에 있던 훌리안이 좋다며 같이 했다.

그리고 당연히 반디의 어머니인 벨라도 마찬가지다.

이들과 함께 있던 아만다 역시 가만히 있을 수는 없었다.

"발렌시아!"

라고 남자들이 소리치면,

"요양원으로!"

하고 여자들이 맞받았다.

그게 재미있었는지, 옆에 있던 관중들이 따라 했다.

그리고 점점 번져갔다. 발렌시아의 응원에 상대하는 '박자 놀이'가 되기에 충분히 음성이 커지면서.

거기에 가끔 반디가 치는 손뼉에 이 외침을 맞추었다.

"발렌시아!"

짝짝짝 짝짝!

"요양원으로!"

짝짝짝 짝짝!

이게 다시 선수들의 귀에 들어왔다.

경기에 영향을 끼치는 것 중 가장 중요한 것은 선수들의 실력이다.

축구 선수가 아닌 일반인이 여기에 있다고 생각해 보라.

아무리 명장이 좋은 전술을 사용해도, 경기는 진다. 그것도 무참하게.

그러나 좋은 선수들만 있다고 가정해도, 항상 경기에 이기는 것은 아니다.

그것은 변수를 만들어내는 외부 요소가 많기 때문이다.

선수들의 심리에 영향을 끼치는 것을 일일이 다 댄다면, 하루 밤낮을 새워도 모자랄 것이다.

그러나 그 날 경기에서 결정적인 장면을 꼽아보자면, 고르기 어렵지 않다.

때로는 심판의 판정이 될 수 있고, 때로는 행운의 여신이 강림하여 골포스트의 저주가 경기에 직접적인 영향을 미칠 수 있었다.

오늘은 바로 관중들이다. 그들이 경기에 영향을 끼치고 있었다.

디 스테파노 구장은 산티아고 베르나베우 구장과는 달리 수용 인원 12,000명에 불과한 구장이다.

최근 들어 관중들이 급증하는 바람에 거의 만원을 이루고 있는 이 구장에, 원정 팬이 오면 분위기가 홈이 아닌 것 같았다.

점잖은 홈팬들은 그저 선수들이 잘해주면 박수 쳐주고, 응원해주는 게 다일 것으로 생각했다.

그런데 아니었다. 지금 반디의 손뼉에는 절실함이 묻어 나왔다. 그래서 따라 해 본 것이다. 박자에 맞추어.

그리고 어디서 출발한 지 모르겠지만, 발렌시아를 요양 원으로 보내자는 말은 꽤 시기적절했다.

물론 발렌시아의 선수들이 그 정도로 나이가 많은 구성 원으로 채워진 것은 아니었다.

하지만 리저브 팀인 카스티야보다 '올드' 했다.

그것은 부정할 수 없는 사실이었다.

그들의 귀에 들려오는 요양원이라는 말이, 카스티야를 오늘 내내 불렀던 유치원이라는 말을 눌렀을 때, 드디어 선수들이 힘을 내기 시작했다.

"이거 뭐야?"

"그… 그러게. 듣고 보니 기분 나쁜데?"

반면 발렌시아 선수들에게는 살짝 기분이 나빴다.

축구는 심리전이다. 기분이 나쁜 것이 아무렇지도 않아 보였지만, 누적되면 짜증으로 변한다.

더구나 카스티야의 선수들이 이것을 따라 한다면 더더 욱.

"요양원으로! 요양원으로~ 보내야지~"

페드로는 자기가 좋아하는 여가수의 노래에 이렇게 가 사를 개사하며 노래를 불렀다.

당연히 뛰고 있지 않을 때 한 것이다. 의도적인 것도 아니다. 사람은 자신을 자극할 무엇을 가끔 찾는 습관이 있었고, 그는 늘 이런 방식으로 스스로 자극했다.

즉, 일이 안될 때마다 노래 가사를 개사해서 잘 풀리도록 기원했는데, 지금은 그게 상대를 자극한 것이다.

"이 새끼가. 너 나 놀리냐? 놀려?"

발렌시아의 왼쪽 윙백 카조. 하필이면 필드에서 뛰는 선수 중에 가장 나이 많은 그가 페드로의 노래 가사에 반응할 줄이야!

그의 나이 서른셋. 꽤 늙었다고 볼 수는 없지만, 그래도 카스티야의 선수들에 비해서는 환갑에 가깝다.

그런 그의 앞에서 이 노래를 불렀으니, 얼마나 성질이 나겠는가?

더구나 아까부터 박자에 맞춘 홈팬의 목소리가 더 크게 울려 퍼지고 있었다. 이게 거슬렸다. 그 와중에 페드로까지 자극하는 것 같으니 그의 짜증 수위가 점점 높아져 갔다.

페드로는 그가 짜증 내는 것을 보고 미안해하지 않았다.

그 역시 옆에서 반디가 하는 것을 보고 배운 사람. 승리하기 위해서 물불을 가리는 것은 아니지만, 때때로 승부의 교차점에서 이용할 수 있는 것은 이용하는 게 나을 것 같았다.

미안하려면 오히려 상대가 미안해해야 했다.

아까부터 자신을 자극했던 것은 지금 짜증을 부리는 카조였다.

그는 유치원생이라고 하며, 페드로 앞에서 부아를 돋웠다.

이제는 페드로 차례 아닌가?

"아니, 사실 제 나이에 비해서 늙은 것은 맞잖아요. 뭐, 그런 것 가지고 짜증을 내세요. 킥킥킥."

"뭐야? 이 새끼가?"

"앗. 공 온다."

갑자기 페드로의 말에 시선이 옮겨간 카조.

그러나 공은 오지 않았다. 그럴 리가 없었다. 완전히 반대편에서 골라인 아웃 되었을 때, 현재 상황이 벌어졌기 때문이다.

반대편에서는 치열한 공방전이 펼쳐졌다.

그리고 페드로는 자신의 시야에서 사라졌다.

카조는 아차 싶었다.

재빨리 자기 진영으로 뛰어간 페드로를 쫓으려 했다.

이미 대각선으로 깊숙이 파고든 페드로.

공은 마리오에서 세바스티안으로 넘어왔고, 중앙 1선에 있는 반디에게 패스가 갔다.

투발이 그것을 보고 반디를 압박했을 때, 공의 최종 목적지가 페널티 에어리어로 들어오는 페드로에게 가고 있었다.

"젠장, 막아!"

누군가 소리쳤다.

하지만 이미 그 소리를 들었을 때, 공은 페드로의 발 앞에 있었다.

반디의 어시스트, 페드로의 득점!

"와아아아아!"

관중들의 우레와 같은 함성은 보너스다.

"우와 페드로가 한 건 했습니다. 상대를 어떻게 따돌렸죠?"

"저 녀석 말 많잖아. 분명히 수다 떨면서 상대를 정신 사납게 했겠지. 하하하."

파본의 말에 즐겁게 웃으며 스테파노가 손을 벌렸다.

자신에게 달려오는 페드로를 맞이하기 위해서.

그에게 물어보지는 않았다. 상대를 어떻게 따돌렸는지.

지금은 그저 그를 안아주고 잘했다고 칭찬해 주는 게 스테파노의 할 일이었다.

"잘했다, 잘했다. 이게 바로 너의 재능이다. 프리메라리가로 가면 더 만개할 것이야. 하하하."

마치 게임 할 때 버프와 같은 목소리.

스테파노의 말에는 진정성이 있었다.

번뜩이는 전술 능력은 없어도, 선수들이 좋아하는 이유가 있었다.

어쩌면 그게 전부일지도 몰랐다. 자신을 따르게 만드는 능력은 감독이 갖추어야 할 첫 번째 덕목이기 때문이다.

파본은 옆에서 보면서 부러워했다. 그리고 스테파노의 이 장점은 반드시 배워야 할 점이라고 느꼈다.

페드로만 온 것이 아니다. 반디도, 빅토르도, 그리고 안토니오와 세바스티안도, 골 세레머니를 하기 위해서 이 자리에 왔다.

그들을 하나하나 등을 두드려주며 격려하는 스테파노.

"자, 너무 지키려고만 하지 말고. 알겠지? 너희를 믿는다."

전술을 배우는 것은 후천적인 것에 속한다. 열심히 배우고 경험이 생기면, 더 발전하는 것이 지도자의 능력이었다.

기술적인 거야 더욱 간단했다. 그것은 배워서 얻는 게 아니라, 이미 선수 시절에 경험하던 것을 지도하는 것이니 말이다.

하지만 이처럼 '덕'에 해당하는 것은 선천적인 항목에 속했다.

지금까지 스테파노의 단점으로 보이던 것이 이렇게 빛나 보일 줄은 몰랐다.

그래서 파본은 아직도 자신이 많이 멀었다고 생각할 수

밖에 없었다.

이제 경기는 점입가경. 그 네 글자로 표현될 수 있는 상황을 맞이했다.

1-1이었다. 통합 스코어 2-1로 카스티야의 리드.

만약 여기서 한 골을 내준다면, 카스티야가 절대적으로 불리하다.

그럴 수밖에 없었다. 원정 경기 다득점 원칙에 의해서 통합 스코어가 2-2라 할지라도 발렌시아가 더 유리하니 말이다.

그것이 부담으로 작용할 수 있기에, 수비수들은 더 정신을 바짝 차렸다.

발렌시아도 마찬가지다.

사람은 늘 초심을 유지하기가 힘들다는 말이 있었다.

오늘 그들은 지더라도 공격에 집중하자.

이런 마음가짐으로 경기에 임했다.

그러나 한 골을 넣자, 욕심이 생겼다.

당당히 이겨서 개선장군이 되어 돌아가자.

이런 마음이 생기자 실점을 하니 멘탈이 불안정하게 변했다.

그뿐만이 아니었다.

오늘 웬일인지 점잖던 카스티야의 팬들이 계속해서 자신들을 자극하는 응원을 하고 있었다.

짝짝짝 짝짝.

"발렌시아!"

짝짝짝 짝짝.

"요양원으로!"

상당히 거슬리는 응원이었다.

그렇다고 이게 인종차별도 아니라서 대응하기도 불가능했다.

아니 오히려 인종차별적인 말은 카조의 입에서 나왔다.

페드로가 드리블하던 시점이었다.

투발이 협력 수비로 카조의 옆에 붙었을 때, 반디 역시 패스를 받아주기 위해서 오른쪽으로 이동했다.

페드로는 이중 협력 수비에서 당연히 패스를 반디에게 했고, 그것을 막으러 간 카조는 몸싸움을 선택했다.

투발이었다면 밀릴 수도 있었다.

하지만 반디도 웨이트 트레이닝을 충실히 해왔다.

웬만한 몸싸움에서 스트라이커는 이겨내야 한다는 것을 알고 있었고, 그렇기에 충실히 한 그 웨이트 트레이닝은 다른 이들에게 쉽게 밀리지 않을 수준으로 변모했다.

지금도 그랬다. 오히려 카조가 부딪치자마자 약간 튕겨나가듯이 쓰러졌다.

그러고 나서 하는 말.

"이 노란 새끼가!"

자신도 모르게 나오는 목소리였다. 오늘 게임에서 계속 짜증이 솟구치던 찰나에 몸싸움에서 지며 쓰러지니 더더욱 성질이 났다.

하지만 그는 참아야 했다. 하지 말아야 할 소리를 한 대가는 작지 않을 테니 말이다.

반디가 그 말을 듣고 플레이를 정지했다.

그리고 그에게 다가갔다. 눈에는 불꽃이 번뜩였다.

종료 시각까지 5분밖에 남지 않은 상황. 그 촌각을 다투는 때에 양 팀의 선수가 이렇게 일촉즉발의 상황을 맞이했다.

"삐이이익!"

경기가 중단되었다. 심판이 달려왔다. 그리고 양팀 선수들도 이들의 중간에 섰다.

반디의 눈빛을 본 카조는 시선을 피하지 않았다.

하지만 동공이 약간 떨리고 있는 것으로 보아, 당당하지 못하다는 것을 느꼈다.

안토니오에게 붙잡힌 반디. 그의 이런 모습을 거의 보지 못한지라, 안토니오 말고도 다른 이들이 반디를 말리려고 그 앞에 섰다.

헌데 반디는 목소리를 키웠다.

"방금 한 말 다시 하시죠."

"내가 무슨 말을 했는데?"

당당하지는 못했지만, 또 뻔뻔했다.

카조 역시 팀 동료들이 붙잡았다. 혹시나 둘이 충돌할까 전전긍긍하는 양 팀 선수들.

아직 상황은 알 수 없었다. 무슨 일이 있었는지.

"당신이 방금 인종 차별하는 말을 했잖아!"

이번에는 페드로가 나섰다. 가장 근접한 곳에서 들었다.

"내가? 내가? 난 그런 적 없는데? 제가 그런 말 했나요, 정말?"

이번에는 선심에게 다그치는 카조. 이미 확인했다. 선심이 자신의 말을 듣기에는 떨어져 있었다는 것을.

그런데 그때 투발이 나섰다.

"제가 들었어요. 안타깝게도…."

"너, 이 자식!"

카조의 눈에 불이 붙었다. 그것은 배신감이라는 단어의 불꽃이었다.

하지만 투발은 당당하게 숨김없이 말했다.

"죄송하지만, 인종 차별에 대해서는 아무리 동료라도 도울 수 없습니다."

심판이 투발에게 다가가서 물었다.

"정말인가? 정말 인종 차별을 했나?"

"네, 그렇습니다. 제 귀로 들었어요. 저 선수를 노란 새끼라고 부르는 것을."

결국, 심판이 레드카드를 꺼냈다.

투발의 동료들은 이해할 수 없다는 눈빛으로 그를 바라보았다. 팀의 승리보다 진실이 더 중요한가?

아니, 백번 양보해서 그럴 수 있다. 그러나 굳이 지금 시점에서 상대 팀 선수를 변호할 필요까지는 없지 않은가?

경기가 끝난 후 투발을 향해 뭐라고 하지는 않았지만, 그 시선은 날카로웠다.

발렌시아의 결승행이 날아간 시점.

물론 카조가 퇴장당하지 않아도 발렌시아가 이기지 못했을지도 모른다.

하지만 마지막 순간 최선을 다할 기회를 앗아가 버린 것은 투발의 증언이라고 생각해서, 동료들은 그에게 말도 꺼내지 않았다.

그게 안타까웠는지, 감독이 그를 불렀다.

"나는 네가 미래의 주장이라고 생각했다."

"저도 그렇게 생각합니다. 만약 기회가 생긴다면요."

감독의 말을 당당하게 받았다. 전혀 거리낌 없이.

"그런데 왜 그랬냐? 너도 알다시피, 주장이란 동료들의 호응을 얻어야 한다. 이번 건은…."

"잘했다고 생각합니다. 한 점 부끄러움 없이."

"음…."

사실 감독이 잘 못 물어보았다. 아니 아예 질문하지 말았어야 했다. '왜 그랬냐' 라는 질문은 잘못하면 가치관을 드러내는 말이었기에.

그를 그렇게 보내고 마치아노는 잠시 생각했다. 이 일을 어떻게 수습해야 할지에 대해서.

벌써 카조는 신 나게 떠들어대고 있었다. 자신의 다섯 경기 출전 징계는 반디와 투발이 합작해서 만들어 낸 것이라고.

그래서 사과라도 하라고, 그리고 잘 마무리 하라고 투발을 불렀던 것인데.

그럴 의사가 없다는 것만 확인하고 말았다.

거기다가 잘 못 짚어도 한참 잘못 짚고 있었다. 이런 말까지 하는 것을 보니 말이다.

"저 녀석이… 둥글둥글한 줄 알았더니, 저렇게 고집도 있네."

퍼스트
터치 FIRST TOUCH

Chapter 51

마드리드 공항에 반디는 아만다와 함께 나와 있었다.

오늘은 민선이 오는 날이다.

자주 한국과 스페인을 왔다 갔다 하는 그녀. 기자들과 추격전을 벌이고 있지만, 나름대로 잘 피해 다니며 살고 있었다.

아만다는 호기심을 나타낸 눈으로 반디의 옆에 있었다.

그녀의 남자친구가 그녀에게 보여주고 싶은 사람이 있다고 했다.

누군지 궁금했지만, 반디는 말을 해주지 않았다.

그래도 상관없었다. 요즘 그녀는 행복하다. 반디가 자신의 남자친구가 된 것만으로도 충분히 만족했기에.

그런데 그녀의 밝은 얼굴이 반디와 민선의 포옹을 본 순간 살짝 찌푸려졌다.

그리고 잠시 후…

"여기 인사드려. 어차피 서로 의사소통이 안 되겠지만… 하하하."

"누…구….."

"아아, 맞다. 우리 엄마."

그 말을 듣고 황당한 눈빛을 하는 아만다.

"나를 낳아 주신 분이야."

그녀의 이해를 돕기 위해서 반디가 한 마디 더 첨언을 하자 그제야 얼굴이 펴지면서 인사를 했다.

"안녕하세요."

"지금 나에게 인사하는 것 맞지? 그래, 네가 반디 여자친구라며? 예쁘구나. 정말 예뻐."

미소를 지으며 민선은 아만다의 미모를 칭찬했다.

사실 반디의 축구 실력이 국가대표급이라면, 아만다의 미모 또한 미스 스페인 급이다. 더군다나 오묘하게 빛나는 한 쌍의 눈이 사람들의 시선을 사로잡았다.

그녀는 늘 그 시선을 피하려고 선글라스를 애용하는 편이었다. 지금은 그것을 벗고 인사했기에, 민선이 그녀의 외모를 제대로 볼 수 있었다.

아무튼, 이들의 만남으로 공항이 순식간에 환해졌다.

민선은 여배우 중에서도 최고의 미모로 통하며, 아만다 역시 그녀의 옆에 섰더니 절묘한 앙상블을 보여주고 있었다. 여기에다가 반디의 외모 또한 밝은 미소와 어우러져 동서양에 통하는 얼굴 아닌가?

지나가는 사람 중에 그들을 쳐다보지 않은 이가 없었다.

셋 다 이런 시선에는 익숙한지라 별 신경을 쓰지는 않았다.

다만 이들을 쫓는 시선 하나가 있었다. 그 눈에는 놀라움이 가득했다.

바로 히스패치의 최수련 기자.

이런 일에는 대한민국에서 최고인 언론사에서, 드디어 그녀를 마드리드에 잠입시켰다.

민선이 스페인에 올 때마다 따라왔다.

일 년 내내, 온종일 민선의 일거수일투족을 지켜보고 있느냐고 묻는다면, '그렇다'고 대답할 수 있는 상황이다.

그만큼 한국 내에서 민선과 반디에 대한 관심이 뜨겁다는 것을 방증하기도 했다.

스페인에 올때마다 스페인어를 할 줄 몰라서 처음에는 애를 먹었다.

그래도 눈치 하나로 먹고산 인생, 이제는 반디와 주변 인물에 대해서 다 파악했다.

거기다가 민선도 그녀의 시계범위 안에 있었다.

어차피 국내에는 이 둘의 관계가 다 알려진 상황.

그녀가 노린 것은 그 이외의 것이다.

왜 반디를 입양시켰는가?

그리고 반디의 아버지는 누구인가?

이것에 초점을 맞추기 위해서는 시간이 많이 필요하다.

그나마 부수적으로 반디와 아만다의 관계를 알아낸 것은 최대의 성과였다.

스페인 기자들도 놓친 일이다. 자주 스캔들을 다루었지만, 공개적으로 데이트한 장면은 보지 못했으니.

하지만 오늘 알았다. 드디어 반디에게 여자 친구가 생긴 것을.

호텔로 돌아와서 기사를 쓰는 그녀. 반디와 아만다의 사진 밑에는 공개 연애를 시작했다는 타이틀이 실려 있었다. 더구나 덤으로 민선까지 있었다.

기사 내용에는 '미래의 시어머니'와 같은 자극적인 문구도 넣어 주어야 했다. 이제 고작 둘의 나이가 열여덟, 한국 나이로 스물에 불과하지만, 무슨 상관인가? 판단은 기자가 아니라 이 글을 읽는 사람들이 하는 것이다.

잠시 후, 순식간에 높은 조회 수를 기록한 이 기사를 또 퍼가고, 다시 퍼가는 블로그들.

최수련의 이름은 드높아져 갔다. 히스패치의 위용을 다시 한 번 보여주었고, 아마도 그의 상관은 두둑한 수당을 챙겨줄 것만 같았다.

한편 반디는 민선과 아만다를 집으로 데리고 왔다.

모처럼 많은 인원이 모였다.

벨라는 사람 많은 것을 좋아한다. 그런 그녀가 아이를
낳지 못했으니 얼마나 속상했었겠는가?

벌써 그녀의 나이도 예순에 가까워졌다.

속으로는 반디가 빨리 결혼이라도 하기를 바랐다.

그래서 예쁜 손주를 안고 싶었다.

하지만 겨우 열여덟 살인 반디. 아직도 멀게만 느껴졌
다. 결혼이라는 단어가.

그나마 그가 여자 친구를 사귄다는 게 벨라의 기쁨이다.
혹시나 여자에게 관심이 없는 것은 아닌지 잔뜩 걱정했으
니까.

그래서 그녀의 눈에는 아만다가 그렇게 예쁠 수 없다.

사실 레오나르도와 벨라가 아이만 낳을 수 있었어도, 벌
써 손자와 손녀를 볼 나이였다.

실제로 그들의 눈에 아만다는 귀여운 손녀 나이 아닌
가?

저녁 식사 시간.

벨라는 쌀로 하는 요리를 선택했다.

오징어 먹물로 만든 빠에야를 내오자, 민선의 눈이 휘둥
그레졌다.

"맛있어요, 엄마. 한번 드셔 보세요."

"으…응."

사실 먹음직스럽게 보이지는 않았다. 스페인 사람이 아니기에 시각적으로는 전혀 당기지 않았으니.

하지만 한 입 먹어보자 감칠맛이 일품이었다.

"맛있네요."

"맛있답니다."

그녀의 말을 반디가 통역해주었다. 그러자 민선이 먹는 모습을 보고 그 말을 듣고 싶었던 벨라가 미소를 지었다.

한국 사람의 주식이 쌀로 하는 요리라고 들은 벨라.

물론 밥과는 거리가 있는 요리였지만, 그래도 검은 쌀을 이용해 만들어 주었다.

처음에는 의심스러운 눈으로 그 요리를 보았던 민선이 맛있게 먹기 시작하자 솔직히 기뻤다.

더욱이 아만다도 잘 먹었다.

그 모습을 함께 보는 레오나르도도 웃으면서 말했다.

"이제 우리는 대가족이 되었어. 그렇지 않아, 여보?"

"아이, 벌써 그런 말씀 하지 마세요."

벨라는 남편에게 살짝 눈짓한다. 혹시라도 레오나르도의 말에 아만다가 부담을 느낄지도 모르는 일이기에.

가족이라는 의미가 훗날 결혼하라는 말로 들릴 수 있었다.

그래서 주의를 준 것인데…

"맞아요. 모두 가족이죠. 하하하."

반디가 웃으며 그 말을 받았다. 그는 민선에게 통역하는 것도 잊지 않았다.

이 때문에 밥 먹으랴, 대화하랴, 그리고 통역하랴, 그의 입은 두 배로 바빠졌다.

이렇게 분위기가 만들어지니 아만다도 기분이 좋았다.

특히, 그녀에게 가족이라는 말까지 하자 더더욱 들떴다.

그러다가 묘한 상상을 하기 시작했다.

가족은 곧 자신과 반디가 결합한다는 의미였다.

물론 부부로서.

자신의 친구 중에는 벌써 임신한 아이도 있었다. 결혼은 안 했지만, 그리고 실수로 애가 들어선 것이지만, 그로 인해서 결혼을 생각하게 되었단다.

아만다 역시 지금 마음으로는 반디와 평생 사랑하고 싶었다.

반디는 어떨까? 그도 자신과 비슷한 생각을 하는지 궁금했다.

그런데 아만다가 두 모자의 대화를 들었다면, 반디의 마음을 확실히 알았을 것이다.

여기서 말하는 '두 모자' 란 바로 민선과 반디였다.

"엄마와 제가 나이 차이가 딱 열아홉 살이네요. 엄마도 제 나이에 저를 낳으신 거죠?"

"그렇지. 네 나이에…, 한국 나이로는 스무 살에 결혼했지. 그리고 스물한 살에 너를 낳았고."

갑자기 그 말을 물어보니 아련한 기억 저편으로 그녀의 시선이 이동했다.

그때 그녀는 반디의 아버지와 만나서 사랑을 했었다.

그리고 반디를 가진 후, 갑자기 일어난 일들. 어린 나이에 그녀가 선택할 가짓수가 한정되었다.

반디는 그녀가 과거의 생각으로 건너가는 것 같아서, 더 말을 꺼내지 못했다.

사실 이들 모자는 옛날이야기를 많이 하지 않았다.

민선은 대답할 준비가 되어 있지만, 반디는 묻기가 싫었다.

그것을 물으면, 자신이 버려진 이야기가 나와야 했다. 그것만은 듣고 싶지 않았다.

반디는 어쩌다 보니 오늘 자신을 낳은 시기를 언급했다.

그래서 실수했다는 것을 깨닫고 재빨리 입을 다물었다.

물론 반디도 느꼈다.

언젠가 알게 되리라는 것을.

자신이 왜 버려졌으며, 아버지가 누구인지.

하지만 지금은 알고 싶지 않았다.

아직은 어려서 그 일을 감당하기 힘들 수도 있었고…

'현재에 만족하는데 굳이 알 필요가 있을까?'

라는 생각이 그의 입을 다물게 했다.

퍼스트 터치 FIRST TOUCH

Chapter 52

결승전 대상과 일정이 잡혔다.

모두가 예측하는 대로 역시 레알 마드리드 A와 B팀이 겨룬다.

흥미로운 일이었다. 예전에도 이런 일이 한 번 있었기 때문에 더더욱 세간의 관심을 끌었다.

각각 리가 최종전이 끝난 일주일 후, 2019년 6월 1일에 스페인 국왕컵 결승전이 열린다.

레알 마드리드 A팀이 객관적인 전력에서 유리하지만, 일정에서는 불리했다.

레알 마드리드 A팀은 챔피언스 리그 결승전에도 올라가 있었다.

반면 카스티야는 그 경기가 올 시즌 마지막 일정이다.

현재 세군다 리가에서도 독보적인 1위 자리에 있었다.

따라서 홀가분하게 대회를 준비한다는 점에서, 누가 이길지 속단은 이르다는 게 전문가들의 평이었다.

그럼에도 불구하고 카스티야의 승리를 점치는 녀석들이 있었다.

"당연히 우리가 이길 거예요. 하하하."

라고 말하는 반디와 그 말을 받는 페드로는 이렇게 맞장구쳤다.

"그럼요, 킥킥킥. 아무리 A팀이라도 나이들이 있어서 체력에서 안 돼요."

안토니오는 어이가 없다는 듯이 그들에게 말했다.

"그렇게 쉽게 이야기할 게 아니라고. 체력만으로 경기하는 게 아니잖아. 여러 가지 중요한 것들이 다… 변수가 되어 승리를 결정짓게 되는 거지."

그래도 상관없다는 태도로 반디가 말을 받았다.

"그 변수를 제가 만들겠습니다. 카스티야의 패기를 보여줍시다, 주장."

"맞아요, 보여줍시다. 주장."

요즘 짝퉁 반디가 된 페드로. 아니 사실 그가 인터뷰에서 사고를 많이 치고 다녔다.

이미 몇 차례 이상한 말로 레알 마드리드 A팀 선수의 심기를 어지럽혔다.

그래서 그런지 이번에 풋보노에서 만난 A팀 선수들은 진지함을 넘어 진중한 모습까지 보였다.

사실 이들의 부담이 더 컸다. 아마도 카스티야에 당했던 라스 팔마스, 아틀레틱 빌바오, 에스파뇰, 그리고 발렌시아보다 레알 마드리드 A팀의 부담이 더 클 것이다.

어쨌든, 풋보노를 하기 위한 트레이닝 센터에 도착한 카스티야 선수들.

잠시 주장인 안토니오가 자리를 비운 사이에, 부주장인 세바스티안이 주의를 시켰다.

"여기서는 조용히 하라고. 알았지?"

이번에는 그 주의가 먹혔을까?

반디와 페드로를 특히 신중하게 관찰한 세바스티안은 나름대로 안심해도 좋을 것 같았다.

그런데 사실 그의 충고를 받아서 그들이 조용히 있는 것은 아니었다.

반디는 누군가를 보고 있었다.

그게 바로 씨날두였다.

그가 바라보는 대상, 세계 최고의 선수였던 씨날두는 이제 풋보노를 마치고 나왔다.

반디가 보는 것을 이제야 눈치챘는가?

그는 가까이 다가 와 이렇게 말했다.

"꼬맹이가 벌써 이렇게 컸구나. 이번에 기대하마."

미소를 지으면서 하는 말.

그리고…

척. 손을 내밀었다. 당연히 악수하자는 신호였다.

내민 손을 부끄럽게 하지 않고 바로 잡는 반디.

"이제 꼬맹이가 아니죠. 하하하. 그리고 기대하셔도 좋을 겁니다."

반디 역시 그의 웃음에 웃음으로 받았다.

이제 황혼기에 접어든 노장 선수.

반디의 목소리에서 자신감이 엿보인다는 것을 알아챘다.

그도 이런 때가 있었다.

하지만 내년에도 과연 레알 마드리드에 있을지는 모르겠다.

그가 계속 머물기에 레알 마드리드는 그리 만만치 않은 팀이었다.

심지어 회장 선거가 눈앞으로 다가왔다.

바로 다음 달이다. 크레스피와 로메오의 맞대결에서 후자가 압도적이라는 여론 조사 결과가 나왔다.

어차피 씨날두 입장에서는 누가 되어도 자신의 입지를 보전하기가 쉽지 않았다.

명예로운 은퇴. 그가 레알 마드리드의 전설로 끝나기를 바랐는데, 과연 가능할지…

그의 나이 벌써 서른다섯에 접어들고 있었다.

반디는 시즌 중반부터 드리블 연습을 계속 해왔다.

그가 드리블할 때 그의 롤 모델은 씨날두와 리오멜이었다.

그 둘의 드리블을 마스터 할 생각은 전혀 없었다.

미구엘도 그에게 항상 조언했다.

흉내 내기에 불과한 드리블은 시도조차 하지 말라고.

다행히 미구엘은 끊임없이 그의 드리블을 도왔다.

그래서 그런지 시즌 중 반디의 드리블 돌파는 약 50%의 확률로 높아졌다.

수치로 볼 때 성공률이 낮은 것처럼 보이지만, 절대 아니었다.

일단 드리블 돌파 횟수가 많아졌다.

또한, 처음보다 시즌 후반기에 성공률이 높아졌다.

즉, 초반에 낮은 드리블 돌파 성공률을 끌어올린 것은 후반기이니, 후반기로만 치면, 60% 이상의 드리블 돌파 성공률로 보는 게 타당했다.

문제는 레알 마드리드의 수비진이었다.

세계 최고의 수비수들이 포백을 형성했다.

심지어 그들에게 다가가기 전, 포백을 보호하는 볼란치를 뚫기조차 쉽지 않을 것이다.

이를 위해서 오늘은 종일 드리블 연습에 매진했다.

반디와 함께 드리블 연습을 하는 이도 있었다.

그가 바로 페드로였다.

"조금만 쉬자, 헉헉… 이러다가 힘 다 빼서, 막상 경기할 때에는 지쳐서 쓰러질 것 같아. 헉헉.

미소를 지으며 잠시 멈춘 반디.

그를 보면서 질렸다는 표정을 페드로가 지었다.

이제 확연히 느껴졌다.

반디의 체력은 약한 게 아니었다.

비슷한 나잇대의 미리오나 빅토르, 그리고 페드로와도 비교 우위에 있었다.

아니 최근에는 카스티야 내에서 반디의 체력에 버금가는 이도 없었다.

멀리서 이들의 훈련을 지켜보고 있는 스테파노와 파본.

"저 녀석들 열심이군."

"그러게 말입니다. 그런데 반디는 모르겠는데, 페드로는 너무 힘 안 빼는 게 좋을 것 같아요."

"그렇기는 해. 아니 둘 다 따로 연습을 더 할 필요가 있는지 모르겠어. 며칠 한다고 갑자기 드리블이 좋아지는 것은 아니잖아."

맞는 말이었다. 하루아침에 드리블이 좋아질 수는 없었다.

조금씩 실력이 쌓이면서, 점점 기술은 발전할 수는 있겠지만.

그런데 이렇게 말하는 그들 역시 요즘은 밤을 새워가며 전술에 대해 논의하고 있었다.

이 또한 갑자기 전술이 좋아질 수는 없었다.

아무리 파격적인 전술이라도, 선수들이 그것을 제대로 수행해줄 수 있는가에 그 생명력이 달렸다.

잘못 설계할 경우, 오히려 선수들의 혼란이 가중되어 버린다.

그래서 이번에는 스테파노가 난색을 보였다.

파본이 가져온 이번 전술이 맘에 들지 않은지 눈살을 찌푸렸다.

"이건…"

"바르셀로나의 전술입니다. 제로톱이죠."

"굳이 이것을 사용할 필요가 있을까? 선수들이 제대로 이해하지 못할 수도 있는데."

"아뇨. 이해할 것입니다. 그들은 인지하지 못했지만, 사실 바르셀로나의 플레이를 시즌 중에 계속 해왔으니까요."

늘 대부분의 전술은 파본이 설계했다.

파본은 레알 마드리드팀 내에서도 천재 전술가라는 닉네임이 붙었다.

그만큼 전술에 일가견이 있다는 뜻이었다. 바로 그의 이 능력 때문에 그를 전술 코치로 선임한 것이다.

하지만 가끔 이렇게 파격적인 시도를 한다는 게 문제였다.

"그럼 반디의 자리가 애매하게 되지 않을까? 제로 톱형 공격수가 아닌데…."

스테파노의 우려하는 말은 계속 이어졌다.

하지만 파본은 뜻을 굽히지 않고 이렇게 물었다.

"혹시 반디가 출전한 청소년 월드컵을 지켜보셨습니까?"

"당연히 보았지."

"그때 반디가 득점왕을 차지했죠. 그런데 거의 모든 득점이 대체로 제로톱 상황에서 발생한 득점입니다."

"……."

지도자는 크게 두 가지를 가지고 팀 전술을 짠다.

하나는 축구 요소를 생각한다. 대전 상대부터, 대전이 벌어질 경기장까지.

다른 하나는 바로 선수의 개인 능력이다.

그 능력에 맞추어서 전술을 설계하는 것이 지도자의 일인데, 지금 파본의 말을 들어보니 스테파노는 살짝 부끄러웠다.

반디가 득점왕을 차지한 것은 잘 알았다.

처음부터 끝까지 경기를 지켜본 스테파노였으니.

그러나 그가 제로톱 상황인지는 잘 몰랐다.

스테파노는 갑자기 궁금해졌다.

이것을 알아내기 위해서 파본은 얼마나 많은 동영상을 보았을까?

그래서 묻는 말.

"혹시… 자네, 반디의 경기를 몇 번이나 재생해 보았나?"

"글쎄요, 세보지는 않았습니다만 족히 백번은 넘었을 것 같아요."

"휘유, 대단하군. 그리고 정말 부끄럽네. 난 말이야. 항상 생각해 왔지만, 이 자리가 내 자리인지 잘 모르겠어."

자신 없는 말투인가? 그렇지 않았다.

파본은 늘 스테파노에게 이 말을 들었다.

처음에는 그 말을 하는 스테파노가 별로 맘에 들지 않았다.

무엇보다도 야망이 없어 보였다.

하지만 지내면서 느꼈다. 저런 말을 하면서 상대의 자신감을 북돋아 준다는 걸.

오히려 파본이 그에게 배울 점이 많았다.

아니 배울 점이라기보다는…

"감독님, 그 자리는 반드시 감독님이 계셔야 할 자리입니다. 전 아마 죽어도 감독님처럼 되지 못할 겁니다."

이게 바로 파본의 진심이었다.

경기 이틀 전.

파본은 선수들을 불러모았다.

가상의 상대와 최종 전술 연습을 하는 마무리 훈련이었다.

스테파노도 옆에 참석했다.

항상 뒷짐 지고 옆에서 파본의 말을 듣는 감독.

선수들은 말한다. 멀리서 이 장면을 보면, 사실 감독이 누구인지 모를 거라고.

그럴 정도로 스테파노와 파본의 위치는 바뀐 것 같았다.

그러다 속을 들여다보면 스테파노는 그의 일을 하고 있었다.

"더그, 바로 그거야! 알지? 너와 반디는 중앙에서 항상 경쟁해야 한다는 것을. 네 능력도 뛰어나. 특히 2선 침투는… 휴, 선수 시절 내가 너를 막아야 했다면, 난 죽고 싶었을 거야. 하하하."

훈련 중간중간에 선수를 격려하는 일은 타의 추종을 허락하지 않았다.

무엇보다도 그가 가장 잘하는 일은 질문하기였다.

"지금 그 위치에서 패스받기 힘들잖아. 그지? 그럼 어떻게 해야 해?"

"당연히 사람이 없는 곳으로 가야죠."

"바로 그거야. 답을 알고 있으니, 이번에는 잘해낼 것으로 믿는다."

선수 스스로 방법을 터득할 수 있도록 해주는 능력이야말로 그가 최고였다.

이런 상황이니 파본이 한 수 접고 들어갈 수밖에 없었다.

그러므로 파본은 자신의 역할을 확실히 규정했다.

차라리 선수들의 재능을 적재적소에 배치하는 일. 그래서 이해하지 못할 경우 세세히 직접 알려주며, 디테일에 충실히 하는 게 바로 스테파노의 빈틈을 채워주는 것으로 생각했다.

지금도 그랬다.

반디에게 다가가 드리블의 위치와 동선을 계속해서 주지했다.

"뒷공간을 노려라. 하지만 빼앗기면 바로 아래로 내려와서 수비를 커버한다. 알겠니?"

"네, 알겠습니다."

반디는 이 코치가 참 맘에 들었다.

늘 자신에게 조언하는 것은 승리를 위한 방법이었다.

한 시즌 내내 그와 손발을 맞추며 지내다 보니 이제 위치를 찾은 것 같았다.

아니 여러 위치를 소화할 수 있을 것 같았다.

그는 칸제마처럼 9.5번 역할도, 그리고 리오멜처럼 중앙에서 치고 들어가는 돌파도 가능했다.

다시 말해서, 팀의 승률을 높일 수 있는 시스템에 적응하는 게 바로 반디의 일이며, 그것에 성공했다.

아마도 그는 모르겠지만, 그 어느 팀에 가도 한 자리를 꿰어찰 수 있을 것이다. 어떤 공격 포지션에서도 제 기량을 발휘하리라.

그것이 다 일 년 내내 가르침을 주었던 파본의 공이었다.

반디는 늘 자신이 지도자 운은 타고났다고 생각했다.

그래서 경기 당일 엔트리를 발표하고 산티아고 베르나베우 경기장에 들어섰을 때, 반디는 수많은 관중보다 자신을 가르쳤던 지도자들이 떠올랐다.

이제는 그들의 이름을 열거하는 데도 시간이 걸릴 정도로 꽤 많아졌다.

반디는 오늘 그들에게 보여주고 싶었다.

그들이 세계 최고가 될 선수를 가르치고 있었다는 것을.

가능할까?

어쩌면 가능할지도 몰랐다.

왠지 모르게 컨디션이 좋았다.

필드 위에 서서 공을 만져보니 더더욱 확실히 알 수 있었다.

어쩌면 오늘 좋은 결과가 있을지도….

만약 그렇게 된다면….

카스티야는 새 역사를 쓰게 될 것이다.

〈6권에서 계속〉